# L'ANGE GARDIEN

Mary Calmes

# L'ANGE GARDIEN

*Mary Calmes*

Publié par
DREAMSPINNER PRESS

5032 Capital Circle SW, Suite 2, PMB# 279, Tallahassee, FL 32305-7886 USA
www.dreamspinnerpress.com

L'ange gardien
Copyright de l'édition française © 2013 Dreamspinner Press.
Titre original : The Guardian
© 2010 Mary Calmes.
Première édition : février 2010
Traduit de l'anglais par Bénédicte Girault.

Illustration de la couverture :
© 2016 Paul Richmond.
http://www.paulrichmondstudio.com
Les éléments de la couverture ne sont utilisés qu'à des fins d'illustration et toute personne qui y est représentée est un modèle

Édition imprimée en français : 978-1-63477-875-6
Première édition française en version papier : septembre 2016
Édition e-book en français : 978-1-61372-833-8
Première édition française : avril 2013
v 1.1

Édité aux Etats-Unis d'Amérique.

Celui-là est pour mon mari,
qui ne pense pas m'être d'une grande aide,

Pour Elizabeth et Lynn
de Dreamspinner,
qui le sont,

Et pour ma famille et mes amis,
pour chacun d'entre vous.

# I

IL ÉTAIT difficile d'expliquer ce qui l'avait réveillé. Même en essayant plus tard de mettre des mots sur ce qu'il avait vécu, Jude estima que c'était impossible. Une minute il était perdu dans un rêve et la suivante il était réveillé, haletant, assis dans son lit trempé de sueur froide. *C'était quoi ce bordel ?* Il avait l'impression de se noyer, tout en étant pris dans un étau. Lorsqu'il essaya de se rendormir, cela s'avéra en vain. Le sentiment écrasant de peur ne voulait pas diminuer, il fallait qu'il se lève ou quelque chose d'horrible allait se passer. Alors, même si cela n'avait aucun sens, il roula hors de son lit et se rendit à la salle de bain. En croisant son regard brun forcé dans le miroir, il se rendit compte que c'était peut-être tout simplement sa propre vie qui l'avait éveillé à trois heures du matin. Dernièrement, il avait l'impression qu'un gouffre s'était ouvert sous lui et qu'il était incapable de remonter. Rien n'allait dans le bon sens et il semblait n'y avoir aucune issue en vue. Il était vraisemblable que sa panique vienne de son subconscient, où elle était demeurée enfouie dans un recoin durant toute la journée, attendant qu'il dorme pour l'agripper. Mais même s'il se disait que sa peur était illogique, il ne pouvait toujours pas s'en défaire. Peut-être que s'il allait marcher un peu, il se sentirait mieux. Son appartement d'une pièce sembla rétrécir brusquement, le rendant claustrophobe. Il fallait qu'il sorte.

Après avoir passé un jean, un pull en grosse laine et ses bottes de randonnée, Jude Shea, vingt-six ans, sortit de son appartement pour aller vers le parc. Il marchait lentement et il faisait plus froid que ce qu'il devrait, d'après lui, mais être dehors l'aida à faire le vide dans sa tête. Il se sentit plus calme, plus stable, plus léger... jusqu'à ce qu'il entende des grognements. Prenant le virage, il réalisa qu'il s'était dirigé à gauche plutôt qu'à droite. Il avait voulu prendre le chemin menant à la passerelle, mais avait fini par passer dessous et se retrouvait maintenant à l'embouchure d'un petit tunnel. De là où il était, il pouvait voir le chemin baigné par les rayons de la lune qui menait de l'autre côté, les arbres stériles et même le portail en fer forgé, mais entre les deux il y avait une totale obscurité qui lui donna la chair de poule, ainsi qu'une puanteur qui s'échappait du tunnel. Et, près de là, quelque chose était en train de grogner.

Il ne prit qu'une seconde pour décider de faire demi-tour mais en un battement de cœur, il sentit quelque chose résonner à l'intérieur de lui. Il ressentit de nouveau cette pulsation, ce même battement, cette pression contre son corps qui l'entoura comme une vague d'ondes sonores, comme si quelqu'un l'appelait. Jude n'avait jamais rien éprouvé de tel et il avait du mal à interpréter les signes, à les classer. Il n'y avait pas de douleur, juste une sensation de chute, comme le premier plongeon sur une montagne russe. Il frissonna brusquement, décidant rapidement que rien ne l'empêcherait d'aller voir. L'attraction était trop forte pour être ignorée. Il devait savoir, peu importe ce que c'était, alors qu'il était dehors et qu'une chaleur l'attirait et, peut-être que s'il en trouvait la raison, le sentiment qui creusait son estomac s'en irait. Il ne pouvait que l'espérer.

Comme Jude entrait dans le tunnel sombre, il se sentit stupide d'avoir hésité. Les grognements provenaient probablement du vent qui s'engouffrait dans le tunnel. Il n'était pas une femmelette qui devait s'inquiéter d'être attaquée à cette heure de la nuit, malgré sa carrure peu musclée, et il n'y avait pas beaucoup d'hommes qui pouvaient lui faire du mal avec ou sans arme. Vraiment, la seule chose dont il devait s'inquiéter, était de se trouver un nouveau travail. Ça faisait deux semaines qu'il en cherchait un et il était fatigué. Cela n'avait aucun intérêt d'être hors de son lit à trois heures du matin pour rechercher quoi… ? Quelque chose qui l'attirait comme le chant d'une sirène ? C'était complètement absurde et pourtant il se précipita dans l'obscurité profonde de ce tunnel pour passer de l'autre côté.

Lorsqu'il en ressortit, à la seconde où il émergea, il les vit. Il y avait quatre chiens en tout, trois étaient sur leurs pattes et un était au sol. Les trois qui étaient debout se relayaient pour mordre et griffer celui qui était couché. Les grognements étaient plus forts, les attaques vicieuses et le chien qui ne pouvait plus se battre risquait de mourir bientôt. Un sentiment de soulagement déferla en lui et il savait, au-delà de toute logique, qu'il était là pour sauver ce chien. Il cria et hurla et il y eut un instant de silence seulement troublé par le gémissement du vent. Il avait plu plus tôt dans la journée et il sentait l'humidité et le froid dans l'air ambiant. Des nuages noirs se promenaient dans un ciel couleur de charbon et on pouvait entendre le bruissement des feuilles dans le souffle du vent. Il y avait une étrange atmosphère qui flottait dans la nuit. Lorsque les chiens se retournèrent et le chargèrent têtes baissées, il eut l'impression de se retrouver face à un ennemi plus primitif que de simples chiens sauvages, ici dans ce parc.

Même pour quelqu'un d'aussi rationnel que Jude, il ressentit une seconde de pure terreur avant d'entendre un rire.

En se retournant, il vit un groupe de personnes émerger du tunnel. Quatre hommes, trois femmes – et le premier type l'attrapa par sa veste et lui demanda :

— Hé, vous allez bien ?

Le type avait une arme à feu et normalement quelqu'un qui se baladait avec un flingue, en dehors des forces de police, serait un sujet de préoccupation, mais là, la seule chose à laquelle Jude pouvait penser, c'était qu'il lui était reconnaissant. Il reprit son souffle et son cœur put repartir.

— Qu'est-ce que c'est que ce bordel ? demanda un autre homme.

Se retournant pour faire face aux chiens, Jude réalisa aussitôt qu'ils avaient disparu.

— Où sont-ils allés ?

— Par là, dit un des trois types en pointant son doigt vers les arbres sur sa gauche. Mec, t'es complètement taré.

Jude ne voulait pas perdre une seconde. Se penchant en avant, il tomba à genoux à côté de l'animal blessé. Il était énorme, pas aussi gros que les autres – leur taille avait été fantastique – mais il s'agissait quand même du plus grand chien que Jude n'avait jamais vu.

— Oh merde, dit quelqu'un derrière lui.

Le chien releva la tête et regarda à peine son sauveur avant qu'un grognement ne sorte de sa gorge. Le son fit frémir tout le monde à part Jude.

— Oh mon Dieu, ne le touchez pas ! s'exclama une femme.

— Reculez ! Il va vous arracher le bras, l'avertit un autre homme.

Jude était trop proche de l'animal blessé. Si le chien le voulait, il pourrait lui déchirer la gorge ou mordre la main qu'il tendait vers lui. La faible distance entre eux ne lui procurerait aucune protection possible. Rien n'avait d'importance pour Jude, outre le fait que le chien était blessé et qu'il avait besoin de lui. Toute autre préoccupation faisait pâle figure en comparaison. À la seconde où Jude sentit le souffle lourd et humide sur sa peau, il sut que tout irait bien. Il glissa la main sur le bout de la truffe du chien qui sortit sa langue pour lécher ses doigts. Se précipitant en avant, il berça la tête du chien entre ses mains. Jude doucement, gentiment, posa le crâne lourd sur ses genoux pliés. Les gémissements douloureux du chien furent difficiles à supporter quand ce dernier essaya de s'avancer, pour se rapprocher du corps de l'homme. Jude savait que l'animal devait probablement être frigorifié : il tremblait de douleur et de fatigue. Son besoin inné de contact humain le fit surmonter sa peine, de même que son instinct d'auto-préservation. Le chien voulait être sur les genoux de l'homme.

— C'est bon, mon bébé, je te tiens.

Jude promit au chien de le garder dans cette position et ses yeux commencèrent à se fermer.

Il y eut un chœur de « oh » de la part des femmes, assorti de gémissements et, pour finir, un ordre du premier type qui avait *aidé le putain de mec avec son maudit chien*. Jude releva les yeux vers l'homme avec un pardessus en cuir sur son costume Versace et le remercia.

— Vous avez eu une putain de chance.

L'homme adressa un sourire à Jude, le diamant de sa dent de devant accrochant la lumière.

— À quoi diable pensiez-vous en marchant comme ça vers un animal blessé ?

— Il avait besoin de moi, répondit Jude, impuissant.

— Ouais, peut-être. Je vous suggère d'utiliser votre cervelle la prochaine fois.

Il y avait toujours une première fois pour tout.


QUI S'ÉTAIT réveillé au milieu de la nuit et avait fini par sauver un chien ? L'histoire était folle, mais ce qui était encore plus étonnant c'était que personne ne s'en souciait. La gentille dame derrière la fenêtre de l'accueil de la clinique vétérinaire du comté, le vétérinaire qui lui prit le chien, ainsi que la vétérinaire en chef elle-même, aucun d'entre eux n'était intéressé de savoir ce qui l'avait conduit au chien, seulement par le fait qu'il l'avait sauvé. Il était un héros, purement et simplement, et ils le lui dirent tous à tour de rôle.

Plusieurs heures plus tard, alors qu'il était assis dans une salle d'attente à remplir des formulaires, il se retrouva coincé sur la rubrique *le nom de l'animal* et ne put aller plus loin. Il n'était pas question qu'il se retrouve responsable d'un chien alors que sa propre vie partait en vrille. Comment pouvait-il promettre de nourrir et de protéger une autre vie alors qu'il n'avait même pas de travail ? Assis là, les yeux fixés sur le sol recouvert de linoleum, il était difficile de ne pas sombrer dans l'auto-apitoiement.

Un mois auparavant, la petite société de relations publiques où Jude avait travaillé durant les trois dernières années avait été rachetée par Sheridan Grant, un géant de l'industrie avec des bureaux dans tout le pays.

L'impact avait été tel qu'il avait provoqué de nombreux licenciements et seuls quelques postes avaient été épargnés. Jude avait été l'un des chanceux – sa réputation et sa liste de clients avaient éloigné les loups de sa porte – mais la sécurité de son travail avait fini par être le moindre de ses problèmes. Un nouveau directeur général avait été choisi pour son bureau et Colton Bale, fraîchement arrivé de San Francisco, avait débarqué avec de grandes idées pour tout changer. À ce moment-là, Jude n'avait eu aucune idée de ce que cela signifierait pour lui personnellement.

— Excusez-moi, euh… Monsieur Shea ?

Arraché à sa rêverie, Jude leva les yeux vers le visage de la vétérinaire. C'était une assez jolie fille, coiffée d'une mignonne queue de cheval, et son badge indiquait qu'elle s'appelait Amy. Il la trouva adorable, mais sans avoir aucune idée de l'effet qu'il avait sur elle.

Avec ses grands yeux brun foncé, ses cils incroyablement longs, ses muscles ciselés et sa peau impeccable, cet homme était l'être le plus proche de la perfection qu'elle n'avait jamais vu. Elle en avala son chewing-gum.

— Euh… Pouvez-vous me suivre ?

— Bien entendu, répliqua-t-il en se levant. Mais ne m'appelez pas « monsieur », appelez-moi Jude.

— Jude, répéta-t-elle, ses yeux le détaillant de la tête aux pieds.

*Miam-miam.* L'homme était définitivement appétissant avec ses cheveux bruns bouclés qui lui tombaient sous les épaules, ses lèvres pleines qui appelaient les baisers, sa corpulence fine. Son jean serrait ses longues jambes et ses cuisses musclées et lorsqu'elle le laissa marcher devant elle pendant un petit moment, elle admira son petit cul rond et ferme. Il était très beau et c'est comme ça qu'elle aimait ses hommes.


APRÈS AVOIR quitté la salle d'attente, Jude regarda par-dessus son épaule, pas sûr d'avoir pris le bon chemin, confus quant à la raison pour laquelle on l'emmenait, d'autant qu'on ne lui avait donné aucune explication. Amy indiqua du doigt la droite et il s'y dirigea avant d'être rejoint par la jeune femme. Traversant une pièce qui avait trois portes de sortie, Jude se retrouva face au docteur Rosalie Powers, la vétérinaire en chef. Il décida qu'elle était le genre de femme sur lesquelles les hommes – hétéros – devaient se retourner dans la rue : magnifique avec ses longs cheveux bruns retombant en vagues dans son dos et ses yeux bleus. Depuis qu'il savait qu'il était gay, il remarquait l'allure de certaines femmes, mais cela s'arrêtait là.

— Monsieur Shea, je…, commença la vétérinaire.

— Jude, l'interrompit-il en bâillant. Il est trop tard, ou trop tôt, je suppose, pour m'appeler monsieur Shea.

Le docteur Powers avait un sourire chaleureux.

— Eh bien, Jude, parlons de votre chien.

*Son* chien ?

Il avait dit que c'était son animal de compagnie – un cheval se faisant passer pour un chien – sûrement un mélange de terre-neuve et de husky, voire de malamute. Il avait été méchamment blessé et mordu et il avait également l'air d'avoir été frappé par quelque chose de dur. Le docteur Powers pensait qu'il avait peut-être été heurté par une voiture, puis les autres chiens l'avaient vu et le jugeant mal en point, l'avaient attaqué. Peu importaient les raisons, il était chanceux d'être encore en vie et avait une merveilleuse capacité de guérison. Les rayons X n'avaient pas décelé d'os brisé mais ses côtes étaient méchamment meurtries. Qu'il soit déjà capable de se lever était tout simplement incroyable. Il avait bu un peu d'eau mais refusait de manger. Elle voulait le garder en observation pour la nuit mais le problème venait du fait qu'elle ne pensait pas que cela allait être possible.

— Que voulez-vous dire ? demanda Jude.

Le docteur Powers sembla embarrassé.

— Je ne pense pas que la cage la plus grande que nous ayons lui convienne. Il est beaucoup trop gros. Je devrais le mettre dans l'enceinte des loups au zoo ou quelque chose comme ça.

L'enclos des loups ? Quelle était donc la vraie taille de ce chien ?

— Ou alors, peut-être devriez-vous le ramener chez vous et je vous donnerai le nom d'un vétérinaire et lundi matin vous pourriez l'appeler pour qu'il vérifie son état.

Jude fut surpris.

— Êtes-vous sérieuse ?

Pour lui montrer, qu'elle ne plaisantait pas, la vétérinaire et Amy lui présentèrent une facture de trois cent vingt deux dollars et soixante quatorze cents. Elles ne plaisantaient *vraiment* pas.

— Attendez ! fit-il en levant les mains. Je ne peux pas prendre ce chien. Je n'ai qu'un appartement d'une pièce qui fait tout au plus quarante mètres carrés.

— La chance ! Juste une chambre à coucher ! fit Amy en lui souriant.

— Oui, fit le docteur Powers, parce que ce gars est un monstre.

— Gars ?

Le docteur Powers lui sourit en hochant la tête.

— Félicitations, monsieur Shea, c'est un garçon.

— Attendez, lui dit-il, je ne *peux* sérieusement pas prendre ce chien.

— Peu de gens peuvent s'occuper d'un chien aussi gros.

— Ce n'est pas ce que je voulais dire.

— Les animaux de compagnie ne sont pas acceptés dans votre immeuble ? demanda le docteur Powers.

— Si, mais…

— Êtes-vous allergique ?

— Non, j'ai juste…

Le docteur Powers éclata d'un rire profond.

— Jude, je suggère que vous mettiez une annonce dans le journal pour essayer de retrouver son propriétaire. Il est en trop bonne forme pour avoir été abandonné. Laissez faire les choses. Aussi grand qu'il soit, il doit manquer à quelqu'un. Un chien comme ça n'est pas juste tombé du ciel.

Jude soupira profondément, envahi par un sentiment de résignation.

— Quelqu'un viendra le réclamer, Jude, je vous le promets.

Certainement pas, avec la chance qu'il avait.

— Voyez ça autrement. Vous n'aurez plus jamais à vous soucier de vous faire voler à nouveau. Qui serait assez sain d'esprit pour essayer ? raisonna le docteur Powers.

Il lui jeta un coup d'œil.

Elle avait un rire explosif et affichait un sourire immense.

— Je veux dire… qui serait assez sain d'esprit pour tenter de voler un homme qui a un loup ?

— Ce n'est pas un loup, marmonna-t-il.

— Non, c'est probablement un mélange de terre-neuve et de montagne des Pyrénées ou quelque chose comme ça… D'après moi, il ressemble à l'un d'eux, à part la forme de ses oreilles et de son museau. Sa truffe et ses oreilles suggèrent plutôt un chien de traîneau. Il pourrait même avoir de sérieux gènes de loup en lui. Je n'ai aucun moyen de le savoir. Mais il s'agit d'un chien énorme. Il pèse près de quatre-vingt kilos et est tout en muscles. Il n'y a pas une once de graisse en lui.

Jude gémit.

— Je n'ai pas de place pour un chien aussi grand dans cet établissement, dit le docteur Powers en s'excusant.

— Moi non plus, rétorqua Jude.

— Alors je vous suggère de retrouver son propriétaire.

— Et que se passera-t-il s'il essaie de me mordre ?

— S'il essaie de vous mordre… je ne m'en inquiéterais pas si j'étais à votre place, fit le docteur Powers en soupirant.

— Et pourquoi pas ?

— Parce que, monsieur Shea, s'il décidait de vous attaquer, vous seriez mort.

Jude se demanda vaguement si elle était autorisée à dire de telles choses. N'était-elle pas supposée l'encourager ?

Lorsque le docteur Powers lui envoya une petite claque sur l'épaule, il comprit qu'elle avait été aussi compréhensive qu'elle le pouvait. La plupart des gens étaient rapidement à l'aise avec Jude, et la gentille vétérinaire ne faisait pas exception. Le père de Jude lui avait toujours dit qu'il avait une espèce de don et que la chaleur qu'il irradiait attirait les gens comme le miel attirait les abeilles. Jude n'en avait jamais été pleinement convaincu.

Le chien avait été soigné dans une autre pièce, mais alors qu'ils marchaient dans le couloir, il vit qu'une foule s'était rassemblée à l'extérieur de la porte. Ils essayaient tous de regarder à travers la petite fenêtre de la salle. Des bruits assourdissants de choses qui se cassaient provenaient de l'intérieur.

— Que se passe-t-il ? hurla le docteur Powers.

— Ce chien veut sortir, indiqua une des femmes.

Jude savait qu'il devait le faire sortir avant que le cabinet ne lui présente une nouvelle facture pour les frais de redécoration de la salle.

Il fut autorisé à se placer devant la foule et lorsqu'il regarda à travers la fenêtre, il trouva son « loup » qui allait et venait dans la petite pièce. Il avait l'air redoutable à charger et à cogner contre la porte. Si elle n'avait pas été en métal, elle aurait déjà été fendue sous son poids et la force qu'il exerçait sur elle. Dressé sur ses pattes arrière, les dents découvertes, les babines retroussées, la tête baissée, les oreilles couchées, il semblait sortir tout droit d'un cauchemar ou d'un film d'horreur. Si ses yeux étaient devenus rouges, il aurait pu ressembler à un loup-garou. Cette pensée n'était pas rassurante. Jude se retourna pour regarder le médecin.

Le docteur Powers fronça les sourcils.

— Okay, en toute sincérité, on ne peut pas le laisser repartir avec vous, nous allons probablement devoir le piquer. Il est beaucoup trop grand et trop dangereux pour que nous vous laissions partir avec lui s'il ne peut pas être contrôlé.

— Vous plaisantez, comme tout à l'heure.

— Je ne plaisantais pas sur le fait qu'il pourrait parfaitement vous tuer s'il le décidait, mais je plaisantais sur le fait de vous laisser le ramener chez vous. Dans l'état actuel des choses, je ne peux pas vous laisser vous mettre en danger parce que vous ressentez une certaine obligation du fait que vous lui avez sauvé la vie. S'il ne vous obéit pas, nous allons devoir l'euthanasier.

En regardant de nouveau par la fenêtre, puis vers l'autre porte, Jude vit que des hommes se tenaient prêts, attendant un ordre pour entrer. Il entendit un grésillement provenant d'un talkie-walkie derrière lui lorsque le docteur Powers leur indiqua de patienter jusqu'à ce que Jude ait fait ses preuves.

— Okay, Jude.

Elle soupira et il sentit sa main sur son épaule.

— Entrez et voyez si votre ami réalise que vous êtes son ange gardien. Mes hommes entreront exactement au même moment que vous. S'il vous attaque, nous lui enverrons un tranquillisant.

Jude avait l'impression d'assister à un safari plutôt que d'être dans une clinique vétérinaire.

— Je parie que vous n'aviez aucune idée, lorsque vous êtes venue ici ce soir, que cette garde de nuit allait être aussi mouvementée.

Elle haussa les épaules.

— Il se passe toujours quelque chose ici, mais ouais, c'est certainement un des moments les plus mémorables, c'est sûr.

Jude toussa.

— Il suffit d'entrer, hein ?

— Vous avez tout compris, gloussa le docteur Powers. Maintenant je compte jusqu'à trois et vous y allez.

Déglutissant un bon coup, il ouvrit la porte. Le chien n'eut besoin que de quelques secondes pour le reconnaître. Il redressa la tête, cessa ses grognements hargneux et relâcha sa position agressive. Il pencha même la tête sur le côté pour regarder Jude comme l'aurait fait n'importe quel autre chien.

— Hé, mon pote, fit Jude en lui souriant, posant un genou à terre. Tu te souviens de moi ? J'ai l'odeur de quelqu'un que tu connais, tu sais ?

Jude nota que les yeux du chien n'avaient pas de blanc autour de la pupille : ils étaient complètement noirs. C'était un peu bizarre.

— Tu veux qu'on rentre à la maison tous les deux ?

En réponse, l'animal se déplaça rapidement. S'il avait voulu l'attaquer, aucune balle de fusil n'aurait pu sauver la vie de Jude. À un moment le chien était d'un côté de la pièce et la seconde suivante, il se tenait juste devant l'homme, à quelques centimètres de son visage, parfaitement capable de lui déchiqueter la gorge s'il en avait le désir. Jude sentit son sang se glacer sous le regard du chien, puis rit lorsqu'il enfouit son nez sous son menton, lui cognant la tête de son museau et lécha la base de sa gorge. Jude l'attrapa, plongeant les mains dans sa fourrure et la caressa. Il était brutal dans ses caresses et le gémissement qu'il obtint en réponse le fit sourire.

— Oh ça oui, dit le docteur Powers, et Jude la regarda depuis le sol en lui adressant un sourire. Il se souvient parfaitement de vous.

Jude enfouit son visage dans le cou du chien, incapable de se retenir et fut ravi de sentir que sa fourrure sentait le pin et le bois fraîchement coupé.

— Il sent bon. Je ne sais pas avec quoi vous l'avez lavé, les gars, il sent vraiment bon.

— Nous ne l'avons pas lavé.

Elle eut un petit rire.

— Mais je l'ai également remarqué. Il sent merveilleusement bon et c'est pourquoi je vous ai dit qu'il devait appartenir à quelqu'un. Ne tombez pas amoureux de lui au point de ne pas passer d'annonce dans le journal. Il doit vraiment manquer à quelqu'un.

Il se releva, la main toujours sur son chien, caressant la tête soyeuse.

— Aucune chance. Je vais retrouver son propriétaire, croyez-moi.

Le chien glissa son nez dans la main de Jude et le lécha avant de frotter ses oreilles dans sa paume.

— Ah, ah ! roucoula Amy en se positionnant près de la vétérinaire. Regardez-le… il est complètement fou de vous. Il doit savoir que vous l'avez sauvé.

Jude en doutait.

— Non, il vient juste me renifler pour savoir si j'aurais le goût du poulet ou du bœuf.

Elle eut un petit rire et Jude sortit son portefeuille pour passer sa carte Visa.

— Débitez votre facture.

# II

IL ÉTAIT difficile de trouver un taxi lorsque vous aviez un loup pour compagnon. Personne ne s'arrêta ; si bien que Jude reprit sa marche dans son sinistre quartier jusqu'à cinq heures du matin. Il n'était pas inquiet, cependant. Aucune raison de l'être.

La première fois qu'il le remarqua, il songea que ce n'était qu'une coïncidence. La neuvième fois, il dut se rendre à l'évidence, il ne pouvait plus la rater, il avait compris.

Les gens qu'il croisait dans la rue changeaient de trottoir pour ne pas croiser son chemin ni celui de son chien de la taille d'un grand danois à tête d'ours. Quiconque ayant un peu de jugeote aurait pris la fuite. Excepté Jude. Jude ne s'enfuyait pas. Mais récemment, cet état d'esprit ne l'avait mené nulle part.

Cela avait commencé par un dîner, il y avait de ça un mois. Le nouveau directeur général, Colton Bale, avait voulu présenter aux membres de son personnel celui qu'il avait ramené de San Francisco avec lui. Désormais, ils n'étaient plus qu'une division de l'empire de Sheridan Grant, et son plan était que tout le monde se sente comme s'ils étaient les membres d'une seule grande et heureuse famille. Alors son nouveau patron s'était pris d'une sympathie instantanée pour son petit ami, Tiernan Saunders.

Colton avait fait le tour des tables et rencontré tout le monde et lorsque Jude lui avait présenté son partenaire, Colton avait souri largement en lui serrant la main. Instantanément, Jude s'était senti mal à l'aise. Peu importait ce que lui avait dit Tiernan plus tard dans le taxi, il avait l'air plus réjoui que d'ordinaire.

— Tu lui as tapé dans l'œil, lui avait dit Jude ce soir-là, une fois qu'ils étaient rentrés.

— Tu as tort, avait dit Tiernan de la chambre. C'est juste un chic type.

— Non, il…

— Et j'ajouterai qu'il est très sexy, l'avait taquiné Tiernan en se penchant vers la porte pour le voir. Putain de merde, Jude, pourquoi est-ce que je ne pourrais pas te dire que ton nouveau patron est attirant ?

Jude lui avait grogné dessus, ce qui avait déclenché le rire de Tiernan.

— Viens au lit. J'ai envie de te faire plein de choses.

Mais il n'y avait aucune chaleur, ni dans ses mots, ni dans ses yeux. Il avait été distrait et Jude, même s'il avait gardé son inquiétude pour lui-même, avait compris qu'il n'avait rien imaginé. C'était stupide d'accuser quelqu'un d'être attiré par un autre surtout si vous ne vouliez pas le faire fuir. Et Jude voulait que Tiernan n'aille nulle part ailleurs. Ils venaient juste d'emménager ensemble après un an et demi en tant que couple, et suite à cet engagement, son plan avait été de garder éternellement Tiernan. Et ce, malgré le fait que Jude connaisse sa réputation de coureur ; il avait pensé qu'il était peut-être celui qui le stabiliserait. Peut-être était-il le gars que Tiernan avait recherché toute sa vie. Peut-être que tous les deux avaient le potentiel pour réussir leur vie de couple. Et cela avait été génial, pendant presque six mois entiers.

Leur relation avait duré au total presque deux ans avant que Colton ne se glisse dans leur jardin d'Eden, mais la façon dont elle s'était terminée avait entaché tout le reste. Jude ne pourrait jamais repenser aux bons moments sans se rappeler la trahison qui y avait mis un terme.

Lorsqu'il était rentré à la maison plus tôt que prévu ce vendredi, il avait trouvé Tiernan au lit avec son nouveau patron. Bizarrement, Jude n'avait pas été aussi choqué qu'il aurait dû l'être. Les appels téléphoniques nocturnes que Tiernan recevait, son besoin perpétuel de savoir où se trouvait son téléphone portable, la façon dont Jude n'était pas autorisé à y toucher, le nouveau mot de passe sur son ordinateur portable, tous ces signes avaient alerté Jude qui avait refusé d'avoir une conversation franche avec Tiernan. Jude avait su, simplement su, que Tiernan couchait avec quelqu'un ; il ne savait simplement pas qu'il s'agissait de son patron.

Mais dans une certaine mesure, cela avait du sens. Colton gagnait bien sa vie, possédait pas mal de choses et ressemblait à une star de cinéma avec sa haute taille, sa carrure, ses cheveux blonds et ses sombres yeux bleus. Tiernan Saunders était également bien doté par la nature. Il ressemblait à un parfait mannequin avec ses épais cheveux longs et blonds et ses yeux vert émeraude. L'homme était magnifique et le savait, aussi lorsque Jude les avait trouvés tous les deux dans son lit, c'était plus un « bien sûr » qu'autre chose. Lorsque Tiernan l'avait suivi dans la cuisine, il n'avait pas été capable de le regarder en face. Il s'était écoulé deux semaines depuis le dîner où ils avaient été présentés et quand il l'avait interrogé pour savoir depuis quand cela durait, Tiernan lui avait répondu qu'ils avaient couché ensemble la nuit qui avait suivi cette première rencontre. La connexion avait été instantanée et ils avaient consommé leur passion pendant que Jude était coincé par sa formation de consultant en relations publiques. C'était ironique. Jude avait pris ses affaires et promis à Tiernan qu'il serait parti le lendemain. Il n'avait jamais regardé en arrière. Plus tard cette même nuit, il avait appelé quelques amis du bar où il était un habitué et ils l'avaient aidé à sortir ses affaires de son appartement et de son bureau dès le lendemain.

Donc, en l'espace d'un mois, Jude Shea était passé du statut d'employé gagnant très bien sa vie et impliqué dans une relation sérieuse à celui de chômeur et célibataire. Ses amis l'avaient mis en garde de ne pas quitter son travail et d'aller plutôt directement voir Sheridan Grant, au moins jusqu'à ce qu'il trouve un nouveau travail, mais croiser Colton chaque jour lui était impossible, sachant qu'il couchait avec l'homme qui avait été le sien autrefois. C'était trop lui demander. Mais trouver un nouveau travail sans en avoir déjà un était difficile, et comme il ne pouvait pas leur expliquer la vraie raison de son départ, tout le monde pensait qu'il était trop lunatique. Cela faisait deux semaines qu'il cherchait, et il n'avait toujours pas de piste. Et maintenant, il avait un chien. Sa vie était loin d'être un modèle de réussite.

Enfin, tournant dans sa rue, il vit son immeuble de l'autre côté. Sur le perron qui conduisait à sa porte d'entrée, il s'arrêta et regarda autour de lui. Un museau froid glissant dans la paume de sa main lui rappela qu'il n'était pas seul.

— Hé, dit Jude, s'asseyant de sorte que le chien et lui soient les yeux dans les yeux. Alors, je t'explique : je ne sais pas combien de temps nous allons rester ensemble et je te promets de faire tout le nécessaire pour te ramener d'où tu viens, mais pour l'instant veux-tu de moi ? Cela te convient-il ?

Le chien ne lâcha pas Jude des yeux. N'ayant jamais eu de chien, ce dernier ne savait pas comment communiquer avec lui. Il l'avait vu faire à la télé et dans des films, mais ne savait pas comment s'y prendre. Du coup, il lui parla comme à n'importe qui d'autre.

— Je dois te trouver un nom, alors que penses-tu de Joe ? Pas terrible, mais c'était le nom de mon meilleur ami quand j'avais dix ans. J'aurais probablement dû rester en contact avec lui.

Le chien de Jude posa sa truffe humide contre son œil avant de lui lécher le menton.

— Il suffit de ne pas me manger au milieu de la nuit.

Jude bâilla avant de se retourner et de grimper l'escalier menant à sa porte d'entrée. Avoir fait plusieurs fois le chemin de chez lui, au parc, puis chez le vétérinaire, avant de revenir l'avait épuisé. Il ne pouvait utiliser le vieil ascenseur avant huit heures du matin car il était trop bruyant, donc il dut prendre l'escalier.

À l'intérieur de son appartement, Jude fit une visite guidée à son nouvel animal de compagnie. Il lui indiqua où étaient les toilettes, lui montra la chambre et lui indiqua que derrière le paravent se trouvait la cuisine. Il lui expliqua que l'endroit le plus chaud de l'appartement était devant le radiateur qui semblait roter lorsqu'il l'allumait. Lorsqu'il émit un bruit ressemblant à un gargouillement, Joe grogna, hérissant ses poils de colère.

Jude se moqua de lui et après une minute, Joe leva les yeux, frétilla de la queue et regarda Jude d'un air embarrassé.

— Tu n'as jamais vécu en intérieur, mon garçon ?

Tout ce qu'il obtint fut une truffe dans la paume de sa main.

Jude se prépara un petit déjeuner et ouvrit deux boîtes de nourriture pour chien que le vétérinaire lui avait données pour Joe. Son omelette devait sentir meilleur parce que Joe ne voulut rien avoir à faire avec ce qui était dans sa gamelle mais tout avec ce que Jude mangeait. Du coup, il rajouta des œufs, du jambon, des oignons et du fromage, ce qui ne lui ferait pas de mal. Jude refit une omelette pour le chien et ajouta du lait pour aller avec. Ils mangèrent ensemble, Joe sur le sol à côté du poêle et Jude assis sur le comptoir. Il n'avait pas encore de table ni de chaises. Il n'avait pas un budget assez conséquent pour s'en acheter. Lorsqu'il s'effondra sur le canapé une demi-heure plus tard, toute son énergie concentrée sur sa digestion, Joe s'étendit sur le sol à côté de lui. Jude s'endormit la main sur le dos de son chien, essayant de se souvenir de ce qu'il était censé faire un samedi.

SON TÉLÉPHONE le réveilla trois heures plus tard et il chancela jusqu'à sa chambre lorsqu'il vit quelque chose se déplacer du coin de l'œil. Il hurla avant de se souvenir qu'il avait un chien.

— Merde, murmura-t-il, le cœur battant à cent à l'heure.

Quel parfait idiot il faisait.

Lorsqu'il attrapa son téléphone, il vit qu'il avait raté trois messages de son ami Dean.

— Oh bordel, grogna-t-il, se souvenant brusquement qu'il était supposé l'aider à mettre en place une réunion pour sa société.

Un mois plus tôt, lorsqu'il avait accepté de l'aider, cela ne lui avait posé problème de participer à cet événement. Se retrouvant maintenant obligé d'y aller alors qu'il venait tout juste de se réveiller, il trouva difficile de prendre une douche et de s'habiller. Lorsqu'il émergea de la salle de bain, son chien le fixa attentivement. Comme il s'asseyait sur le canapé pour nouer ses Converse, Joe vint le renifler. La truffe humide se posa derrière son oreille, descendit le long de son cou et s'enfonça dans le col de sa chemise. Jude le repoussa parce que cela le chatouillait.

— Ça c'est mon espace personnel, mon pote, fit-il en riant, repoussant à nouveau Joe, plongeant les mains dans la fourrure du chien lorsque sa langue dévia sur sa bouche. Beurk !

À la porte, il réalisa que Joe était juste derrière lui.

— Non, mon pote, lui dit Jude, l'empêchant de sortir en passant une jambe en travers de la porte. Il y aura beaucoup de monde là-bas que tu ne connaîtras pas et je ne veux pas que tu fasses peur à qui que ce soit.

Les gémissements gutturaux de Joe lui firent lever les yeux au ciel.

Après l'avoir regardé quelques instants, Jude soupira et indiqua la table basse où le collier de cuir épais et la laisse donnés par la vétérinaire étaient posés.

— Si nous sortons, tu vas devoir porter tout cet attirail. Tu ne peux pas sortir sans.

Et étonnamment, Joe se dirigea vers la table, attrapa les deux objets dans sa gueule et les lui rapporta. Il s'assit aux pieds de Jude et attendit qu'il fasse quelque chose. Tout en passant le collier autour du cou du chien, l'homme se demanda si cette réaction était normale.

— Tu es sûr que tu ne parles pas ?

Il ne reçut qu'un léger coup de tête en réponse.


L'ÉVÉNEMENT SE déroulait sur un terrain de camping en dehors de la ville et le temps que Jude s'y rende, il se retrouva en proie à un violent désarroi. En l'espace d'une demi-heure, tout avait été lancé et était sur la bonne voie. C'était ce que Dean Sherwood avait toujours le plus admiré chez son ami, Jude avait apparemment une capacité innée à garder son calme lorsqu'il était confronté au chaos et à faire en sorte que tout le monde s'arrête pour l'écouter. Il n'y avait personne pour refuser de travailler avec lui et personne qui ne puisse se tenir à l'écart. Tout le monde l'appréciait immédiatement et les gens avaient tendance à accepter ses idées et suggestions alors qu'ils ne l'auraient pas supporté de la part de quelqu'un d'autre. Lorsque Jude devait donner des ordres, il le faisait de manière ludique, joyeusement, on entendait toujours l'ombre d'un rire dans sa voix et son sourire illuminait son regard comme s'il recevait une récompense. Dean avait demandé à Jude de s'en occuper car c'était pour lui l'assurance que l'événement allait bien se dérouler. Il avait été pris de panique lorsque Jude avait eu du retard.

Vers quatre heures de l'après-midi, Jude prit finalement un petit moment pour respirer et manger, assis sur une chaise pliante, son hamburger posé sur un côté de son assiette, celui de Joe de l'autre côté. Lorsque quelqu'un se racla la gorge à côté de lui, il releva les yeux et vit une femme qui lui souriait.

— Salut.

Il plissa les yeux vers elle.

Elle désigna Joe.

— Vous savez, vous ne devriez pas le laisser manger ça. Ça pourrait le rendre malade.

Jude regarda son chien ; Joe se pencha en avant, tourna la tête et en utilisant seulement sa langue, dans une manœuvre très délicate, il prit des doigts de Jude sa dernière bouchée de chili burger avant de l'avaler.

— Tu veux un peu d'eau maintenant ?

Le chien n'aboya pas ; il grogna son accord. Jude n'était même pas sûr qu'il sache aboyer. Il décapsula sa bouteille et fit couler un peu d'eau directement dans la gueule du chien avant de relever la tête pour regarder la dame qui lui avait donné des conseils de nutrition.

— Il y avait du chili dedans ? demanda-t-elle avec un petit rire.

Il agita les sourcils vers elle.

Elle lui adressa un large sourire et lui tendit la main.

— Je suis Cecilia Benning. Et vous êtes ?

Quand Jude lui eut expliqué qu'il n'était là que pour donner un coup de main, elle s'assit dans un fauteuil près de lui. Dès que Cecilia fut installée, Joe se leva, s'approcha jusqu'à ce qu'il se tienne devant elle et la regarda. Il ne lui sauta pas dessus, ne posa de patte sur elle et ne s'approcha pas suffisamment pour qu'il puisse la toucher. Son examen était purement visuel, il ne la renifla même pas. Apparemment, il réussit son coup car elle s'émerveilla sur le fait qu'il ne semblait pas ressembler aux autres chiens.

— Puis-je le caresser ?

— Bien sûr.

Elle y arriva uniquement parce que Joe se rapprocha suffisamment d'elle pour la laisser le toucher.

— Mon Dieu, qu'il est bien élevé !

Cecilia regarda Jude.

— Depuis combien de temps l'avez-vous ?

— Un moment, mentit-il.

Il aurait juré que Joe l'avait regardé et avait soulevé un sourcil Jude fronça à son tour les sourcils et reçut un coup de langue sur son menton avant que le chien ne se rapproche brusquement et lui donne un nouveau coup de langue derrière l'oreille. Jude le repoussa en riant mais on aurait dit un mur de muscles. Le gémissement qu'il lâcha avant d'enfouir sa truffe dans la clavicule de Jude le fit rire.

— Il n'aime que vous.

— Ce chien ne comprend pas du tout la notion d'espace personnel, lui répondit Jude tout en passant les mains dans la fourrure luxuriante, caressant les oreilles de Joe et les grattouillant.

— Il respecte le mien, l'assura Cecilia. Je pense qu'il n'oublie que le vôtre.

Jude grogna, tout comme son chien.

Son rire était chaleureux.

— Je vous ai donné mon nom. Quel est le vôtre ?

Sa tête dodelina.

— N'ai-je pas… Oh merde, je suis désolé, dit-il en lui tendant la main. Je m'appelle Jude Shea.

Cecilia plissa les yeux tout en la lui serrant.

— Pourquoi est-ce que je connais votre nom ?

— Je ne sais pas.

— Jude, Jude… Ce n'est pas comme si… Oh !

Son visage s'éclaira et elle pressa avec force la main toujours tendue.

— Vous êtes le gars qui s'occupe de la publicité de ma sœur ! Vous êtes le seul en qui elle ait confiance !

— Qui est votre sœur ?

— Gracie Everett.

Jude se recula et Joe se glissa près de lui, se positionnant entre ses cuisses si bien que les jambes de Jude se retrouvèrent de part et d'autre du chien.

— Gracie Everett. Elle possède le logiciel *Snap Dragon*.

— Oui.

Elle sourit à Jude en se levant.

— Et des chiens de traîneau. Elle a un attelage qui fait la course de l'Iditarod tous les ans. Elle va être ravie de rencontrer votre chien et plus encore de vous revoir. Venez avec moi.

Puisque tout ce qu'il lui restait à faire était de coordonner le nettoyage des lieux et parce qu'il était absolument impératif de ne pas faire la fine bouche lorsque l'univers nous offrait enfin un moment de répit, Jude se leva et la suivit. Des tentes blanches avaient été dressées pour les invités VIP et Jude suivit Cecilia jusque dans l'une des plus grandes.

Gracie Everett ne ressemblait en rien à sa sœur. Là où Cecilia était grande, svelte et gracieuse, Gracie était petite, ronde et bougeait de manière erratique. Elle parlait vite et rendait la plupart des gens si frénétiques qu'il leur était difficile ne serait-ce que de penser. Sur Jude, elle avait l'exact effet inverse. Il se sentait calme en sa présence et elle avec lui. Dès qu'elle le vit, elle poussa un tel cri de joie qu'elle surprit tous ceux qui l'entouraient. Il la regarda se précipiter à travers la tente pour le rejoindre, passant les bras autour de son cou avant de le serrer fort contre elle et de faire un pas en arrière pour le regarder.

Gracie était aussi folle du visage de l'homme en face d'elle que de son esprit.

— Oh Jude, je vous ai trouvé !

Elle avait toujours été frappée par la délicatesse de ses traits. Ses yeux bruns étaient chaleureux, bordés de longs cils épais. Son nez était petit et légèrement retroussé, le genre pour lequel des femmes seraient prêtes à débourser des milliers de dollars, il était vraiment servi côté génétique. Ses lèvres étaient pleines et roses, il avait les pommettes hautes et de magnifiques fossettes. C'était vraiment un bel homme et ce qu'elle trouvait le plus séduisant en lui, c'était qu'il semblait n'en avoir aucune idée. Il ne comptait pas sur son apparence mais pariait sur son cerveau. Gracie aimait cela. Elle aimait beaucoup cela.

— C'est moi qui l'ai trouvé, fit Cecilia en corrigeant la précédente déclaration de sa sœur. Assure-toi de ne pas l'oublier.

Et tout à coup, Jude eut l'impression de se retrouver pris dans l'œil d'un cyclone. Gracie saisit sa main, arrachant au passage la nappe de lin blanc qui recouvrait la table et le fit asseoir.

— Oh Jude, j'ai tellement à… Oh mon Dieu ! Quel chien magnifique.

Après ça, Gracie ne s'occupa plus que de Joe, le caressa, le cajola, lui disant à quel point il était magnifique et se comportait bien. Elle posa un million de questions sur lui, ne laissant à Jude aucune chance de lui répondre avant de reporter son attention sur lui et pourquoi ne l'avait-il jamais rappelée ? Pourquoi diable ne répondait-il plus à ses appels ?

— Mais je ne travaille plus pour Sheridan Grant maintenant, lui apprit-il. J'ai pourtant envoyé un e-mail à tous mes clients avant de partir.

Gracie sembla confuse.

— Colton ne m'en a pas touché un mot.

— Quand l'avez-vous vu pour la dernière fois ?

— Je ne sais pas, il y a peut être une demi-heure. Sheridan Grant est l'un des sponsors de cet événement, vous savez.

Gracie le regarda de travers.

Non, il ne le savait pas et Dean, *cette merde*, avait négligé de le lui dire.

— Je pense que… oh, le voilà.

Il tourna la tête et, à son grand regret, aperçut Colton Bale. Il traversa rapidement la distance qui les séparait pour arriver jusqu'à Jude, apparemment énervé, passant les doigts dans ses cheveux, puis il s'arrêta devant lui.

— Jude, fit Colton hors d'haleine comme s'il avait couru. Je me disais bien que c'était vous.

Jude n'avait pas l'intention de laver le linge sale de son passé en public, surtout devant des clients, il était bien trop professionnel pour ça. Il n'eut donc pas le choix mais resta immobile.

— Pouvez-vous sortir avec moi une minute, s'il vous plaît ?

Là encore, il n'eut pas le choix.

— Revenez juste après, lui cria Gracie. Je veux que vous dîniez avec moi et si vous ne travaillez plus pour monsieur Bale, nous devons avoir une conversation.

Comme Jude se dirigeait vers la sortie, il ressentit la chaleur de la douce présence d'une fourrure près de sa main et un poids rassurant près de sa hanche. Joe avait réagi rapidement pour rester à ses côtés.

— Mon Dieu ! Jude, par l'enfer, qu'est-ce que c'est que ça ? demanda Colton nerveusement, ses yeux fixés sur l'énorme animal.

— Mon chien, répondit-il tout bas.

Après un long moment où Colton regarda Jude autant que le chien, il adressa un sourire à son ancien employé.

19

— Il est magnifique. Je ne savais même pas que vous aviez un chien.

Comme si l'homme savait quoi que ce soit sur lui.

— Je n'en avais jamais eu avant.

Tiernan détestait les chiens… et les chats et tout ce qui demandait une prise en charge. Même les poissons. Un autre signe qui aurait dû l'alerter.

— C'est un nouvel arrivant.

— Puis-je… Cela ne vous dérange pas si je le touche ?

Jude haussa juste les épaules. Ce ne serait pas de la faute de Joe si les doigts de l'homme se retrouvaient, par erreur, coincés dans sa gueule. Mais lorsque Colton tendit la main vers Joe, le chien détourna la tête comme s'il était ennuyé et ne voulait pas être dérangé. L'ex-patron de Jude se retrouva à toucher de l'air au lieu de la douce fourrure aux senteurs de pin.

Colton rit.

— Il ne m'aime pas non plus.

— Que puis-je faire pour vous ?

C'était difficile de ne pas laisser sa voix devenir glaciale, mais il essaya.

— Vous souvenez-vous du compte Ryder ? demanda Colton après s'être raclé la gorge.

— Bien sûr.

Une toux qu'il essayait de réprimer émergea de la gorge de Colton.

— Eh bien, il semble que Belinda Ryder ne souhaite travailler qu'avec vous. Comme vous travailliez pour nous au moment où vous leur avez présenté vos idées, si vous alliez les voir sans nous, vous vous retrouveriez en situation de violation de contrat. Mais si vous reveniez, ce serait certainement le meilleur scénario pour toutes les parties concernées.

Jude n'était pas sûr d'avoir bien entendu.

— Vous devez plaisanter.

Colton avait l'air mortifié et mal à l'aise.

— Je sais de quoi cela a l'air, mais je ne voulais pas que vous nous quittiez, Jude. J'avais… d'autres plans pour vous qui ont déraillé comme tout le reste.

Lorsque Jude le regarda, ses profonds yeux bruns focalisés et inébranlables rendirent Colton presque physiquement malade. Il se sentit humilié et embarrassé et dut lutter contre l'envie de se tortiller. La dernière fois qu'il avait posé les yeux sur Jude, c'était le jour où ce dernier l'avait découvert au lit avec son petit ami. Colton avait entendu quelqu'un prendre une grande inspiration et avait vu Jude qui se tenait dans l'embrasure de la porte, les regardant Tiernan et lui. Une fois qu'il avait réussi à reprendre contenance, il avait sauté hors du lit afin de parler à Jude, pour apprendre par Tiernan que son collègue était parti. Colton avait eu l'intention de lui demander pardon le jour même après le travail, mais Jude ne lui en avait jamais laissé l'opportunité car il avait démissionné sans faire ses deux semaines de préavis. Initialement content de ne pas devoir lui faire face, Colton avait bientôt réalisé ce que son mauvais jugement lui avait coûté, aussi bien personnellement que professionnellement.

Il s'était avéré que tout le monde, aussi bien sous ses ordres qu'au-dessus de lui chez Sheridan Grant, tenait monsieur Judah Lee Shea en grande estime. Son départ avait été une perte terrible, même en essayant de le cacher aux clients – Colton ayant réussi à intercepter la diffusion de l'e-mail de Jude informant ses clients de sa démission – mais cela devenait de plus en plus difficile de le dissimuler. Colton avait besoin que Jude revienne travailler chez eux le plus rapidement possible. Son patron, le propriétaire et directeur général de la compagnie, Nick Sheridan, ne lui avait donné qu'une semaine de plus pour réaliser cet exploit. Sinon, il devrait donner sa propre lettre de démission.

On ne pouvait pas prendre en charge un nouveau bureau et perdre son plus grand atout. Cela n'avait pas été judicieux de pousser le meilleur élément à partir, l'homme qui générait à lui seul plus de revenus pour la société que n'importe quel autre. Colton avait été chargé par son patron de ramener Jude au bercail immédiatement. On lui avait dit de ne pas lésiner sur les moyens et de lui offrir n'importe quelle somme d'argent nécessaire ou bien même de ramper devant lui au besoin.

— Je n'ai jamais voulu que vous partiez, Jude, répéta-t-il rapidement avec un sourire hésitant. Ma réputation en a pris un coup… et tout le monde sait, vous savez ?

Le serveur interne d'échange d'e-mails grouillait de rumeurs et d'insinuations, de spéculations sauvages sur ce que Colton Bale avait fait à l'employé bien-aimé et respecté, le talentueux Jude, pour le pousser à partir. Les coups d'œil qu'on lui adressait, la manière dont tout le monde refusait de le regarder dans les yeux, les murmures et chuchotements qu'il entendait derrière son dos et qui cessaient dès qu'il entrait dans une pièce… tout cela était épuisant et le rendait malade. Il avait laissé sa petite tête penser à la place de la grande et il était en train de payer le prix fort pour sa grossière erreur de jugement.

— Hé ?

— Désolé.

Colton se racla la gorge, le regard à nouveau rivé sur les yeux si foncés de Jude.

Et par l'enfer, comment avait-il pu être aussi aveugle ? Tout ce qu'il avait vu était la beauté blonde de Tiernan Saunders et lorsque le brouillard s'était dissipé, il avait réalisé qu'il avait complètement raté le fait que Jude était une véritable trouvaille. Il était drôle, intelligent et sexy… *Dieu ! Qu'il était sexy*… Et lorsqu'il souriait… En fait, ces derniers temps, Colton se repassait l'image de ce sourire lorsqu'il se branlait. Il s'imaginait toutes sortes de scénarios qui lui vaudraient directement ce sourire, et, dans la plupart d'entre eux, il imaginait Jude nu sous lui.

Tout n'avait été qu'un véritable gâchis et il semblait qu'il n'y avait aucun moyen de l'arranger.

— Vous allez bien ? demanda Jude.

Colton prit une profonde respiration, pour calmer son cœur battant, essayant de contrôler son sang qui se ruait vers son aine.

— Écoutez, monsieur Sheridan veut vous rencontrer lorsqu'il sera en ville pour la réunion avec Ryder lundi.

Jude le regarda fixement, absolument certain que Colton Bale avait perdu l'esprit.

— Je vous ai laissé au moins une vingtaine de messages sur votre téléphone et je vous ai envoyé des e-mails. Je sais que ce qui s'est passé entre Tiernan et moi est…

— Mon téléphone supprime automatiquement tout ce qui vient de vous.

Colton hocha la tête, en souriant timidement.

— Okay, mais maintenant que je suis debout ici en face de vous, pourriez-vous envisager de revenir ? Si tout se passe bien, vous pourriez prendre vos propres décisions sans avoir à m'en référer. Natalie Torres est le nouveau directeur du marketing pour toute la côte Est. Vous n'aurez à faire qu'à elle. Elle sera également présente lundi.

Jude plissa des yeux en le regardant.

— Quoi ? Leur avez-vous dit que je me présenterais ?

— Cela se pourrait.

Jude hocha la tête.

— Et quel était votre plan pour me faire venir jusque là-bas ?

Colton poussa un profond soupir.

— En réalité, je n'en avais aucun. Je pensais vous offrir ma tête sur un plateau et essayer de faire appel à votre bon sens.

— Ce serait un début, acquiesça Jude.

— Puis-je en conclure que vous êtes intéressé par cette offre ?

Colton lui adressa un sourire, espérant qu'il avait mordu à l'hameçon. Jude croisa les bras sur sa poitrine.

— Vous avez toutes mes notes, c'est ma proposition, vous n'avez pas besoin de moi pour l'instant.

Colton hocha la tête, regardant au loin avant de revenir à Jude.

— Il y a encore une chose. La cliente vous fait entièrement confiance pour ne pas déformer sa vision parce que vous étiez l'un de ceux qui l'avait écouté initialement et vous lui aviez proposé une première ébauche. Elle pense que vous êtes le seul qui la comprenne et elle a foi en vous, pas en l'entreprise.

— Et alors ? Si ce n'était pas pour cette cliente, je n'aurais plus jamais entendu parler de vous ?

Les yeux de Colton revinrent vers Jude.

— Il ne s'agit pas que de cette cliente. Il y a madame Everett qui attend votre retour parmi nous pour vous offrir un travail, et Tom Youngblood, et Scott Ames… et la liste continue. Vous êtes brillant, Jude, et vous le savez. Tous vos clients ont une confiance aveugle en vous, je n'ai jamais vu ça nulle part ailleurs. Vous interprétez leurs idées et voyez les choses beaucoup plus vite que le reste d'entre nous. Le problème, c'est que vous gardez tout pour vous. Si vous pouviez montrer un peu plus d'humilité, tout le monde s'en trouverait gagnant.

Jude savait qu'il agissait effectivement comme ça et il devait le reconnaître. Il avait développé une mauvaise image de lui-même et un ego surdimensionné à son travail. Cela lui faisait mal de devoir l'admettre, mais c'était l'une des raisons pour lesquelles son cercle d'amis avait toujours été si restreint.

— J'ai besoin de vous, Jude, mais vous avez besoin de nous aussi. Avoir une réputation de personne brillante mais ingérable ne vous permettra pas de recevoir beaucoup de propositions de postes. Il y a beaucoup de conseillers de premier ordre qui acceptent la critique, ce qui leur promet un plus bel avenir que le vôtre.

À cet énoncé, Jude fut sur le point de dire à Colton Bale qu'il pouvait bien aller se faire voir, mais son chien muet poussa la truffe dans la paume de sa main. Jude se dit qu'il devait penser avant tout à lui et qu'il devait ravaler sa fierté s'il voulait avancer. Il serait difficile de nourrir un loup lorsqu'on n'avait pas d'argent. Non pas qu'il soit encore en mauvaise posture, ses économies le mettant à l'abri – il n'était pas encore à la rue – mais il ne voulait pas épuiser son bas de laine.

— Alors ? demanda Colton.

— À quelle heure lundi ?

Colton ne put retenir un soupir de soulagement ni un sourire incertain.

— Ils arrivent pour dix heures. Soyez à mon bureau à neuf heures, d'accord ? Je vous enverrai un coursier avec votre nouveau contrat demain matin. Appelez-moi si quelque chose, n'importe quoi ne vous semble pas juste ou équitable.

Jude hocha la tête.

— Tout le monde veut que vous reveniez. L'équipe entière est troublée depuis que vous êtes parti. Ils veulent tous que vous passiez directeur de la création. Monsieur Sheridan est prêt à vous accorder ce titre et vous n'aurez qu'à vous référer à Torres, comme je vous l'ai dit.

Jude ne donna aucun signe extérieur de l'exaltation qu'il ressentait.

— Okay ? le pressa Colton.

— Okay.

— Bien, soupira Colton dans un grand sourire en regardant le visage de Jude puis Joe. Je peux peut-être caresser votre chien maintenant ?

Jude se retourna et s'adressa à Joe.

— Qu'est-ce que tu en penses, garçon ? Est-ce que l'os qu'il m'a jeté est suffisant ?

En réponse, Joe s'avança et leva le museau vers Colton. L'homme s'agenouilla devant l'animal de compagnie de Jude et plongea ses mains dans l'épaisse fourrure.

— Mon Dieu ! Il est magnifique, depuis quand l'avez-vous ?

— Hier soir.

— Hier soir ? fit Colton en riant, souriant à Jude, incapable de quitter des yeux l'homme qui provoquait en lui une telle réaction au niveau de l'aine. Vous plaisantez ?

Jude secoua la tête.

Colton s'assura de prendre une grande inspiration avant de se relever de sa position accroupie devant le chien afin de pouvoir respirer et parler en même temps. Comment avait-il pu être aussi stupide ? Il ne se trompait jamais et ne se posait jamais de question avant de sauter quelqu'un, mais Tiernan était magnifique, si magnifique en fait que Colton n'avait pas remarqué Jude. Tiernan était si sexy qu'il n'avait pas cessé de se demander qui était au-dessus et qui se laissait prendre. Et, bien qu'il soit vrai que

Tiernan Saunders soit polyvalent, il avait défini une préférence et celle-ci tenait compte des préférences de Colton. Jamais de sa vie Colton ne s'était laissé prendre par qui que ce soit et il n'allait pas commencer avec Tiernan Saunders juste parce qu'il l'excitait.

Quand le ton s'était mis à monter et la frustration à grandir, la vérité à propos de Jude avait éclaté. Avant qu'ils ne terminent leur courte liaison, Tiernan avait raconté à Colton tout ce que Jude l'avait autorisé à faire avec lui dans un lit. La seule idée de ligoter Jude l'avait excité et l'avait presque fait jouir. Colton n'avait pas été capable de s'enlever cette image de la tête depuis. Face à l'homme en question, il avait du mal à croiser son regard.

— Okay, alors à lundi.

Colton sortit de son brouillard et réalisa que Jude s'éloignait déjà.

— Attendez, je souhaite vous inviter à dîner et...

— Non, j'ai d'autres plans. Je vous verrai plus tard.

Colton se racla la gorge, tendant la main pour toucher le jeune homme, pour le garder près de lui, pour lui parler.

— Je voulais que vous sachiez... Tiernan et moi... c'est terminé.

Jude se pencha hors de sa portée et Colton n'eut pas d'autre choix que de le laisser partir.

— Ouais, il... euh... nous n'avons pas... peu importe, je voulais juste vous le dire. Pour ne pas que vous croyiez que si vous veniez me voir, vous le reverriez, essaya d'expliquer Colton.

— Okay.

— Ce n'était pas ce que nous avions imaginé.

Jude n'avait aucune idée de ce que cela voulait dire, mais il ne voyait pas l'intérêt de le demander.

— Attendez, dit Colton, incapable de camoufler l'imploration dans sa voix alors qu'il courait pour rattraper Jude.

Cependant, il dut reculer lorsque Joe lui barra tout à coup le chemin.

— Eh bien... il est très protecteur après une seule journée.

Jude haussa les épaules.

— J'ai l'impression qu'il m'aime bien, expliqua-t-il.

— C'était – c'est, moi aussi, Jude. J'ai juste été distrait.

Que cela voulait-il dire encore ?

— Ouais, d'accord. Je vous verrai plus tard, dit Jude avant de se retourner et de se diriger vers la tente de madame Everett.

Colton devait aller dans la direction opposée. Il y avait des gens qui l'attendaient. Il n'avait aucune raison de rester.

— Lundi à neuf heures, Jude, rappela Colton à l'homme qu'il voulait ramener chez lui pour lui faire tout un tas de choses.

Agité, Jude lui fit savoir qu'il l'avait entendu mais ne se retourna pas. Il était euphorique et accablé en même temps. En une seule journée, sa journée était passée de terrifiante à stable. C'était difficile à réaliser. Avant de rejoindre madame Everett, il appela son ami Taylor pour lui annoncer la bonne nouvelle selon laquelle il avait de nouveau un travail, et pour accepter de le retrouver à une soirée à laquelle il avait refusé d'aller plus tôt dans la semaine. Maintenant qu'il avait quelque chose à célébrer, Jude irait avec quiconque boirait un verre avec lui. Après tout, on était samedi soir.

# III

JUDE PRIT son chien et quitta l'événement dès que les lots – des sacs – furent distribués. Laissant le nettoyage aux mains des sbires de Dean, il se dirigea directement vers un magasin de vins et spiritueux. Il fut surpris que le propriétaire du magasin ne lui fasse pas de réflexion sur la présence de Joe, au lieu de ça, il avait serré la patte au chien par-dessus le comptoir. C'était amusant de voir que les gens étaient soit effrayés soit hypnotisés par Joe. Madame Everett avait été incapable de ne pas le toucher et même Colton y avait succombé. Chez Taylor, la réaction de ses amis fut unanime : ils trouvèrent que Joe était génial. Le problème était que leur intérêt pour lui se traduisait en lui donnant de la nourriture piochée dans leurs assiettes, en lui remplissant un bol de bière et, dans le cas de son amie Kara, en tressant une guirlande de rubans sur sa grande et effrayante bête. Tout le monde disait qu'avec cela autour de son cou, il ressemblait à une sorte de créature mythologique.

— Tu ressembles à un idiot, lui assura Jude alors qu'il s'asseyait sur la première marche du porche, allongeant les jambes sur la rambarde en face de lui. Ils ne font que te mentir afin que tu ne te sentes pas comme un abruti.

Le regard qu'il reçut en retour suggéra que Joe lui en voulait de son commentaire. Il était amusant de voir qu'au cours de la journée, Jude avait commencé à penser à son chien comme à une personne. Il y avait un nom pour ça, pour le fait d'attribuer aux animaux des pensées et des émotions humaines, mais après plusieurs verres de tequila et de bière, il n'avait aucun moyen de s'en souvenir, alors que tout tournait dans sa tête comme dans un manège.

On était samedi soir, il n'était que vingt-trois heures et la maison était pleine de monde. Il y avait des gens qui encombraient les porches de devant et de derrière, ainsi que la pelouse, et qui surgissaient de partout, de chaque pièce, et plus particulièrement du salon d'où sortait la musique. Jude dansa alors que, d'habitude, il était beaucoup trop inhibé et réservait ses danses sensuelles au seul cadre privé de sa propre maison. Mais, comme il était ivre et qu'il se sentait bien, il se laissa aller. Son corps ondulait comme s'il n'était composé que d'eau et beaucoup d'hommes et de femmes le dévisagèrent. Finalement, quand il ne supporta plus de le regarder se donner en spectacle comme ça, Taylor Gossett l'arracha à la pièce avant de le traîner à travers la foule jusqu'à la cuisine, puis le poussa contre le mur près de la porte de derrière.

— Bordel ! Mais qu'est-ce que tu fais ? demanda Taylor.

— Qu'est-c'tu dis ?

Il coinça son genou entre les cuisses de Jude.

— Si tu veux vraiment t'envoyer en l'air, je suis volontaire pour te gratter là où ça te démange, mon pote.

Jude lui sourit malicieusement, le regardant de ses yeux plissés.

— Est-ce bien raisonnable ?

Taylor hocha lentement la tête.

— Tu n'as pas idée de quoi tu as l'air comme ça. Tu n'en as jamais eu la moindre idée.

— Et à quoi je ressemble ? le taquina Jude, relevant un sourcil provoquant.

Le regard de Taylor se verrouilla sur celui de Jude.

— Tu es le mec le plus sexy de la soirée, Jude, et tu ne le sais même pas.

Jude poussa un profond soupir avant de poser ses mains sur la poitrine de Taylor.

— Montre-moi.

— Putain ! souffla Taylor, sa main glissant vers la gorge de Jude. Tu as ce corps magnifique et ta peau est… et tes grands yeux bruns… Merde, tu ne remarques même pas tous les mecs qui te tournent autour rien que pour essayer de te parler.

Il ne disait que des conneries. Jude savait bien que c'était son ex qui était beau. Lui était bâti comme un nageur avec de longs muscles fins. Il n'était pas aussi parfait que Tiernan. Lui, il avait des défauts.

— Okay, fit-il d'un ton condescendant.

— Jude, ronronna Taylor, bébé, t'as l'air carrément sexy, carrément magnifique. Le fait que tu ne le saches même pas et n'en uses pas… ça te rend encore plus excitant.

Jude sourit méchamment.

— Et alors ? Fais quelque chose ou tais-toi.

Taylor lui adressa un sourire, en secouant la tête.

— Ne me tente pas.

— Qui te tente ?

— As-tu la moindre idée de combien j'aimerais te mettre dans mon lit ?

— Bien, fit Jude d'une voix traînante, se penchant vers Taylor. Emmène-moi au lit et martèle-moi jusqu'à ce que je m'évanouisse.

— Bordel ! dit Taylor avec excitation alors qu'au même moment son sang se gela au son d'un grognement.

Jude éclata de rire. Putain de chien et son foutu timing de merde !

Taylor eut une réaction totalement différente. Il haletait mais repoussa Jude loin de lui, reculant de quelques mètres.

— C'est quoi ce bordel, Jude ?

Jude baissa le regard et vit son chien à ses côtés, tous poils hérissés, babines retroussées, les crocs sortis et il dégageait autant de chaleur que s'il venait de traverser la toundra. La cuisine se fit silencieuse et personne n'osa bouger parce que Joe était tout *simplement* effrayant.

Jude fit un sourire penaud, chancela jusqu'à la porte arrière, l'ouvrit et trébucha sur le patio. Il roula jusqu'à la pelouse, Joe était là, la truffe près de ses yeux. Jude se mit à rire si fort que des larmes coulèrent sur ses joues.

— Espèce de trou du cul, dit Jude en essayant de reprendre sa respiration. Comment suis-je censé m'envoyer en l'air si tu penses que tu dois me protéger comme ça ?


JOE, QUI avait parfaitement compris le sens des mots et leur intention, lécha les larmes sur ses joues, la base de sa gorge et la peau sensible sous son oreille. En tant qu'homme, il aurait pu faire quelque chose pour calmer les sensations qui déferlaient en lui, mais en tant que chien, Joe ne pouvait pas.

Sous son aspect actuel, en tant que Joe, il ne pouvait que protéger le fragile humain même s'il voulait faire beaucoup plus. Il avait envie de montrer à Jude la grande différence entre être aimé par un autre homme et être aimé par un homme dont il était l'âme-sœur. Car Jude était son cœur, le jeune homme paumé lui appartenait ; Joe, sous sa forme de chien, refuserait que qui que ce soit entre dans le lit de Jude. Il abattrait quiconque essaierait.

Plus tôt dans la journée, Colton Bale avait eu de la chance de repartir en vie lorsqu'un parfum d'excitation si intense avait émané de lui et Joe avait été surpris que Jude ne le sente pas. Mais ce dernier ne semblait pas remarquer ceux – ou celles – qui s'intéressaient à lui. Et ce n'était pas plus mal. Il aimait le fait que Jude n'en soit pas conscient, cela le rendait même heureux. La seule chose qui serait encore meilleure serait d'avoir Jude sous lui, se tordant de plaisir lancinant, se noyant sous ses assauts, la tête renversée, les yeux fermés, le dos cambré, criant son nom… Eoin. Oui, ce serait beaucoup mieux et cela allait arriver très vite, très prochainement.

Eoin Thral savait qu'il ne pouvait pas attendre plus de cet homme délicieux que son odeur enivrante, que ses douces mains sur lui ou l'alléchante chaleur de sa peau. Eoin n'avait jamais pensé qu'il trouverait son *cairn*, le gardien de son cœur, mais maintenant qu'il l'avait découvert, qu'il avait trouvé Jude Shea, il ne pouvait imaginer sa vie sans lui.

Jude Shea lui appartenait. Jude avait ressenti le besoin de trouver Eoin et de ce fait, lui avait sauvé la vie… littéralement. Eoin ne pouvait pas combattre plus longtemps les trois griffons car il avait perdu trop de sang et se trouvait du mauvais côté du voile pour guérir rapidement de ses blessures. Mais juste au moment où il pensait qu'il allait mourir, son ange était apparu.

Eoin l'avait vu, l'avait dévisagé, incapable de le lâcher des yeux pendant que Jude se tenait debout, sans fléchir, faisant face aux autres, tout en le regardant. Ensuite, il avait été réellement heureux lorsque les autres humains avaient fait leur apparition. Les griffons qui l'attaquaient n'avaient alors pas eu d'autre alternative que de se replier ou de risquer de s'exposer. Resté seul, Eoin s'était résigné à la mort jusqu'à ce qu'il ressente la pulsation profonde en lui, le battement de l'éveil, de la reconnaissance.

C'était son cœur qu'il avait alors regardé, son *cairn* qui avait tendrement levé sa tête pour la bercer sur ses genoux. C'était son compagnon qui lui avait adressé de douces paroles pour l'apaiser et le rassurer. C'était l'homme qui avait pressé son visage près du sien, dont le parfum avait rempli sa poitrine de nostalgie et avait envoyé son sang bouillant jusqu'à son aine, durcissant sa queue. Cet homme qu'il aurait voulu tenir pour toujours dans le cercle de ses bras et ne jamais l'en laisser repartir. Dès qu'Eoin aurait attiré Jude pour qu'il traverse le voile avec lui, il pourrait se retransformer en homme et le revendiquer. Dans le monde de Jude, Eoin était un chien, comme tous les gardiens sans compagnon, mais dans le sien, à Midrin, il était un homme et Jude serait à lui. Il devait simplement trouver un moyen d'amadouer son compagnon pour lui faire traverser le voile.

— Est-ce que tu m'écoutes ? fit Jude en riant aux éclats, ramenant les pensées d'Eoin là où il voulait être : au lit… avec Jude. Espèce de grand chien muet, arrête de me lécher ! C'est trop dégueu. La bave de chien c'est totalement dégoûtant.

Jude aurait juré que le chien l'avait regardé avec indignation, ce qui provoqua de nouveaux éclats de rire.

— Jude ?

Il releva les yeux pour regarder son ami Taylor.

— Il est temps d'y aller, dit ce dernier.

— Partir ?

— Ouais, fit-il en souriant nonchalamment. Ramène ton chien chez toi et laisse-moi t'emmener chez moi.

Mais comment Jude pourrait-il laisser Joe tout seul ? Cela ne semblait pas juste. Caressant son chien avant de se relever, Jude poussa un profond soupir.

— Non, c'est une mauvaise idée. Je t'apprécie trop pour coucher avec toi.

— Quoi ? fit Taylor, indigné.

Mais Jude n'avait pas besoin d'une coucherie entre amis ni d'un coup d'un soir, il voulait être au lit avec quelqu'un qui voudrait plus que quelques heures avec lui. Cela avait toujours été son problème, d'ailleurs. Sa vie était un désastre total sur le plan des histoires sans lendemain.

— Putain, t'es qu'un sale allumeur, Jude ! Tu l'as toujours été ! aboya Taylor. Et ton chien est foutrement bizarre !

Et Jude trouva de nouveau cette situation hilarante. Refuser une relation sexuelle pour s'occuper de son chien… tordant.

S'éloignant de la maison quelques minutes plus tard, Jude expliqua à Joe qui était Taylor, lui parla de son ex petit ami et de la totale tragédie que représentait sa vie amoureuse. Apparemment c'était trop sérieux et pas assez amusant d'être dans une relation stable et durable avec lui. La monogamie était une condition incontournable pour lui, mais c'était un réel problème pour les autres hommes. La plupart de ses amis disaient de lui qu'il était un hétérosexuel vivant dans le corps d'un homme gay, mais beaucoup de ses amies avaient été trompées par leurs ex-maris ou ex petits amis. Cela n'avait rien à voir avec le fait d'être hétéro ou homo et tout avec le fait de baser sa relation sur des principes sains. Soit vous êtes fidèle et loyal, soit vous ne l'êtes pas et lui l'était… fin de l'histoire. Bien sûr c'était facile pour Joe de le comprendre, en tant que chien, il serait toujours loyal. Jude s'interrogea sur cette réflexion des femmes comme quoi les hommes se comportaient comme des « chiens ». Quel sens trouver à ça ?

Marcher jusqu'à sa maison lui éclaircit les idées et Jude appela Taylor, lui laissant un message lorsqu'il ne répondit pas. Il lui expliqua qu'il était ivre et lui demanda de choisir un jour pour qu'ils puissent aller manger ensemble. N'importe quel jour, à n'importe quelle heure, il voulait juste qu'ils soient en bons termes. Il reçut un texto comme quoi ils étaient toujours copains, mais qu'il voulait le cul de Jude, pas de la nourriture. Mais il se contenterait de hamburgers puisqu'il n'était pas question de sexe entre eux.

— Quelle journée bizarre, dit-il à son chien, qui dansait pratiquement à ses côtés.

Lorsque Jude rentra chez lui, il but un grand verre d'eau, prit un peu de paracétamol pour repousser la menace d'une gueule de bois tenace et s'effondra sur son lit. Quelques minutes plus tard, Joe était là, près de lui, sur le sol, posant son museau dans la main de Jude. Comme les yeux de ce dernier se refermaient, son chien, Joe, qui était en réalité Eoin Thral, gardien de Drelindah Holt, Baronne de Saraso, frissonna au contact de son compagnon qui passait sa main dans sa fourrure.

# IV

LUNDI MATIN, à huit heures pétantes, Jude arriva à son ancien bureau – qui allait bientôt redevenir le sien – se sentant bien malgré cette impression de quasi nudité sans la présence constante de son compagnon comme lors de ces trois derniers jours. C'était amusant de voir à quelle vitesse Jude s'était habitué à l'idée d'avoir un animal de compagnie. Le dimanche, il avait passé la journée à regarder la télé, à manger des plats à emporter, pour finir par sortir chercher des sushis. Ses amis, Beth et Eric Hudson n'avaient jamais vu un chien manger un rouleau de Ahi épicé et n'étaient pas sûrs que ce soit recommandé, mais puisque personne ne semblait s'en soucier, ils firent avec. Ils finirent tous les quatre par une glace et depuis que Jude savait que chien ne rimait pas avec chocolat, il n'en prit pas. La pistache n'avait pas semblé poser de problème, cependant.

— C'est vraiment dégoûtant, Jude, fit Beth avec une grimace quand elle vit Joe lécher le cornet qu'il tenait dans sa main. Tu ne devrais pas manger après lui.

— Ah non ?

Jude regarda Joe qui le lécha derrière l'oreille.

— Pourquoi ? Les noisettes ne sont pas bonnes ?

— Oh ! Oublie ça ! fit-elle dans un petit rire.

Joe se mit à renifler les cheveux de Jude, s'appuyant sur lui jusqu'à ce que ce dernier cède et se couche sur le dos dans l'herbe. Le parc au crépuscule était magnifique, tranquille et froid. Mais pourquoi mangeaient-ils des glaces par un temps pareil ? Jude en avait eu envie, alors pour lui faire plaisir, ils avaient tous suivis. Et maintenant son chien faisait courir paresseusement son nez sous son menton, puis le long de sa gorge et c'était amusant de les voir ensemble.

Et aujourd'hui, comme n'importe quel lundi au travail, il marchait vers son ancien bureau et cela le déstabilisa un peu. Avec son chien à ses côtés, il se sentait en sécurité et brusquement, sans Joe, Jude avait l'impression qu'il lui manquait quelque chose. Il était vulnérable et il n'aimait pas ça.

Comme le jour avançait, Jude regagna lentement sa sérénité perçue. Sa rencontre avec monsieur Sheridan, le propriétaire et directeur général de la société, s'était étonnamment bien passée et Jude avait été assuré d'être sur les rangs pour tous les gros dossiers. Monsieur Sheridan avait investi dans l'avenir de Jude et il était clair qu'il voulait qu'il reste dans la compagnie. Jude n'avait plus à se référer à Colton Bale, mais à Natalie Torres, la directrice marketing pour la côte Est et tous les deux avaient bien accroché dès la première minute où elle avait commencé à parler. Elle était ravie d'avoir Jude dans son équipe et il était prévu qu'il la rencontre à son bureau à New York afin qu'ils puissent discuter des attentes qu'ils avaient l'un et l'autre.

En attendant, Jude avait été prié de prendre quelques jours de congés pour se détendre. Lorsqu'il avait dit à Natalie qu'il allait bien – il n'avait pas besoin de congés supplémentaires ; il pouvait commencer immédiatement – elle lui avait répondu par une explication. Être en congés lorsque vous saviez qu'un travail vous attendait était totalement différent qu'être sans emploi, à la recherche d'un boulot. Il avait encore besoin de temps pour se clarifier l'esprit et se relaxer, elle avait insisté sur ce point.

Puisque sa logique était bonne et que son ton avait indiqué la fin de l'entrevue, Jude avait remercié sa nouvelle patronne avec effusion et avait pris congé après avoir fait le tour du bureau pour annoncer à tout le monde qu'il était de retour. Il n'aurait jamais imaginé leur manquer à ce point. Il s'avéra que depuis son départ, plusieurs personnes avaient également quitté la société. Jude n'avait jusqu'ici pas réalisé son importance.

— Jude ?

S'écartant de la fenêtre, il trouva Colton à la porte de son bureau. Il en fut surpris.

— Qu'est-ce que vous… N'avons-nous pas tout signé ?

Colton lui adressa un sourire.

— Si, tout est réglé.

Jude hocha la tête.

— Okay.

L'expression de Colton changea lentement, devenant plus préoccupée.

— Est-ce que vous allez bien ? demanda Jude.

— Ouais, merci.

Jude lui rendit son sourire.

— Alors que faites-vous ici ?

— Je voulais juste vous dire que c'est vraiment bon de vous avoir de nouveau parmi nous.

— Merci, dit Jude, traversant la pièce pour lui serrer la main. Et merci également d'être revenu me chercher. Vous n'aviez pas à le faire…

— Oh, par tous les diables ! Bien sûr que je devais le faire, dit Colton en resserrant sa prise alors que Jude essayait de se dégager. Tout le monde voulait que vous reveniez… *Je* voulais que vous reveniez.

Jude hocha la tête, libérant sa main de celle de Colton.

— Eh bien, merci encore, dit-il en marchant vers son bureau pour prendre son courrier puis se diriger vers la porte. Je vous reverrai à mon retour.

— Attendez !

Obéissant, Jude se retourna.

Les yeux bruns volèrent vers Colton Bale, réduisant le directeur exécutif au silence.

— Colton ?

— Oh… eh bien, je voulais vous inviter à dîner, fit-il dans un sourire forcé. Je veux… Je pense qu'il est important pour nous que nous clarifiions la situation afin d'être sûrs que nous repartons sur des bases saines, dans de bonnes conditions et…

— Quoi ?

Il tenait un discours décousu et le savait mais il n'y avait absolument rien qu'il puisse faire contre. Jude Shea le rendait fébrile.

— Voulez-vous de l'eau ? lui demanda Jude, se souvenant qu'il y avait quelques bouteilles stockées dans la salle de pause.

— Non. Je… Je pense que si nous dînions ensemble, nous pourrions parler et laisser certaines choses derrière nous, vous voyez ? Je veux dire, puisque nous redevenons collègues, je souhaiterais que tout se passe sans heurt. Je vous dois bien ça.

— Vous ne me devez rien du tout.

Mais Colton savait qu'il devait beaucoup à Jude. Il lui devait particulièrement pour avoir été plus professionnel que rancunier et pour avoir été capable de passer outre ses sentiments personnels pour revenir travailler ici. Il ne connaissait pas beaucoup d'autres hommes capables de mettre de côté leur fierté.

— Jude, je…

— Vous voulez que la transition se fasse sans heurt, clarifia Jude, et elle le sera.

— Jude…

— Maintenant, si vous voulez bien m'excuser, je dois rentrer chez moi pour sortir mon chien avant qu'il ne détruise tout chez moi.

— Pourquoi n'irais-je pas vous retrouver chez vous après votre promenade ainsi je pourrais apporter quelque chose pour dîner ? J'aimerais avoir votre avis éclairé sur certaines choses.

— Lorsque je reviendrai, fit Jude avec un sourire avant de sortir et de laisser Colton seul dans son bureau.

Plutôt que de prendre le métro, Jude rentra en taxi, réellement inquiet de l'état dans lequel il allait retrouver son appartement. Il fut surpris lorsque son téléphone portable sonna vingt minutes plus tard pendant qu'il commençait à descendre la rue.

— Monsieur Shea ?

— Oui ?

— Bonjour, c'est Amy du refuge pour animaux.

— Oh merde, gémit Jude. C'était ce matin que je devais faire vérifier l'état de Joe. Merde ! J'ai totalement oublié…

— Non, non, reprit-elle en lui coupant la parole, pas de problème. Je vous appelais simplement pour vous dire que nous avons retrouvé le propriétaire du chien.

Jude se figea. Il ne pouvait pas faire un pas de plus. Son estomac sembla vouloir se révulser.

— Quoi ? Je suis désolé… Qu'avez-vous dit ?

— Nous avons retrouvé le propriétaire du chien, fit Amy, excitée. Ou plutôt devrais-je dire qu'il nous a trouvés ? Je veux dire, normalement nous n'arrivons pas à réunir aussi vite un propriétaire et son chien… Mais il est venu ce matin et en a fait une description détaillée. Il connaissait même son odeur ! Il était génial. Je suis impatiente que vous le rencontriez, et il est également impatient de vous voir.

— Vraiment ?

Jude semblait nager en plein brouillard.

Depuis quand ce stupide chien était-il devenu si important pour lui ? Comment avait-il pu s'attacher si rapidement à cet animal alors qu'il n'en avait pas voulu en premier lieu ? Son travail ne lui permettait pas d'avoir du temps pour un petit ami, encore moins pour un animal de compagnie.

— Ouais, fit Amy en gloussant. Nous lui avons donné votre adresse et votre numéro de téléphone. Mais il était si heureux de savoir que son chien était entier qu'il est probablement déjà en chemin pour venir chez vous.

— Comment l'a-t-il perdu ? demanda Jude.

36

— Eh bien, je pense que ce gars – Cuyler quelque chose, c'était un peu difficile de comprendre ce qu'il disait – utilise le chien pour la chasse. Ils devaient être sur le chemin du retour lorsque votre chien s'est séparé du reste du groupe au moment où ils se sont arrêtés pour manger.

Mais Joe était si bien élevé ! Pourquoi se serait-il enfui ?

— Donc il l'a cherché comme un fou ces trois derniers jours et il est finalement venu nous voir, finit Amy.

— Pourquoi a-t-il mis si longtemps à appeler le refuge ? demanda faiblement Jude.

— Eh bien, d'après ce qu'il a dit, il n'y a pas de refuge là où il vit.

Comment était-ce possible ? D'aussi loin que Jude s'en souvienne, il y avait au moins un refuge dans chaque ville des États-Unis.

— Et où vit-il ?

— Je ne sais pas. Canada, peut-être ?

Deux hommes pouvaient se marier au Canada mais il n'y aurait pas de refuge pour animaux là-bas ? Conneries ! C'était un mensonge et le sentiment d'anxiété qui avait envahi son estomac se transforma aussitôt en angoisse.

— Okay, quand dites-vous qu'il va venir ?

— Je soupçonne qu'il sera là d'un moment à l'autre. Comme je vous l'ai dit, il était excité.

Amy soupira.

— Normalement nous ne donnons pas d'informations personnelles comme nous l'avons fait avec les vôtres, mais sa description du chien… Impossible que ce ne soit pas le sien et je sais que vous n'envisagez pas de le garder. Donc tout le monde sera satisfait.

— Bien sûr, fit Jude, d'une voix dépourvue d'émotion.

Elle parla encore quelques minutes, mais Jude n'écoutait plus. Rien qu'à la pensée de se séparer de Joe, il sentit son cœur se briser. Lorsqu'il s'approcha de chez lui et vit un homme assis sur les marches du perron de son immeuble, son estomac se contracta.

— Bonsoir, fit l'étranger en se relevant. Êtes-vous Jude Shea ?

Jude hocha la tête, déglutissant difficilement.

— Oui.

Le sourire de l'homme fut bref mais ne se refléta pas dans son regard. En fait, ses yeux bleu pâle étaient froids et inexpressifs. Il était grand et beau, correspondant à l'image que Jude se faisait d'un Viking ou d'un dieu nordique. Il croyait volontiers que cet homme était un chasseur et Joe son

37

chien, on aurait dit que, quelque part, ils se ressemblaient. Et que ferait un directeur des relations publiques nouvellement réembauché d'un chien qui avait besoin de vivre dans une cabane perdue dans les bois pour chasser le wapiti ou l'orignal ou n'importe quoi d'autre ?

Une main se tendit vers lui.

— Avez-vous mon chien, monsieur Shea ?

Jude hocha la tête, rendant la poignée offerte.

Les doigts s'enroulèrent autour des siens, lui secouant durement la main.

— La femme du refuge m'a dit que sans votre aide, Eoin serait mort… Je vous remercie de votre compassion.

Pourtant, il n'avait pas l'air de le penser vraiment. Jude n'avait entendu que quelques mots mais ils ne trahissaient aucune émotion. Le discours semblait avoir été répété et ceci, combiné aux sensations de perte et d'anxiété que Jude avait ressenti plus tôt, lui mirent la puce à l'oreille. Qui était ce gars et qu'attendait-il de Joe ?

— J'ai besoin d'Eoin, sans lui je ne pourrai pas rentrer.

— Comment s'appelle le chien ?

— Eoin.

— Ça semble tiré du *Seigneur des Anneaux*, fit Jude avec un sourire forcé.

Il n'y eut ni acquiescement, ni rire… manifestement l'homme n'avait aucune idée de ce dont Jude était en train de parler, ne reconnaissant ni la référence au livre classique de Tolkien ni celle au film épique de Peter Jackson. Comment était-ce seulement possible ?

— Puis-je le voir ? le pressa l'homme en faisant un pas en avant.

Jude décida de tester sa résolution.

— Cela a dû vous rendre malade de l'avoir perdu.

— Oui, puis-je le voir ?

Jude hocha la tête.

— C'est vraiment un gentil chien.

L'homme fut surpris et avant qu'il ne puisse dissimuler son expression, Jude la remarqua.

— Vous n'êtes pas d'accord ?

Il haussa les épaules.

— C'est un chien de chasse, monsieur Shea… un chien de garde. Gentil n'est pas le mot que j'emploierais pour parler de lui.

— D'accord, fit Jude en faisant un pas prudent en arrière, puisque je suis en congé demain, je pourrais…

— S'il vous plaît, plaida l'homme en diminuant rapidement la distance qui les séparait et envahissant brutalement l'espace personnel de Jude. Ne me faites pas attendre.

Son accent, tout comme sa façon de combiner les mots, était étrange.

— Je vous suis.

C'était une affirmation, pas une question.

— Non.

Le ton de Jude ne souffrait aucun argument.

— Je le fais descendre.

— Monsieur Shea, vous…

— Non, répéta Jude, durcissant sa voix. Je le fais descendre.

Il hocha la tête, le toisant.

— Comme vous voulez.

Se retournant, Jude se dirigea vers le perron.

— Monsieur Shea…

Se retournant une nouvelle fois pour le regarder, Jude réalisa que même d'où il se tenait, debout sur les marches, l'homme avait toujours l'air aussi grand. Il était haut et large, de la taille d'un défenseur – d'une équipe de base-ball – facilement entre un mètre quatre-vingt-dix et un mètre quatre-vingt-quinze, avec des épaules larges et une poitrine épaisse, taillé comme un réfrigérateur avec une tête. S'il voulait blesser Jude, il en serait capable.

— Ne vous enfuyez pas, Jude Shea, parce que je vous rattraperai.

Jude plissa des yeux en le regardant.

— Je suis désolé, je n'ai pas compris votre nom.

L'homme le rejoignit rapidement sur les marches, à une vitesse surprenante pour un homme de sa carrure, et se tint entre lui et la relative sécurité de son immeuble.

— Je ne vous ai pas donné mon nom, *veiler*, mais c'est Cuyler Adon, Gryph de la maison royale de Paradoon.

Et brusquement Jude se retrouva dans une situation bizarre.

— Qu'est ce que c'est qu'un *veiler* ? demanda-t-il, en prenant de nouveau un peu de recul.

— Vous, fit Cuyler d'une voix glaciale. Vous êtes un *veiler*, car vous vivez ici.

Ce qui n'avait aucun sens, mais Jude laissa courir, décidant instantanément de jouer la seule carte en sa possession. L'homme ne connaissait rien de Chicago, c'était parfaitement clair, donc Jude allait s'en servir.

— Alors, avez-vous au moins une pièce d'identité que je puisse vérifier ?

Le regret s'afficha sur les traits de Cuyler et Jude s'engouffra dans l'ouverture.

— Je veux dire que si vous n'avez pas de papiers d'identité, je ne peux pas vous donner Joe, vous savez ? La police ne le permettra pas, d'autant que nous avons des officiers dans chaque immeuble, même celui-là – il indiqua sa porte de la tête. Nous aurions des problèmes tous les deux.

— Vous avez des hommes armés dans ce donjon ?

*Donjon* ?

— Ouais, mentit Jude, pas sûr de savoir ce qu'il voulait dire par là. Bien sûr.

Cuyler hocha la tête, cligna des yeux, étudiant Jude, essayant de déterminer s'il était sincère ou non.

Jude essaya d'avoir l'air ennuyé, il bailla même comme si tout ce que disait Cuyler Adon était incompréhensible, trop banal même pour espérer une réponse.

— Donc, peut-être devriez-vous revenir lorsque vous aurez une pièce d'identité ?

— Oui, dit Cuyler avant de descendre du perron et de se diriger vers le trottoir.

Il jeta un dernier regard à Jude avant de descendre la rue d'une foulée rapide, visiblement en colère.

Jude rentra rapidement dans l'immeuble, grimpant les marches aussi vite qu'il le put. À la seconde où il ouvrit la porte, Joe se précipita de derrière le canapé où il était tapi et bondit derrière lui. Jude jeta son sac sur le sol, s'agenouilla devant le chien et posa les mains sur lui, caressant son adorable truffe.

— Oh merde, mon pote, nous devons te sortir d'ici.

Joe arrêta de lécher la base de son cou et se recula pour regarder dans les yeux de Jude. L'inquiétude et la peur émanaient de ce dernier en vagues épaisses et Joe avait l'impression qu'il se noyait dans un océan d'émotions.

— Un certain Cuyler Adon était juste là et il te voulait du mal.

Instantanément tendu, Joe s'écarta de Jude, le regard perdu.

— Je vais me changer, et après je chercherai un endroit pour te cacher. Parce que sérieusement, ce mec n'était pas plus ton propriétaire que je ne le suis.

Quelques minutes plus tard, en jean et en chandail, Jude était sur le point de prendre ses baskets lorsque Joe lui apporta ses bottes de randonnée.

— Maintenant tu m'habilles ? sourit Jude, caressant Joe avant de recevoir un coup de museau humide sur les yeux. Bon à rien de chien !

Jude le grattouilla sous le menton jusqu'à ce qu'il ferme les yeux.

— Tu m'as manqué aujourd'hui.

En réponse, il reçut un gémissement sourd avant que Joe ne lèche le coté de son cou. Jude le repoussa et se redressa, bottes lacées, prêt à sortir. Mais le chien ne l'entendit pas de cette oreille ; il ramena à Jude son caban. Il faisait plutôt frais dehors, mais comment Joe pouvait-il le savoir ?

À mi-chemin des escaliers menant à la porte d'entrée, Joe se figea soudain et Jude leva les yeux. Directement en face de lui, séparés uniquement par la vitre et la porte en bois, se tenait Cuyler Adon. Et cette fois-ci, il avait des amis avec lui.

Les trois hommes ressemblaient à Cuyler, semblant venir d'Europe occidentale et étaient tous très grands. Jude ne vit la hache qu'une seconde avant que la glace de la porte de sécurité ne se brise. Il se retourna et courut vers la porte de derrière. Joe était juste derrière lui et lorsqu'il sauta les cinq dernières marches qui menaient au sous-sol, le chien se précipita à sa suite. Il perdit de précieuses secondes à chercher ses clefs pour ouvrir la porte, mais le bruit que fit la serrure en se refermant derrière lui fut rassurant. C'était une porte en métal, d'au moins trois centimètres d'épaisseur et il fallait une clef pour l'ouvrir et la fermer. Jude savait qu'elle tiendrait.

Il fut quand même inquiet lorsqu'il entendit les hommes la heurter, en combinant leurs poids, provoquant un tremblement à chaque impact. Se ruant à travers la pièce, il fut du côté menant à l'allée en quelques secondes. À l'extérieur, après avoir ouvert une seconde porte qu'il referma derrière lui, il prit une grande inspiration avant d'être poussé vers l'avant. Joe s'était emparé de son manteau et avait tiré dessus.

— Attends, l'avertit Jude, debout, essayant de trouver quoi faire.

Le claquement de la porte derrière eux lui indiqua que les hommes avaient réussi à passer la première porte et il ne leur faudrait que quelques minutes de plus pour passer la seconde. Il se précipita dans la rue sans réfléchir plus longtemps.

Jude courut vite, plus vite qu'il ne l'avait jamais fait durant toute sa vie, à travers l'herbe humide, dans la boue, ne tenant debout que grâce à ses bottes de randonnées qui lui évitaient de glisser.

— Eoin Thral !

Jude jeta un coup d'œil par-dessus son épaule et vit les hommes pratiquement voler derrière lui, les bras tendus, les jambes pédalant à toute vitesse. À cet instant seulement, il eut réellement peur. Son adrénaline lui envoya un coup de pied aux fesses et il comprit qu'il ne lui restait plus qu'une solution. Il devait courir, s'enfuir et le seul point sur lequel il se focalisa était le chien qui le devançait de quelques mètres. Il ne voyait rien en dehors de Joe. Mais les cris dans son dos le firent se retourner pour regarder. Il y avait cinq hommes en tout, deux de plus, et tous avec un seul objectif… tuer Jude s'il tombait. Il ne doutait pas un seul instant que, quelle qu'en soit la raison, leur rendre Joe ne serait pas suffisant. Lui aussi devrait mourir.

S'engouffrant dans une autre rue, Jude vit Joe s'élancer dans le petit parc derrière l'école. Il le suivit aveuglément, sachant qu'après ce parc se trouvait une bibliothèque. Il était difficile de voir à travers l'obscurité et le léger brouillard, mais il avait la chance de savoir où il allait. Il entendit le claquement de bottes sur l'asphalte et sut que ses ennemis étaient proches. Accélérant encore, il se retourna pour être sûr de savoir où se trouvait Joe.

Le chien avait disparu. Jude cria son nom, mais il n'apparut pas. La brume fut soudain si épaisse que Joe pouvait tout aussi bien se trouver à quelques pas devant lui sans qu'il ne puisse le voir. Il était difficile de distinguer quoi que ce soit.

Jude aurait voulu s'arrêter, pour reprendre son souffle et un peu de repos, mais il n'osa pas. Les autres n'étaient qu'à quelques secondes derrière lui alors il continua sa course en aveugle, espérant ne pas se fracasser contre un arbre ou sur la façade d'un immeuble, surpris de ne pas encore être passé sur la chaussée. Le parc n'était pas si grand que ça, peut-être tournait-il en rond.

— Ne le perdez pas de vue, s'il traverse le portail seul, nous sommes foutus !

Jude n'avait aucune idée de ce qu'ils criaient ni pourquoi. Il avait seulement besoin de sortir de ce brouillard pour savoir où il se trouvait.

— Jude !

Il se retourna vers la voix qui l'appelait car ce n'était pas celle de Cuyler. Il ne reconnut pas le son guttural de cette voix, il s'agissait de quelqu'un d'autre.

— Par ici !

Pivotant sur sa gauche, Jude s'arrêta une seconde, le temps d'un battement de cœur, puis il fut saisi, retourné et brutalement tiré en avant. Il s'écrasa contre quelqu'un, emporté par son élan et malgré tout, l'homme ne perdit pas l'équilibre. De puissants bras s'enroulèrent autour de lui, l'épinglant et il fut écrasé contre un torse dur. Levant la tête pour voir qui le tenait, Jude trouva deux yeux sombres, des cheveux foncés et des lèvres étirées dans un léger sourire. Il retint son souffle.

— N'aie pas peur de moi, dit l'homme, d'une voix lente, rauque et douce.

Jude trembla, terrifié et l'instant d'après, il fut libéré et repoussé durement vers la droite. Lorsqu'il recula pour reprendre son équilibre, il ne rencontra que du vide. Le sol n'était plus solide sous ses pieds. Il battit inutilement des bras et tomba. Une fraction de seconde plus tard, il vit l'autre homme se jeter sur lui. Dans les oreilles de Jude, il y avait un rugissement régulier, contre son visage soufflait un air glacial et une pression le serrait et le poussait jusqu'à ce qu'il n'ait plus d'air pour respirer. Tout à coup la lumière s'éteignit. Il n'y eut plus que les ténèbres.

# V

JUDE ÉTAIT en train de rêver, et d'une seconde à l'autre, il allait se réveiller. Il serait probablement de retour dans son lit, dans son appartement, au lieu d'être en travers d'une selle, apparemment ligoté comme un prisonnier. Tous ces événements n'étaient que le fruit de son imagination très active. Il n'avait aucun autre moyen d'expliquer ce qu'il voyait : la campagne au lieu des rues de la ville, un cours d'eau au lieu du café Starbucks et une forêt là où auraient dû se trouver des immeubles. Même les odeurs n'étaient pas les bonnes : à la place de celles de l'essence et des arômes de la guerre que se livraient les différentes enseignes de fast-food, il n'y avait que les parfums âcres de l'herbe et de la terre portés par la douce brise du soir.

L'herbe était haute sur le chemin, effleurant les côtes du cheval, la route qu'ils suivaient ressemblant davantage à une piste de terre sinueuse. Il entendit la chorale bruyante des insectes qui ne se taisaient qu'à leur passage. C'était presque beau, ce calme, ce clair de lune qui illuminait toute l'étendue du paysage, avec des arbres et des buissons à perte de vue. Il aurait certainement eu peur de tout cet espace s'il avait été seul car la beauté de la scène reflétait également quelque chose d'ancien et de calme qui ne lui plaisait pas. Les bruits comme ceux du trafic routier le calmaient, l'apaisaient ; qu'il n'y ait que le bruit du vent dans l'herbe était étrange. La forêt se dressait au-delà de la plaine à travers laquelle ils chevauchaient et encore plus loin, une masse noire indiquait des montagnes. Jeté en travers de la selle du cheval, étant les seuls voyageurs sur cette route solitaire, Jude se sentait mal à l'aise et méfiant.

Il avait été transporté au milieu de nulle part sans qu'il n'en connaisse la raison. En général, Jude ne rêvait pas de paysages, il rêvait d'hôtels cinq étoiles avec service en chambre. Les chevaux, les odeurs de cuir, de sueur, de pins, de bois de santal, et tout simplement d'homme… en temps normal, les odeurs d'eau de Cologne et de savon étaient celles qui l'excitaient, pas toutes ces senteurs d'extérieur. La plupart des femmes qu'il connaissait avaient ce fantasme de l'homme écossais vivant sur les hauts plateaux, mais étant un homme gay et fier de l'être, ce n'était pas son cas. Autant il aimait être pris par un homme, autant un gars super hétéro qui le prenait sur un lit en palettes de bois dans sa tente n'était pas l'idée qu'il se faisait d'un bon moment. Il était bien trop pragmatique. Par exemple : qu'est-ce qu'ils utilisaient comme lubrifiant au Moyen-Âge ?

Jude essaya de séparer la réalité et son imaginaire. Était-il tombé ? S'était-il blessé à la tête ? Est-ce que les gars qui le poursuivaient l'avaient attrapé et tué ? Était-il mort et se trouvait-il en enfer ? Passer l'éternité dans un univers médiéval était-il une punition ? Cela était-il possible ? Soudain, des doigts caressèrent ses cheveux et ramenèrent ses pensées dans le présent... *ou dans son rêve...* ou dans son présent rêve. Mon Dieu ! Il fallait vraiment qu'il se réveille.

Il était manifestement tombé dans le parc et se trouvait maintenant quelque part, probablement derrière la bibliothèque. Tout cela avait dû se passer avant qu'on ne le capture. Avant que l'homme ne le prenne dans ses bras... L'homme avec des yeux très sombres et très sexy... Il devait déjà être inconscient à ce moment-là. Jude savait qu'il avait dû perdre connaissance avant que l'inconnu n'apparaisse, parce qu'un homme grand, brun et magnifique faisait définitivement partie de son fantasme. Il n'existait pas ; Jude était forcément inconscient lorsque cela était arrivé. Il devait être en train de rêver ou bien... peut-être était-il dans le coma. Peut-être que se trouver dans le coma ressemblait à cela. Peut-être que l'on rêvait sans aucune limite, sans aucun contrôle.

Mais tout semblait tellement réel. Non seulement Jude voyait tout clairement – ou du moins aussi clairement qu'il était possible de voir par une nuit de pleine lune – mais il pouvait aussi sentir la présence de l'homme qui l'avait jeté en travers de sa selle. Il sentait également l'odeur du cheval aussi sûrement que la terre humide et les quelques fleurs qu'ils foulaient. Jude était mal à l'aise et il n'arrivait pas à se réveiller. Tout cela indiquait pourtant bien la réalité. Mais malgré toutes les preuves qu'il avait réunies, il était totalement impossible qu'il soit conscient. Il ne pouvait se trouver là où il croyait être, à trotter sur un chemin de terre serpentant à travers une zone densément boisée. Il n'y avait rien de tel à Chicago.

— Excusez-moi, fit-il timidement.

La claque qu'il reçut sur son cul fut immédiate. Cela le piqua même à travers son jean et la couverture dont il était enveloppé.

— Merde, grogna Jude, se tortillant pour essayer de s'éloigner du pommeau de la selle qui lui broyait les côtes.

— Ne parle pas, *cairn*, ou je vais être forcé de t'attacher.

Des menaces ? Son homme imaginaire le menaçait-il ?

45

— Est-ce que vous plaisantez ? Laissez-moi descendre… maintenant !

Instantanément le cheval s'arrêta et Jude se sentit glisser avant de toucher durement le sol. Il eut l'impression que son dos le brûlait et tout son air fut expulsé d'un coup. À neuf ans, il était tombé d'un lit superposé, il ressentait exactement la même chose à cet instant, ayant frappé le sol avec suffisamment de force pour se faire mal et avoir le souffle coupé. La différence était qu'au lieu d'avoir quelqu'un qui s'assurait qu'il était entier et en bon état, on lui passa une bande de tissu entre les lèvres et il fut roulé sur son estomac le temps de l'attacher derrière sa tête.

— Je t'ai prévenu, *cairn,* et maintenant tu devras tenir compte de mes paroles.

Tenir compte de ses paroles ? Était-il fou ?

Roulant à nouveau sur lui-même, Jude se concentra et releva les yeux vers le taré qui résidait apparemment dans son subconscient.

L'air renfrogné, il détailla Jude de ses yeux sombres.

— *Cairn*, tu dois faire attention tant que nous ne sommes pas plus proches du village car la forêt est pleine de dangers.

C'était le même gars qui l'avait attrapé et jeté de la falaise… ou du moins le même gars que dans son *rêve*, car il n'y avait pas de falaise dans le parc et qu'il dormait déjà lorsque c'était arrivé. Et pourquoi, alors qu'il ne l'avait jamais vu avant, cet homme lui paraissait-il si familier ?

Il s'agenouilla à côté de Jude, caressant ses cheveux et son front.

— Est-ce que tu me reconnais, *cairn* ?

Jude voulait lui expliquer qu'il ne s'appelait pas « Karn » ni « Kayrin » ni « Karen » ni quoi que ce soit d'autre en dehors du prénom inscrit sur son acte de naissance. Mais la main chaude qui glissa de sa mâchoire puis le long de sa gorge attira toute son attention vers l'homme.

— Je ne voulais pas t'attacher, *cairn*, mais par tes actes, j'y suis contraint.

Son sourire provoqua un flottement dans l'estomac de Jude et il ne savait absolument pas pourquoi. Les grands gars musclés n'étaient pas son type habituellement. Il n'aimait pas l'idée d'être malmené, jeté à terre et baisé sauvagement. Jude préférait la douceur et la gentillesse avec un amant bâti comme lui, fin et ferme.

— Regarde-moi.

Et il parlait d'une drôle de manière.

— Tu dois m'obéir.

S'il n'avait pas été bâillonné, Jude aurait voulu lui dire ce qu'il pouvait faire de son ordre, mais parce que c'était impossible, il regarda l'homme dans les yeux. Jude avait eu l'intention de le fusiller du regard mais oublia pourquoi il était en colère lorsqu'il posa son regard sur l'homme qui possédait les yeux les plus sombres et les plus beaux qu'il n'ait jamais vus. Ils étaient comme de l'onyx liquide et, comme il s'en était rendu compte la première fois, diablement sexy. Le reste de son visage était tout simplement magnifique. Il avait des pommettes saillantes, un long nez droit et une bouche sensuelle qui appelait les baisers. Ses lèvres étaient pleines et foncées, et en les imaginant autour de son membre, Jude sentit des éclairs de chaleur parcourir son corps. Comme si l'homme pouvait lire dans ses pensées, il arqua un sourcil parfait en signe d'intérêt.

— Est-ce que tu me reconnais ?

L'homme n'était pas seulement beau, il était à couper le souffle avec sa peau mate. Jude ne l'avait pas remarqué la première fois qu'il avait croisé son regard.

— Car moi je te connais, *cairn*, dit l'homme avec un sourire espiègle.

Jude le connaissait aussi ; il lui était familier, pourtant il n'arrivait pas à l'identifier. Peut-être était-il quelqu'un de son bureau ou un client auquel il avait fait une présentation. Jude était sûr de l'avoir déjà vu quelque part. L'homme avait dû attirer l'attention de Jude, qui l'avait ainsi gardé dans un recoin de son subconscient. Et peu importe ce qu'il en disait maintenant, la taille imposante, les muscles saillants, les larges épaules, le torse puissant et les épaisses jambes musclées étaient *carrément* son style. Soudainement, Jude désirait se retrouver sous cet homme.

— Je vais te faire entrer dans le donjon de ta propre volonté, pour qu'ils sentent bien que tu es mien, que tu as été réclamé et que tu n'es pas mon prisonnier. Je vais parler à mes fenris de notre lien.

L'homme s'exprimait par énigmes… Leur lien ? Les rêves de Jude devenaient de plus en plus alambiqués. Et, par tous les diables, qu'était donc un fenris ?

Penché sur lui, l'homme enfouit son visage dans les cheveux de Jude et inhala profondément.

— Durant ces derniers jours… ton parfum, tes yeux, ta peau .. Je n'avais jamais rien senti de tel. J'ai cru que je devrais monter la garde jusqu'à la fin de mes jours, mais maintenant… maintenant j'attendrai, je serai patient avec toi car tu m'appartiens.

Jude avait beau n'avoir aucune idée de ce dont parlait son homme imaginaire, cela ne l'empêcha pas de réagir. Un frisson de plaisir le parcourut de la tête aux pieds.

— Mon nom est Eoin… Eoin Thral.

Où Jude avait-il déjà entendu ce nom ?

— Je veux que tu prononces mon nom, mais il t'est impossible de le faire dans cette situation.

Eoin soupira avant de retirer délicatement et lentement le bâillon qu'il avait attaché quelques instants plus tôt.

— Maintenant, tu le diras, ordonna-t-il, en reculant et en regardant Jude.

Il se focalisa sur le jeune homme avant de relever la tête, scannant les environs. Jude sentit l'énergie surgir de lui, comme s'il était excité, tendu et apeuré à la fois. Rien qu'à regarder cet homme, Eoin, il sentit son estomac se nouer.

Comme Jude ne disait rien, les yeux noirs d'Eoin revinrent vers les siens.

— Dis mon nom.

— Eoin, prononça Jude rapidement.

— Bien, dit le grand homme avant de prendre une profonde inspiration. Maintenant, si tu fais le moindre bruit, je t'envoie droit dans les ténèbres, *cairn*, je n'aurais pas d'autre possibilité.

Comme Jude n'avait aucune envie de finir assommé, rêve ou non, il hocha rapidement la tête pour montrer qu'il avait compris la menace.

— Tu m'appartiens et je vais te le prouver.

On ne pouvait pas se méprendre sur le sens de ces paroles. Jude avait à peine repris son souffle que les mains d'Eoin étaient présentes sur tout son corps. La couverture fut arrachée, ainsi que le manteau. Jude se débattit mais Eoin n'en tint pas compte, il était beaucoup plus fort que lui. Mais lorsqu'Eoin enleva tour à tour le chandail et le tee-shirt, Jude devint comme fou.

— Lâchez-moi ! murmura Jude dans un sursaut, se souvenant malgré tout de la promesse faite un peu plus tôt et ne voulant pas être assommé.

Eoin lui saisit les poignets et les maintint au-dessus de sa tête. De l'autre main, il commença à détacher la boucle de sa ceinture. Jude se tordit sous l'homme plus large et réussit à caler son genou entre eux deux.

— Non…, dit doucement Eoin, s'arrêtant immédiatement, réalisant qu'il effrayait Jude. N'aie pas peur de moi, *cairn*, car je ne te veux aucun mal.

La douleur dans sa voix figea Jude tandis qu'Eoin rapprocha son visage. Leurs souffles se mêlèrent lorsqu'il fut tout près.

— Tu es mien, *cairn*, tu ne peux pas me combattre. Je suis resté plus longtemps que prévu seulement pour être à tes côtés. Tu m'as rendu fou de désir pour toi. Tu ne vas pas te refuser, tu ne le peux pas.

Jude ne comprit rien à ce qu'il disait mais la chaleur de son regard, la passion qui naissait entre eux et cette façon qu'il avait de reprendre son souffle, tout cela indiqua à Jude ce qu'il souhaitait désespérément. Le frisson qui traversa le corps énorme d'Eoin fut également très révélateur

À ce moment, Jude comprit que s'il repoussait Eoin, ce dernier s'en irait. L'homme était brutal avec lui, exigeant, mais il ne le forcerait jamais à rien. Eoin le regarda droit dans les yeux, soucieux qu'il comprenne, qu'il le voie réellement, qu'il perçoive ses intentions et son cœur.

— Qui êtes-vous ? murmura Jude, toute peur envolée, ne restant que l'intérêt qu'il ressentait pour l'homme.

Eoin déglutit difficilement, lui libérant les poignets.

— Je suis ton compagnon.

Bien sûr qu'il l'était. C'était un très bon rêve.

— Oh oui, mon compagnon, fit Jude dans un souffle en se léchant les lèvres.

— Oui.

La voix brisée d'Eoin n'était plus qu'un murmure rauque lorsqu'il se pencha lentement vers Jude.

— Je suis ton compagnon et tu es le mien.

Eoin cessa de bouger et se contenta de regarder Jude fixement. Ce dernier réalisa alors que s'il voulait un baiser, il devait le demander. Et brusquement il en désirait un plus que tout…

— Embrassez-moi, murmura-t-il.

Eoin le dévisagea, le regard rivé sur les yeux bruns de Jude. N'ayant jamais embrassé quiconque de toute sa vie, il n'était pas certain de savoir comment procéder. Il avait souvent baisé mais on ne lui avait jamais demandé d'embrasser quelqu'un.

— S'il vous plaît, fit Jude d'une voix aussi douce qu'une caresse.

Eoin glissa un bras autour de la taille du jeune homme et l'attira près de lui, avec l'impression que son cœur allait s'échapper de sa poitrine à tout moment. Quand Eoin se pencha en avant, Jude lui releva le menton.

— Je…, commença Eoin, en s'arrêtant à un cheveu des lèvres de Jude. Je n'ai jamais–

Jude l'attrapa, ses doigts glissant derrière sa nuque, tirant le grand homme vers le bas afin de s'emparer de sa bouche.

Eoin Thral n'avait jamais ressenti quelque chose d'aussi doux que la bouche qui se pressait contre la sienne, que la langue qui suivit le tracé de ses lèvres.

— Ouvre-la bouche pour moi, demanda Jude, d'une voix lente et rauque alors qu'il suçait la lèvre inférieure d'Eoin.

Eoin trembla d'excitation, aimant la sensation de Jude mordillant sa chair, son souffle chaud, la sensation de son corps appuyé contre le sien. Un gémissement de désir s'éleva de sa gorge lorsqu'il entrouvrit les lèvres. L'idée qu'un homme si fort et si puissant renferme tant d'innocence et de désir était irrésistible pour Jude. Eoin n'avait jamais été embrassé ? Qu'à cela ne tienne ! Il allait y remédier.

Inclinant sa bouche sur celle d'Eoin, la langue de Jude en balaya l'intérieur, l'explorant, le dégustant, le dévorant. Il y mit toute sa chaleur, son désir et une écrasante délicatesse.

Eoin trembla entre les bras de Jude, le baiser était une révélation. Normalement, seule la frénésie du soulagement lui mettait les sens en feu, lui liquéfiait le corps, lui prenait le cœur dans un étau, et tout cela il le ressentait auprès de n'importe quel partenaire. Mais ce n'étaient que des sentiments passagers qui ne duraient qu'un court moment. Embrasser son compagnon, ne faire que l'embrasser, suffit à embraser complètement Eoin et les sensations affluèrent à travers lui, sans relâche jusqu'à le rendre fou de désir.

— Je vais te faire mien, rugit-il, rompant le baiser quelques secondes pour reprendre son souffle avant de capturer de nouveau la bouche de Jude, souhaitant que ces sensations ne disparaissent jamais.

Les mains d'Eoin se dirigèrent rapidement vers la ceinture de Jude, firent sauter le bouton et descendirent la fermeture éclair de son jean. Lorsque Jude sentit l'air froid sur sa peau nue, il frissonna. Le grondement sourd d'approbation qu'il entendit en réponse à sa réaction le stimula et le baiser s'approfondit, sa bouche s'ouvrant davantage tandis que les doigts d'Eoin lui massaient le dos, ses bras aussi solides que des barres de fer. La tête de Jude commença à lui faire mal à cause du manque d'air, et juste avant qu'il ne se sente mal, Eoin éloigna les lèvres de sa bouche, arrêtant de l'embrasser, et retourna brutalement Jude sur le ventre.

Le sol était froid et dur malgré la fine couverture de laine, mais seulement pendant une seconde car Jude fut soulevé et positionné à quatre pattes. Un bras s'enroula autour de ses hanches, le maintenant fermement alors que l'autre main se posait sur sa queue. Jude réalisa instantanément que c'était exactement ce qu'il voulait qu'Eoin fasse. Son cerveau avait peut-être encore quelques doutes, mais son corps, aucun. Il était si dur que c'en était presque douloureux. L'idée que cet homme grand et magnifique ait une relation sexuelle avec lui était manifestement une énorme source d'excitation. Et il n'avait même pas besoin de lui demander de s'arrêter pour enfiler un préservatif. Personne n'attrapait de maladie en couchant avec un homme imaginaire – donc Jude ne s'inquiéta pas davantage à ce propos.

Eoin n'avait aucune idée des pensées qui bouillonnaient dans la tête de Jude, il était complètement perdu dans les sensations qu'il ressentait à étreindre le corps de cet homme. Les hanches étroites et le ventre ferme, le cul ferme et rebondi et la sensuelle courbe de son dos, toute cette peau mate et lisse et ces boucles brunes, Eoin n'avait jamais rien vu de plus beau de toute sa vie et tout cela faisait partie de son compagnon, son cœur, son *cairn*.

Il se racla la gorge pour réussir à parler.

— Une fois au donjon, dans ma chambre, je te prendrai plus lentement mais pour l'instant… Je dois prendre mon plaisir sinon je vais devenir fou.

Jude frissonna sous lui et pas de froid. Lorsque la main d'Eoin commença à bouger sur son membre, glissant dessus, d'avant en arrière, serrant et tirant, il ferma les yeux et se laissa emporter par le désir. Il se sentait si bien sous cette lente caresse, et il émit un hoquet de surprise lorsqu'il sentit un doigt se glisser en lui.

— Cela ne te fait pas mal, *cairn* ?

Il y avait une véritable surprise dans la voix d'Eoin.

— Non, souffla Jude, la gorge sèche alors qu'il haletait.

Maintenant il en voulait davantage. Il ne savait pas quel lubrifiant utilisait cet homme pour rendre son passage si doux et facile, mais c'était une sensation merveilleuse.

— S'il te plaît.

— Tu… tu veux que je…

Cela sonnait comme une question.

— Bon Dieu, oui, je veux que tu me prennes ! jura Jude.

La promesse contenue dans sa voix provoqua des battements précipités dans le cœur d'Eoin qui le regarda, le toucha… Il pouvait à peine respirer lorsqu'il présenta la tête de son membre devant les fesses de Jude et qu'il poussa doucement vers son entrée.

Jude ne lui permit pas la moindre hésitation. Il se repoussa en arrière et s'empala sur toute la longueur de la queue d'Eoin Thral. Elle était énorme et remplit Jude comme il ne l'avait jamais été auparavant, l'étirant, et la douleur fut vive et brûlante pendant une seconde avant qu'elle ne devienne un plaisir saisissant, quasiment débordant.

— Jude...

Un gémissement étranglé sortit de la gorge serrée d'Eoin. Ses mains tenaient les hanches de son amant, ses doigts s'enfonçant dans sa chair.

— Je peux mourir ici et maintenant, enfoui au cœur de mon *cairn*... de mon compagnon... de mon amour.

*Son amour ? Cairn voulait donc dire amour ?*

— Je ne voulais pas traverser le voile ; je n'ai jamais cru que l'on pouvait y trouver un cœur pour un gardien... Comment quelqu'un pourrait-il nous accepter... sauvages comme nous sommes...

Les mots n'avaient aucun sens, mais ils importaient peu. Seul l'homme comptait.

— Mais lorsque je t'ai vu... vu ton visage, tes yeux... que tu étais un homme ; c'est alors que j'ai su le chemin que je devais suivre. Aucune des femmes avec lesquelles j'ai été ne voulait... elles ne pouvaient pas me donner... mais toi...

Les mots échappèrent à Eoin, ses doigts caressant toujours le membre de Jude alors qu'il se retirait doucement de son cul.

— Tu prends tout de moi et ton corps en réclame davantage.

Eoin finit sa déclaration en se ruant à nouveau en Jude, profondément et durement, s'empalant jusqu'à la garde avant de répéter le mouvement, de plus en plus vite, encore et encore, s'enfonçant à plusieurs reprises en lui, sa main gardant le même rythme sur le membre lubrifié grâce au liquide pré-séminal de Jude. Il embrassa, lécha et mordilla la zone allant de l'épaule à la base de la nuque de Jude, ressentant pleinement les vagues de chaleur que cela provoqua chez son amant. Eoin Thral était à la fois physique et exigeant et Jude n'avait jamais eu conscience qu'il aimait être dominé, ni qu'il aimait se soumettre et maintenant qu'il le savait, il se doutait que son orgasme allait être spectaculaire. Il tremblait si fort, tout son corps palpitant sous un désir intense, que lorsque son orgasme jaillit, lui coupant le souffle, il ne put que laisser échapper un gémissement rauque.

— Ton corps me serre si fort, *cairn*... et tu es si brûlant à l'intérieur...
Je te donnerais volontiers tout ce que je suis si seulement tu voulais me
garder, supplia Eoin.

Les muscles de Jude se resserrèrent tous ensemble, retenant la verge
d'Eoin qui se perdit dans les affres de sa libération, le ravissement le
balayant dans une vague d'euphorie. Des bras l'étreignirent soudainement
alors qu'Eoin s'enfonça si profondément dans le jeune homme qu'il était
certain d'avoir atteint son abdomen. Une chaleur le remplit, serpentant dans
ses entrailles avant de s'échapper de son corps et de couler le long de ses
cuisses.

— Tu seras la raison de ma mort, murmura Eoin.

Jude avait du mal à garder appui sur ses bras ; tous ses muscles s'étaient
contractés et les spasmes émanant de son derrière faisaient trembler tout
son corps. Le fait qu'Eoin soit encore enfoui au fond de lui et ne semble pas
vouloir en sortir fut une révélation. Rêve ou non, Jude avait appris quelque
chose sur lui-même : il devait se trouver un homme comme ça dans la vie
réelle. Il voulait être dominé afin de pouvoir se soumettre en sachant que
malgré tout, il était aimé, chéri et tout à fait en sécurité.

— Tu me sens à l'intérieur de toi, *cairn* ?

Jude hocha la tête.

— Il n'y aura plus que moi à partir de maintenant et ce, jusqu'à la
fin de ta vie. Ces hommes que tu appelles tes amis ne t'auront jamais et tu
ne regarderas plus qui que ce soit d'autre à part moi. Ne te demande plus
comment trouver quelqu'un d'autre pour étancher ta soif ou nourrir ta faim,
car il n'y aura plus que moi.

Jude le regarda par-dessus son épaule et Eoin se retira rapidement.
Jude prit une grande inspiration lorsqu'il entendit un bruit de succion.
Il éprouva à la fois un sentiment de perte et de satiété. Les yeux d'Eoin
restaient braqués sur lui, rétrécis de moitié, brillants de possessivité
absolue. Jude ne pouvait qu'imaginer à quoi il devait ressembler avec le
sperme qui dégoulinait de son derrière, courant le long de ses jambes, les
cheveux ébouriffés et les marques rouges qui allaient bientôt devenir des
ecchymoses couvrant son cou et ses épaules.

— Tu as l'air d'un débauché, *cairn*, et ça te va bien.

Jude eut un sourire. Son amant avait l'air si béat, si content de lui.
Il vit le délice se refléter dans l'éclat de ses yeux sombres, dans la courbe
douce de ses lèvres et dans le profond soupir qui monta de sa poitrine.

— Tu m'as donné tellement de plaisir, dit-il d'une voix râpeuse et Jude fut assommé par l'émotion qu'il entendit dans la voix d'Eoin.

Il fut encore plus surpris lorsqu'Eoin se précipita en avant et le saisit, l'attirant dans ses bras avant de l'écraser contre son corps dur, calant sa tête sous son menton. Il sentit le cœur d'Eoin battre contre sa joue.

— Tu vas rester à mes côtés jusqu'à la fin de mes jours.

Il voulait que Jude reste avec lui jusqu'à ce qu'il meure ? Son homme imaginaire était très possessif, et Jude adorait ça. Personne n'avait eu envie de garder Jude. Même Tiernan, avec lequel il était resté plus longtemps qu'avec quiconque, avait fini par le tromper, répondant ainsi aux questions que Jude se posait depuis toujours. C'était bien le style du cerveau excessivement romantique de Jude que de faire apparaître un homme absolument parfait pour lui seulement pour finir par le faire disparaître lorsqu'il se réveillerait le lendemain matin ou reprendrait conscience à l'hôpital. Jude ne savait toujours pas où il serait lorsqu'il ouvrirait les yeux. Peut-être était-il dans le coma ?

— Regarde-moi.

Jude releva la tête et Eoin se pencha et l'embrassa.

Le baiser était différent du premier qu'ils avaient échangé, il se prolongeait et était lent. Eoin explora la bouche de Jude, ne manquant rien, caressant de sa langue celle de Jude, l'aspirant. Un long baiser langoureux qui en amena un autre puis un autre, chacun plus profond, plus érotique, plus exigeant que le précédent, faisant prendre conscience à Jude qu'il voulait l'embrasser comme ça aussi longtemps qu'il le souhaiterait. Il appartenait à Eoin. Lorsque finalement ce dernier s'écarta, Jude se pencha en même temps que lui, essayant de garder le contact avec son nouvel et exigeant amant.

Un rire ramena l'attention de Jude vers son visage.

— Tu as la même odeur que moi, *cairn*, et bien que je sois réticent à changer cela, je pense que tu devrais prendre un bain.

— Un bain ?

Le sourire se fit diabolique, mais il le couvait du regard.

— Ne t'inquiète pas, mon amour.

Lorsqu'Eoin se releva, Jude le suivit des yeux. L'homme était grand et fort, bardé de muscles qui ondulaient à chacun de ses mouvements et avec une belle peau brune. Tout son corps était tonique et dur et Jude savait, pour avoir été tenu dans ses bras, que sa peau était chaude au toucher. Il voulait à nouveau se retrouver sous son corps, pour qu'ils se mêlent, et lorsque Jude exprima son désir, le regard d'Eoin s'illumina et s'adoucit.

— Je savais que tu m'aurais dans la peau au moment où je t'ai pris, *cairn*.

— Comment ? lui demanda Jude, ses yeux glissant vers le sexe et les couilles lourdes entre lesquelles il se nichait.

Même au repos, la queue d'Eoin était énorme et la pensée qu'il l'avait eu en lui, le remplissant, fut presque trop forte à supporter pour Jude. Il sentit son visage s'empourprer. Jude n'avait jamais vraiment apprécié le prépuce chez ses amants, cela étant très différent de son propre sexe, mais chez Eoin, c'était naturel, primitif et sacrément sexy. Tout chez cet homme l'attirait, il n'y avait rien qui ne lui mettait pas l'eau à la bouche.

— Je te connais, mon amour, répondit Eoin.

— Bien sûr que tu me connais, fit Jude en reprenant nerveusement son souffle et en adressant un sourire à l'homme, suivi d'un profond soupir. C'est mon rêve après tout.

Eoin arqua un sourcil puis il y eut comme une impulsion dans l'air, une poussée contre le corps de Jude juste avant qu'il ne se retrouve face à face avec son chien, Joe.

— Oh merde ! glapit Jude, sautant sur ses pieds, chancelant en arrière, heurtant un arbre si fort qu'il en eut le souffle coupé.

Joe se déplaça rapidement, le rejoignit et s'assit à ses pieds, regardant Jude, la tête inclinée sur le côté comme le faisait les chiens lorsqu'ils ne savaient pas ce qui se passait.

— Putain de merde ! fit Jude qui essaya de respirer, trouvant enfin l'air dont il avait besoin pour émettre un son.

Il y eut de nouveau une pulsation et Jude la ressentit comme si une vague puissante glissait sur sa peau avant d'être de nouveau face à l'homme.

— Voilà comment je te connais, de même que ton odeur qui me rend fou, ta chaleur, la douceur de ta peau…

La voix d'Eoin n'était plus qu'un murmure, puis il tomba à genoux devant Jude.

— Je vais te goûter maintenant, comme je désire le faire depuis le moment où j'ai ouvert les yeux pour la première et vu les tiens.

À la seconde où les mains d'Eoin furent sur lui, Jude devint dur. Et lorsqu'il le prit dans sa bouche humide, le sexe de Jude s'allongea et grossit, pour le plus grand plaisir de l'autre homme. Même sans le bénéfice d'une bonne technique, il se mit à le sucer vigoureusement et Jude sentit ses orteils se recourber en réponse. Il n'y avait aucune délicatesse et ce n'était pas une fellation que Jude aurait pu faire. C'était primitif et passionné, l'aspiration était féroce alors qu'Eoin prenait Jude jusqu'au fond de sa gorge. Ses mouvements traduisaient ce dont Eoin avait besoin, et ce qu'il désirait plus que tout était Jude.

— Eoin… appela le jeune homme d'une voix rauque lorsqu'il sentit le glissement de la langue sur son gland, le long de sa hampe, qui montait et descendait.

Le tourbillon de sensations que ressentait Jude l'envoya sur orbite. Son corps palpita et la pression augmenta jusqu'à le traverser comme un éclair blanc, l'aveuglant, répandant sa chaleur.

Il plongea les mains dans les cheveux d'Eoin, essayant de s'écarter pour jouir, mais les petits mouvements de tête d'Eoin firent comprendre à Jude que c'était ce que son amant voulait : le boire jusqu'à la lie. Jude se sentit en état d'apesanteur alors qu'il allait et venait à l'intérieur de la bouche d'Eoin, comme s'il avait explosé et qu'il ne restait plus que des fragments de lui, des millions de morceaux qui pleuvaient sur son amant.

Jude frémit sous ses caresses, regardant les muscles du cou d'Eoin se tendre alors qu'il déglutissait et le nettoyait à grands coups de langue. C'était la chose la plus sexy que Jude avait jamais vu de sa vie et lorsqu'Eoin se releva, Jude tendit la main vers son membre en semi-érection.

— Non, dit tout de suite Eoin, le retournant et le bousculant contre un arbre. Agrippes-toi bien.

L'écorce de l'arbre était gelée et dure, mais Jude s'y accrocha fermement lorsqu'il sentit un doigt se glisser rapidement à l'intérieur de lui.

— Qu'est-ce que c'est ? demanda Jude doucement, reprenant son souffle, perdu sous la caresse des doigts qui glissaient en lui, se demandant distraitement quel lubrifiant était utilisé.

— Huile de cuisson, répondit Eoin à son oreille, avant de d'effleurer sa prostate de son doigt, ce qui envoya de nouveau Jude sur les rivages du plaisir.

Le souffle d'Eoin était chaud lorsqu'il mordit l'épaule de Jude.

— Je veux apprendre les gestes qui te rendront humide, mais je n'ai pas le temps.

Jamais Jude n'avait eu de partenaire aussi vorace, et si l'homme en faisait plus avec lui, il était certain que son cœur allait exploser.

— Laisse-moi te sucer, plaida Jude alors même s'il sentait la tête du sexe d'Eoin glisser entre ses fesses, le pénétrant plus facilement après l'assouplissement dont il avait fait l'objet.

— Plus tard, grogna Eoin et Jude sentit contre son dos le grondement profond de sa poitrine. Pour l'instant, je ne peux penser à autre chose qu'à être encore à l'intérieur de toi.

Jude n'arrivait plus à respirer.

— Je m'appelle Eoin Thral et toi, Jude Shea, tu m'appartiens, dit-il avant de s'enfoncer profondément en lui d'un coup de reins puissant.

Jude haleta et Eoin se retira lentement pour mieux s'enfouir en lui, plus profondément, plus durement, plus vite, effectuant un va-et-vient alors qu'il le tenait par les hanches et l'immobilisait contre l'arbre, les dents plantées dans sa nuque.

— À moi, gronda sauvagement Eoin, soulevant les pieds de Jude chaque fois qu'il heurtait sa glande, si bien que Jude ne pouvait pas se retenir de crier.

Eoin garda un contrôle total, une dominance absolue et la main qu'il glissa sur sa bouche pour étouffer ses cris lui fit perdre davantage la tête. Lorsque Jude jouit, dans un orgasme féroce et puissant, il se livra totalement à son amant, se fondant dans son étreinte, dans la chaleur du corps d'Eoin et dans la profondeur de ses yeux.

Eoin regarda l'homme trembler sous lui, observant la longue ligne de son cou lorsqu'il renversait la tête en arrière, la courbe de sa colonne vertébrale arquée, les muscles couvrant sa poitrine fine et musclée et le fessier le plus parfait qu'il avait jamais pénétré. Jamais de sa vie il n'avait vu de personne plus attirante que son compagnon. La main d'Eoin glissa sur le ventre plat et ferme de son amant et le pressa durement, sentant les muscles se contracter sous sa paume. Sa force était aussi attirante que sa beauté. Lorsque Jude se retourna pour regarder Eoin par-dessus son épaule, le cœur du gardien s'arrêta. Voir les yeux embués de Jude, ses paupières alourdies par la passion, comme s'il était ivre, entendre son souffle saccadé et sentir ses muscles internes le serrer si fort, c'était plus que ce dont Eoin avait jamais rêvé. Sa vie qui, jusqu'à présent, ne comportait que périls et douleurs venait d'être bénie. Peu importe ce qu'il lui en coûterait, quels que soient les sacrifices demandés, il les ferait volontiers pour garder cet homme entre ses bras.

— Eoin, soupira Jude.

Il y eut une explosion derrière ses yeux lorsqu'il pénétra Jude, si profondément, si brutalement, remplissant son corps de chaleur liquide, et il eut l'impression que son âme jaillissait hors de lui pour aller se nicher dans le cœur de son amant.

— Je ne veux pas me réveiller, fit Jude en lui souriant.

— Tu es à moi, Jude Shea, rien qu'à moi.

Eoin inhala profondément l'exquise odeur de son compagnon avant de prendre le visage de Jude et de le tourner vers le sien afin d'écraser ses lèvres contre celles de son amant.

Et parce que ce moment était d'une réalité absolue, Jude fut soudain certain qu'il était vraiment éveillé au milieu des bois. Après s'être écarté pour regarder Eoin dans les yeux, son nouvel amant rit devant son expression stupéfaite.

— Oui, *cairn.*

Le son de sa voix de velours résonna en Jude.

— C'est la réalité, tu ne rêves pas.

Rien de tout cela n'était un rêve : ni l'homme, ni la chute, rien du tout. Jude était éveillé et tout était réel. C'était donc tout aussi logique que le sol s'ouvre pour l'engloutir et qu'il s'évanouisse.

# VI

TOUT ÉTAIT flou. Le chemin qui passait à travers la forêt devint une simple bande de terre étroite qui finit par s'élargir. Là où il n'y avait que des arbres et la lumière de la lune, il y avait maintenant des gens, des voyageurs dispersés dans la nuit parce qu'ils y étaient obligés. L'esprit de Jude était en ébullition, et à chaque fois qu'il pensait avoir une seconde de clarté, elle se retrouvait aussitôt repoussée par l'homme à ses côtés.

Alors qu'il chevauchait – un cheval, bien sûr – Jude se disait qu'il ne s'était jamais tenu sur une selle de sa vie, et il se retrouvait maintenant à devoir supporter ce frottement et ce balancement, alors que son derrière avait déjà été malmené. C'était inconfortable et douloureux et il voulait des réponses.

Eoin refusait de lui parler, étant entièrement concentré sur l'entrée qu'ils allaient faire tous les deux. Apparemment, le fait que Jude soit habillé tel qu'il l'était, chevauchant son propre cheval, était d'une importance primordiale.

Lorsque Jude s'était remis du choc subi, il n'avait eu qu'une seconde pour reprendre ses esprits avant qu'Eoin ne le jette dans un ruisseau glacé pour le débarrasser des odeurs de sueur, de sperme et d'huile. Le savon qu'il avait utilisé était quelque chose que Jude n'avait jamais vu auparavant : il était grossier, ressemblant plus à un gâteau rempli de graines qu'à autre chose. Il avait une odeur de pin mais avait écorché sa peau. Alors, entre la froideur glaciale de l'eau, sa peau vaguement nettoyée et irritée et son état de fatigue général, son humeur était passée de l'euphorie post-coïtale à l'irritation puis à l'énervement.

Les vêtements de Jude ne semblaient pas convenir non plus. Après sa noyade – ou son bain, comme l'avait appelé Eoin – Jude avait revêtu une espèce de caleçon long lacé au niveau de son entrejambe, un pantalon de cuir souple marron, une chemise de lin blanche à manches longues et des bottes qui lui montaient plus haut que les genoux. Il ressemblait à un Indien mâtiné d'un pirate. La seule concession que lui avait accordé Eoin était de lui avoir rendu son tee-shirt. Il l'avait remis car la chemise était trop rugueuse. Ayant l'impression d'être gorgé d'eau et glacé jusqu'aux os,

Jude avait voulu récupérer son caban, mais il avait finalement été recouvert d'une lourde veste matelassée et d'un autre habit avec des manches qui lui remontait haut dans le cou. Les vêtements étaient propres, mais trop justes ; ils appartenaient manifestement à quelqu'un d'autre. Et lorsque Jude avait demandé à Eoin où il les avait obtenus, il n'avait pas pu ou voulu répondre.

— Est-ce qu'ils étaient à ton amant ? avait interrogé Jude doucement lorsqu'Eoin s'était détourné.

Eoin était revenu rapidement vers lui et lui avait empoigné les cheveux pour le forcer à relever la tête, les lèvres à quelques centimètres de celles de son amant.

— Je n'ai pris que des femmes dans mon lit, mais jamais je n'ai connu de personne qui veuille autant de moi que je ne veuille d'elle et qui soit prête à s'offrir à moi volontairement… jusqu'à toi.

Jude hocha la tête et Eoin se pencha et l'embrassa lentement mais profondément, savourant son parfum, profitant de la manière désinvolte dont Jude lui retourna son baiser et entremêla leurs langues. Lorsque Jude leva les bras, les passa autour de son cou, puis se colla contre le corps d'Eoin pour garder leurs lèvres scellées, Eoin émit un petit rire contre sa bouche. Sachant à quel point Jude le désirait, il sentit son cœur se gonfler de joie, et lorsqu'il souleva l'autre homme dans ses bras, caressant son fessier bien ferme, et qu'il sentit les longues jambes musclées de Jude encercler sa taille, une vague de contentement déferla en lui.

Le corps de Jude allait comme un gant à celui d'Eoin ; son appétit charnel était aussi fort que celui d'Eoin ; la pointe de jalousie qu'il avait entendue dans la voix de Jude lorsque ce dernier avait cru qu'il y avait déjà eu un autre homme dans son lit lui permis de savoir que son amant était possessif à son encontre. Jude voulait lui appartenir complètement et cette sensation le rendait plus serein qu'il ne l'avait jamais été auparavant. Même maintenant, confronté à la mauvaise humeur de Jude, le sentiment de ravissement d'Eoin ne diminuait pas. Il aimait l'entendre se plaindre de son dos parce qu'il savait que c'était *lui* le responsable.

Jude ne faisait pas attention à l'état d'esprit de son amant car il piquait du nez tout en essayant de rester sur le dos du cheval. Lorsqu'il entendit un sifflement aigu, il se raidit et se redressa sur sa selle, bouleversant son équilibre déjà précaire.

— Je vais parler pour toi, *cairn*, dit Eoin dans un souffle lorsque quatre cavaliers s'approchèrent d'eux.

Au son de sa voix, Jude comprit que le sujet ne portait pas à débat. Et cela lui convenait parfaitement, il n'avait aucune envie de parler à ces Vikings de toute façon.

C'était quatre des plus grands hommes que Jude avait jamais vu de sa vie, tous habillés de la même manière qu'Eoin : le même pantalon de cuir rentré dans des bottes qui arrivaient plus haut que le genou et les mêmes lourdes chemises matelassées, mais pas de manteaux, malgré le froid glacial et le vent qui sifflait autour d'eux. Ils portaient également tous des armes rivées à leur selle, une longue épée sur un côté, une hallebarde à la main et un poignard à la ceinture. C'était comme être à une foire célébrant l'époque de la Renaissance. Jude baissa la tête pour cacher son sourire.

— N'aie pas peur d'eux, *cairn*, dit rapidement Eoin, pensant que tout cet armement avait effrayé son compagnon et désirant le réconforter.

Jude releva la tête et jeta un regard à Eoin. Il savait qu'il aurait dû être effrayé, il en était conscient, mais tout cela lui rappelait tellement le jeu de rôle auquel son grand frère avait l'habitude de jouer, qu'il lui était très difficile de garder un visage impassible. Chez les Shea, *Donjons et Dragons* avait eu de beaux jours.

— N'es-tu pas–

— Je vais bien, le rassura Jude, son sourire provoquant un serrement dans la poitrine d'Eoin.

Les hommes accueillirent Eoin avec enthousiasme, chaleureusement, contents de le retrouver en vie car ils avaient craint pour lui lorsqu'il avait été poursuivi par des outlanders et qu'il avait disparu. Pendant que Jude écoutait attentivement, Eoin leur expliqua qu'il ne s'agissait pas d'outlanders mais de griffons.

— Comment cela se peut-il ? demanda un homme, son attention allant de Jude à Eoin. Pourquoi auriez-vous été attaqué par des griffons ? Ils ne dépendent que du roi.

Jude releva que les autres hommes n'utilisaient pas la même manière de parler, ni le même dialecte qu'Eoin. Cela sonnait plus froid. Plus rude. Il préférait les chaudes intonations de la voix d'Eoin, sa façon particulière d'enchaîner les mots, surtout lorsqu'il était submergé par une puissante émotion.

— Oui, dit doucement Eoin, et j'ai vu de mes propres yeux Cuyler Adon.

— Pourquoi le capitaine de la garde royale du roi voudrait-il tuer un gardien de Drelindah Holt ?

— Est-ce que les paroles de la baronne l'ont finalement mis hors de lui ? demanda un autre homme. Croyez-vous que le roi soit de nouveau en colère, comme il l'avait été à Saraso et…

— Nous en parlerons à l'intérieur avec la baronne, le coupa un autre.

Au ton qu'il avait employé, Jude comprit que c'était lui le chef. L'homme inclina la tête vers Jude.

— Qui chevauche aux côtés du gardien ?

— J'ai beaucoup de choses à vous dire, fit Eoin solennellement, mais j'ai été obligé de traverser le voile.

Jude entendit les autres retenir leur souffle, les vit échanger des regards à la fois d'horreur et de stupéfaction, ressentit leur nervosité. Le temps sembla s'arrêter.

— J'ai trouvé mon *cairn*.

Jude s'attendait à une réaction différente. Eoin lui avait dit qu'avant lui, il n'avait fréquenté que des femmes, alors Jude aurait cru qu'ils seraient pour le moins surpris qu'Eoin devienne brusquement gay. Mais leurs visages ne montraient que de l'intérêt et autre chose que Jude ne put définir. Il ne savait pas que le compagnon d'un gardien était tout simplement accepté, quel que soit son sexe et que seul le lien avait de l'importance, tant il était rare de le trouver, ou il n'aurait pas été aussi surpris du manque de réaction des autres gardiens.

Eoin remarqua la manière dont les autres gardiens regardaient son compagnon et comme ils le trouvaient troublant. L'intérêt qu'il lisait dans le regard de son fenris, Drist Circ, l'homme qui avait sur Eoin le pouvoir de vie et de mort, l'énerva particulièrement.

— Rentrons, dit Drist à Eoin, ses yeux glissant sur Jude Shea, observant les boucles ébouriffées, les yeux sombres et les lèvres gonflées. Il y a effectivement beaucoup de choses dont nous devons parler.

Alors qu'ils s'avançaient vers l'énorme structure de bois dont les portes étaient ouvertes, Jude fut émerveillé par l'étendue de ce qu'elle protégeait. À l'intérieur, il y avait des maisonnettes partout et au sommet de la colline trônait un petit château, comme si *petit* et *château* pouvait être utilisés dans une même phrase. Il eut l'impression de se retrouver abandonné en plein tournage d'un film médiéval. Des gardes marchaient le long des murs et Jude vit que certains étaient armés d'arcs, d'autres d'arbalètes et tous portaient une épée dans son fourreau au côté. C'était si bizarre, si surréaliste que Jude dut secouer sa tête plusieurs fois pour être sûr d'être réveillé.

Ils descendirent de cheval devant le corps de garde et des garçons vinrent prendre leurs montures, une fois qu'Eoin retira ses fontes. Le gardien s'assura de la présence de Jude auprès de lui, le tenant fermement par le cou tout en le guidant vers un escalier de pierre. En haut, Drist poussa une énorme porte ceinturée de métal qui s'ouvrit lentement pour révéler la chaleur et le riche arôme de la maison de la Baronne de Saraso. Cinq marches conduisaient au hall principal du château et Jude observa le plafond voûté qui s'élevait à plusieurs mètres au-dessus de lui. Des fanions ornés de couleurs vives étaient suspendus aux poutres de bois et il y avait des armes et des boucliers sur chaque mur. De larges tapisseries retraçaient des batailles et un petit sanctuaire dédié à quelque divinité reposait dans un coin.

— Lave-toi les mains, ordonna Eoin à Jude, indiquant d'un geste un petit bassin près de la porte.

Il était encastré dans le mur et une petite serviette était accrochée au-dessus à un anneau en acier.

Jude se lava les mains en premier, puis Eoin et enfin les autres

— C'est la maison de notre baronne, fit Drist à Jude en désignant la pièce qui les entourait d'un mouvement de bras. Elle va nous rejoindre.

— N'aie pas peur, lui dit Eoin, sa main se posant sur son épaule.

Lorsque Jude se retourna vers lui, le regardant de ses grands yeux bruns, Eoin nota instantanément leur chaleur, leur douceur, les longs cils noirs qui les encerclaient, fragiles, tout comme le reste de sa personne. Eoin se demanda si Jude savait à quel point il était captivant.

— Eoin !

Tout le monde se retourna lorsqu'une femme traversa la pièce, venant dans leur direction. Comme tous les hommes se jetaient au sol, posant un genou à terre, Jude les imita.

— Non, non, non, cria-t-elle et Eoin, l'ayant entendu, se releva en même temps qu'elle se ruait vers lui.

Elle passa les bras autour de son cou puis enfouit son visage dans son épaule et sanglota.

Jude l'apprécia immédiatement, la baronne s'était inquiétée pour Eoin et cela lui réchauffa le cœur.

— On m'a dit que des outlanders vous avaient pourchassé et j'étais sur le point d'envoyer Arius à travers les montagnes à la recherche de Crispin Ebudai afin de trouver une manière de…

— Il n'y avait pas d'outlanders, madame, dit Eoin en la reposant gentiment par terre. C'était des griffons. Cuyler Adon voulait vous faire croire que j'avais été tué par des outlanders.

Sa mine se renfrogna instantanément.

— Cuyler Adon est le capitaine de la garde royale.

— Oui, acquiesça Eoin.

— Je ne peux pas…

Ses mots se perdirent lorsqu'elle vit que les autres hommes la dévisageaient.

— Je ne pouvais pas croire Crispin Ebudai lorsqu'il m'a dit lors de la dernière réunion du parlement que je devais faire attention au roi maintenant que j'avais signé le traité avec lui. Je n'aurais jamais pensé que mon propre monarque aurait suffisamment peur de moi pour essayer de me tuer.

Personne n'ajouta un mot, lui donnant le temps d'accepter cette nouvelle.

— Le roi pensait me priver de mes gardiens. Il voudra tuer tous les hommes qui me protègent et lorsque je serai vulnérable, il frappera et accusera les outlanders de toutes les atrocités qui seront commises par ses griffons sur mon peuple et mon pays.

Elle reprit son souffle en frémissant.

— Le roi utilisera ma mort et la destruction de mes biens comme prétexte pour partir en guerre contre les outlanders.

— Il se ruera à travers la montagne pour tuer chaque homme, femme et enfant qu'il trouvera, fit solennellement Greshan Kai, son domo, l'homme en charge de sa maison.

— Le roi veut vos biens, lui dit Drist. C'est le pays le plus riche de tout Midrin. S'il conquiert Saraso ainsi que le col, il pourra alors se diriger vers les outlanders, leur pays et leurs ressources.

— Ils ne seront pas faciles à conquérir, les rassura Greshan. Les outlanders sont forts et braves et connaissent mieux le terrain que n'importe quel homme du roi.

— Une telle action pourrait durer toute une vie, soupira Drelindah, et c'est tout ce dont a besoin le roi pour renflouer ses caisses. Rien ne remplit mieux les coffres qu'une guerre.

Il y eut un autre long silence.

— Mais fort heureusement, Eoin a survécu, dit Greshan, afin que nous puissions nous préparer à l'attaque et à la venue du roi.

— Nous devons nous préparer à la guerre, dit Drist avec une absolue conviction.

— Oui, mais d'abord, nous devons envoyer de nouveaux messagers chez Crispin Ebudai, dit Eoin à la baronne. Nous avons besoin de son aide, et si Saraso ne protège plus le col d'Ellandrel, sa maison risque d'être envahie par les troupes royales. Il doit envoyer des hommes pour nous prêter main forte.

— Oui, acquiesça Drelindah. Drist, Arius et vous allez devoir grimper cette montagne pour parlementer avec cet homme. Nous avons besoin de ses forces armées à nos côtés.

— Crispin Ebudai ne voudra pas croire quelqu'un comme moi, madame, fit Eoin.

— Il le devra, Eoin, vous êtes mon gardien.

Tous les yeux se tournèrent vers elle.

— Nous devons nous dépêcher ou nos amis et parents seront abattus ainsi que tous ceux qui seront pris dans le filet meurtrier du roi.

Dans le silence qui suivit, Drelindah Holt, Baronne de Saraso, remarqua finalement Jude Shea pour la première fois.

— Mais qui est donc cet homme à qui je viens de parler si librement de mon plan d'attaque sans même le voir ? demanda-t-elle brusquement, sortant prudemment du cercle de ses hommes pour faire face à Jude.

Il voulut remettre un genou au sol, mais elle l'arrêta d'une main sur son bras. Lorsqu'elle croisa son regard, elle eut un hoquet.

— Des yeux marron, fit-elle dans un souffle. Je n'en avais jamais vu de cette couleur.

*Marron ?* Elle n'avait jamais vu d'yeux marron avant ? Est-ce qu'elle plaisantait ?

— Tout le monde a les yeux marron, fit-il en lui souriant.

— Pas de *ce côté* du voile, lui répondit-elle, ses yeux glissant sur son visage, notant ses traits ciselés et sa peau lisse et parfaite. Nous n'avons pas non plus d'homme si délicat et gracieux. Dites-moi… à qui appartenez-vous, *veiler* ?

Il n'avait qu'une réponse à donner.

— J'appartiens à Eoin Thral.

Elle se retourna pour faire face à son gardien, la gorge nouée. Elle était à la fois euphorique et dévastée.

— Eoin Thral… Avez-vous trouvé votre *cairn* ?

Il acquiesça, n'essayant pas de dissimuler le fait qu'il était aimé, mais un gardien était une denrée rare. Elle songea qu'elle n'en aurait bientôt plus que cinq au lieu de six. Elle allait perdre l'un des hommes qui la protégeait – et cette pensée la contraria.

— Oui, Baronne, il est mon cœur.

Elle poussa un profond soupir alors même qu'un bonheur immense l'envahissait. Lorsqu'elle fit de nouveau face à Jude, il nota que ses yeux étaient brillants de larmes.

— Mon gardien a traversé le voile et a trouvé son compagnon... par les cinq dieux d'Astyn, je suis heureuse.

Jude lui rendit son sourire et en le voyant avec sa baronne, Eoin en perdit la parole. Il n'aurait jamais imaginé qu'elle se soit réellement inquiétée pour lui mais il se rendit compte qu'il avait eu complètement tort. Cette femme, sa baronne, se souciait de lui et de son bonheur.

— Mais malheureusement, le compagnon d'un gardien n'est pas plus le bienvenu dans mon conseil que la femme d'un soldat, dit-elle en poussant un profond soupir. Et entre mes gardiens et mes serviteurs, il n'y a plus de place ici. Vous devez vous retirer dans la chambre d'Eoin et l'y attendre parce que nous avons à parler avant son prochain départ.

Jude se sentit perdu.

La baronne frappa dans ses mains et une femme apparut par la porte de droite.

— Montrez sa chambre au *cairn* de mon gardien. Réveillez les autres ; j'ai besoin que l'on me prépare un repas maintenant.

— Oui, Baronne, acquiesça rapidement la femme, indiquant à Jude de la suivre.

Jude jeta un regard en arrière pour voir ce qu'Eoin voulait qu'il fasse, mais il fut emmené promptement hors de la pièce. Les mots de la baronne avaient force de loi alors quand elle lui indiqua de la main le chemin à suivre, il se précipita pour rejoindre la servante.

Dans les escaliers usés, Jude garda le silence, se contentant de suivre la femme portant une lanterne. Elle lui expliqua que la chambre d'Eoin se trouvait à la fin d'un long couloir en pierre et qu'elle allait demander qu'on lui monte de quoi faire un feu car les nuits étaient froides. Jude accepta aussitôt tandis qu'elle ouvrait une porte. L'intérieur ressemblait à une cellule noire et glacée. Il la détesta immédiatement.

Une heure plus tard, avec le feu qui brûlait dans un petit foyer, la chambre commença à se réchauffer un peu. Jude se sentit mieux et détesta un peu moins la chambre exiguë. Plus jamais il ne penserait que son studio manquait de place. La chambre d'Eoin était la définition même de ce qui était petit. Il y avait une cheminée, une fenêtre qui n'était pas destinée à être ouverte, un petit lit, une table, deux chaises et un seau pour les commodités. Il y avait une petite serviette de lin qui le recouvrait. Il n'y avait pas de papier toilette car il n'y avait pas de toilettes. Il n'y avait qu'un large bol pour se laver le visage avec un énorme pichet d'eau gelée posés sur la table. C'était l'enfer et, en plus, Jude était affamé.

Il réalisa qu'il avait sauté le déjeuner le jour où il était rentré chez lui pour trouver Cuyler devant sa porte essayant de lui voler son chien. Et maintenant il savait que Joe était en réalité Eoin et n'était donc pas un chien, mais un gardien. Cuyler Adon était un griffon, peu importe ce que c'était. Et Jude se retrouvait coincé dans une époque qu'il ne connaissait pas et dans un endroit qu'il ne connaissait pas plus, sans son téléphone portable ni son ordinateur. C'était tout simplement *insupportable*.

Le coup qui retentit à la porte le surprit. Il alla ouvrir en tee-shirt, pantalon et bottes. La femme qui se tenait là semblait avoir été réveillée d'un sommeil profond.

Jude lui parla gentiment.

— Bonjour ?

Elle fronça les sourcils et le regarda d'abord lui, puis derrière lui, avant de lui accorder à nouveau son attention.

— Vous n'êtes pas Eoin Thral.

*Manifestement.*

— Non.

Elle bâilla bruyamment.

— Je suis Kennis et je suis envoyée par Justine pour réchauffer le lit du gardien.

Il plissa les yeux vers elle, sentant son estomac tomber et un éclair de fureur le traverser. Il réalisa qu'il était furieux, *complètement fou furieux*, mais pourquoi diable ? Ce n'était qu'une simple erreur, alors pourquoi la seule idée qu'Eoin soit au lit avec quelqu'un d'autre lui faisait-elle bouillir le sang ?

— Eh bien, Justine, peu importe qui elle est, a fait une erreur. Je suis le seul à coucher avec Eoin Thral. Je suis son compagnon – son *cairn*, ou peu importe… Je suis *sien* donc ne vous inquiétez pas de réchauffer qui que ce soit. Merci, mais non merci.

Elle le dévisagea.

Il lui retourna son regard. Pourquoi avait-il été si hargneux dans sa réponse ? Comment pouvait-il être jaloux ? Il connaissait à peine cet homme !

Elle écarquilla les yeux et son sourire s'agrandit.

— Vraiment, Eoin a un *cairn* ?

Maintenant Jude se sentait perdu.

— Oui.

— Oh, hurla-t-elle. Les dieux soient loués ! Je vais le dire tout de suite aux autres filles !

Et elle s'enfuit, disparaissant au bout du couloir, dans les ténèbres.

— Cet endroit est si bizarre, murmura Jude, refermant et verrouillant la porte.

Elle avait semblé heureuse, ravie même et il n'avait rien compris. Une demi-heure plus tard, il y eut un nouveau coup à sa porte et lorsqu'il répondit, il y avait cinq filles de l'autre côté : Kennis, une avec des fruits, une autre avec du pain, une autre encore avec une sorte de poisson séché qui sentait mauvais et la dernière avec quelque chose dont l'odeur ressemblait à du vin.

Il leur sourit à toutes.

— Salut.

— Pouvons-nous entrer ? lui demanda Kennis, lui souriant en retour.

Il semblait qu'elle s'était brossé les cheveux et avait ajouté quelques rubans à ses vêtements.

— Bien sûr, dit Jude, ouvrant la porte pour les laisser entrer.

C'était comme une soirée pyjama. Elles voulaient toutes lui parler et le regarder et, plus que tout, toucher ses cheveux et sa peau. Elles se posaient des questions sur la couleur de ses yeux. Le marron semblait les enchanter et lorsque Jude leur expliqua que la plupart des gens qu'il connaissait avaient des yeux bruns, elles en furent tout simplement stupéfaites. La seule chose qui était plus étonnante encore à leurs yeux était son tee-shirt moulant qu'elles touchaient à tour de rôle, leurs mains le froissant puis le lissant. Bientôt il fut évident, même à Jude, que ce n'était pas seulement le tee-shirt qu'elles touchaient mais également ses abdominaux. Il les laissa faire courir leurs mains sur son abdomen, ses cheveux et le bas de la courbe de son dos. C'était inoffensif et la manière dont elles gazouillaient à son sujet lui faisait penser aux *happy hours* du vendredi soir chez lui.

C'était du vin de cerises, et il était bon, mais Jude réalisa soudain qu'il était un peu plus fort que le vin rouge qu'il buvait habituellement.

Comme il était bon, il en but des litres et posa beaucoup de questions sur les gardiens. Toutes les servantes étaient plus que ravies de lui répondre.

Les gardiens vivaient chez un baron ou une baronne et étaient leurs gardes privés. Normalement ils étaient au nombre de deux ou quatre, mais en fonction de la richesse de la baronnie, ils pouvaient être plus nombreux. La Baronne de Saraso avait six gardiens et Eoin Thral était l'un d'entre eux. Les gardiens étaient nourris et logés comme le reste des hommes, mais la différence venait du fait qu'ils étaient cantonnés dans le donjon pour être près du baron ou de la baronne et étaient supposés être de garde de jour comme de nuit.

Comme les gardiens étaient considérés plus comme des animaux que comme des hommes, la plupart des femmes se tenaient éloignées d'eux. De temps en temps, certaines d'entre elles étaient poussées par la curiosité mais une nuit avec un gardien suffisait généralement à les guérir de tout intérêt. Ils étaient de vraies bêtes sauvages, des chiens en premier lieu, des hommes ensuite, mais avec les mêmes appétits, alors le baron ou la baronne devaient sélectionner cinq à dix membres de leur personnel féminin dont le travail spécifique consistait à coucher avec les gardiens. Être au lit avec un gardien était douloureux et pénible et beaucoup estimaient même que cela s'apparentait davantage à un viol, bien qu'elles aient donné leur consentement. Toutes redoutaient d'être appelées à la chambre d'un gardien.

— Pourquoi le faire alors ? demanda Jude à Kennis. Pourquoi ne faites-vous pas autre chose ?

— J'ai la vie facile, fit-elle en lui souriant. Je m'allonge sur le dos peut-être trois nuits sur sept et le reste du temps je fais ce que je veux. Je suis nourrie, habillée et je reçois un petit salaire que je pourrai emporter lorsque je partirai. Pourquoi ferais-je quelque chose d'autre ?

— Mais qu'en est-il si vous tombez amoureuse, si vous voulez vous marier ou avoir des enfants ?

— Nous pouvons faire tout ce que vous avez dit une fois que nous avons quitté la baronnie.

Jude ne comprenait pas sa manière de penser et n'avait pas davantage compris lorsque Kennis lui avait dit que de tous les gardiens, Eoin Thral était celui qu'elles détestaient le plus servir.

— Les autres peuvent nous battre, nous écorcher ou nous déchirer la peau. Orim nous prend jusqu'à ce que nous ne puissions plus le supporter, Drist nous fouette sur son lit… mais Eoin nous prend juste comme un chien en prendrait un autre, avec sa main qu'il pose sur notre gorge… et il ne parle jamais, lui dit Kennis. J'ai souvent cru qu'il allait me casser en deux et que ce serait la fin de mes jours.

Toutes les femmes opinèrent du chef chacune à leur tour.

Jude était étonné. Comment pouvaient-elles penser que l'homme qu'il connaissait aurait seulement pu les blesser ?

— Allez, Jude, fit Kennis alors que certaines des servantes commençaient à partir. Laissez-moi vous chevaucher, je suis encore chaude.

Il roula sur son estomac et lui attrapa la main, la retourna pour en embrasser la paume.

— Qu'en dirait le gardien ?

Apparemment cette question devait être de poids car il vit son frisson de peur.

Il lui adressa un sourire paresseux.

— Que diriez-vous d'un baiser ? suggéra-t-il.

Kennis n'avait jamais vu de plus bel homme. Elle voulait lui capturer la bouche, mais il n'accepta qu'un chaste baiser.

Les autres filles se relayèrent pour l'embrasser et lui souhaiter une bonne nuit puis suivirent Kennis hors de la chambre. Jude eut un peu de mal à se mettre debout, chancela jusqu'à la porte, et la verrouilla derrière elles mais il se ravisa, ne sachant pas comment Eoin pourrait entrer à l'intérieur s'il s'endormait. Une fois au lit, il eut soudainement chaud, il bouillait presque, alors il se dévêtit avant de fermer les yeux.


EOIN ÉTAIT en train de devenir fou. Il avait été guidé hors de la pièce par ses fenris et n'avait pas pu gratifier son compagnon d'un sourire lorsqu'on le lui avait enlevé. Séquestré durant des heures, Eoin n'avait eu d'autre choix que de chasser Jude de ses pensées pendant qu'il mettait au point des tactiques de guerre. Sa loyauté allait à sa maîtresse, à la baronnie et ne connaissait aucune limite, mais il était désormais troublé par l'inquiétude qu'il éprouvait pour Jude. Il ne pouvait plus être insouciant, sa vie ne lui appartenait plus. Elle appartenait à Jude. À quoi devait penser son compagnon après avoir été abandonné pendant des heures dans un lieu si étrange ? Pensait-il qu'Eoin ne se souciait nullement de lui ?

Finalement libre d'aller à sa chambre, toutes décisions et complots décidés pour la soirée, Eoin était pressé de rejoindre son compagnon. Il avait besoin de voir Jude, de lui parler, de le toucher afin d'être sûr qu'il soit à l'abri. Toute sa vie il avait vécu dans l'enceinte de Saraso, il n'avait jamais eu la moindre inquiétude quant à sa propre sécurité. Mais brusquement, aucun endroit au monde ne lui semblait suffisamment sûr pour Jude. Son compagnon ne serait en sécurité que dans son propre monde, à Chicago, et c'était là qu'Eoin voulait le renvoyer le plus tôt possible. Courant maintenant, il réalisa qu'il ne se sentirait mieux que lorsqu'il pourrait poser ses yeux sur son compagnon… et ses mains. Oui, ses mains, ce serait encore mieux que ses yeux.

Comme Eoin prenait le chemin qui menait du hall jusqu'à sa chambre, les mots de sa maîtresse lui revinrent.

— Quand quitterez-vous ma maison avec votre *cairn*, Eoin Thral ?

La question ne se posait pas dans le sens de *s'il* voulait partir mais plutôt *de quand*. Un gardien qui trouvait son compagnon, son cœur, ne pouvait plus servir de protecteur à un baron ou une baronne. S'ils ne trouvaient pas leur compagnon, les gardiens restaient stoïques et froids, ne pensant à rien d'autre qu'à protéger leurs maîtres. Une fois qu'ils avaient trouvé leur compagnon, ce qui arrivait environ une fois sur cent, la place du maître était remplacée par celle de leur compagnon, de leur *cairn*. Lorsqu'un gardien avait trouvé son cœur, il était libéré de son service. Dans le cas d'Eoin, il ne pourrait plus consacrer sa vie à protéger Drelindah Holt, parce que tout en lui appartenait à Jude.

Eoin Thral n'était plus enchaîné à une vie de solitude et de servitude, au contraire, il était maintenant en mesure d'avoir sa propre maison, sa propre vie. Même si Drelindah avait été véritablement heureuse pour Eoin Thral, elle ne pouvait oublier le fait qu'il ne serait plus là pour la protéger. Grâce à lui, elle se sentait complètement en sécurité, invulnérable et lorsqu'il serait parti, cette sensation d'apaisement due à sa présence s'en irait avec lui.

La porte de la chambre d'Eoin était fermée mais pas verrouillée. Jude s'était probablement dit que la porte était verrouillée, ne sachant pas que la barre devait être levée et mise en place pour que ce soit le cas. Eoin devrait se rappeler de lui montrer comment rendre la chambre plus sûre contre les intrusions nocturnes.

— Eoin.

Il entendit quelqu'un l'appeler doucement alors qu'il ouvrit la porte et vit Jude drapé dans son lit, les couvertures repoussées suffisamment loin pour découvrir légèrement la courbe de ses fesses fermes. Eoin gémit et se retourna vers Drist.

— Oui, mon fenris ?

Drist passa devant Eoin et ouvrit plus grand la porte afin de mieux voir l'intérieur de la chambre.

— Votre homme est attirant et très beau, commença-t-il alors qu'Eoin sentit son estomac se tordre.

Drist reprit :

— Je réclame mon droit de fenris. Je veux coucher avec lui. Allez dans ma chambre, une des servantes vous tiendra compagnie.

Ces paroles jetées avec tant de désinvolture atteignirent Eoin en plein cœur. Son estomac fit une embardée et se tordit. De la bile remonta dans sa gorge. Il n'avait jamais rien eu dans sa vie, rien possédé qui vaille la peine qu'on le lui envie, qu'on le lui vole ou qu'on le lui prenne – jusqu'à maintenant. Désormais, il avait Jude, la seule perfection de sa vie, la seule « chose » qui était complètement à lui et à lui seul. Et voilà que son fenris, l'homme qui pouvait décider de son futur, l'homme qui l'avait entraîné et élevé au côté d'Ashron Holt, le père de Drelindah, voulait le compagnon d'Eoin. Le choc se transforma bientôt en rage. Comment osait-il croire qu'il pouvait prendre la place d'Eoin ?

— Salut.

Eoin se retourna pour regarder dans la chambre et vit que Jude avait roulé sur le dos, révélant ainsi sa magnifique queue à moitié érigée, et qu'il le regardait de ses yeux sombres sous ses paupières lourdes.

— Viens ici.

Il avala difficilement sa salive et Drist poussa la porte, révélant ainsi sa présence.

— Oh, rigola Jude, encore ivre, s'asseyant rapidement en relevant les genoux contre son torse et en tirant la couverture jusqu'à sa poitrine. Désolé. Je ne vous avais pas vu. Ça y est, vous avez fini de discuter de tous ces trucs auxquels les femmes et les compagnons ne peuvent participer ?

— Oui, dit Drist.

Il fit un pas dans la chambre, regarda Eoin et lui indiqua de sortir d'un mouvement de tête.

— Nous devons aller au lit, continua-t-il.

— Bien, fit Jude en souriant, puis son regard le dépassa pour se fixer sur Eoin. Tu m'as manqué. Je ne savais pas ce que cela faisait que de se sentir marié… Je veux dire accouplé.

Marié… accouplé. Les mots dansèrent dans la tête d'Eoin avant qu'il n'inspire vivement. Repoussant Drist, il se dirigea vers le lit et son compagnon.

— Oui, tu es accouplé, et aucune femme mariée ou accouplée… ou homme… ne peut être pris sur le territoire de Drelindah Holt. Cela est son ordonnance. Sa loi.

Chaque baron ou baronne avait des lois destinées aux gens qui vivaient sous leur protection ; une de celles de Drelindah consistait à protéger tous les vœux échangés sur sa terre. Elle ne faisait aucune distinction entre les personnes mariées, fiancées ou accouplées. Si vous étiez lié à quelqu'un par la parole ou par un office religieux, l'union était inviolable. Personne ne pouvait être réclamé ou pris alors qu'il appartenait déjà à quelqu'un d'autre.

— Oui, j'ai tout entendu au sujet des gardiens, ce soir.

Jude leva le visage pour sourire à Eoin avant de se rendre compte que c'était Drist qui se trouvait devant lui.

— Salut.

Eoin accorda à nouveau son attention à son compagnon, remarquant que les yeux de Jude captaient la lumière du feu et ressemblaient à de sombres topazes fumées. Il put à peine respirer.

— Alors comme ça, les gens vous trouvent effrayants ? le taquina Jude.

— Nous le sommes, réussit à articuler Eoin de sa voix rauque.

— Tu ne me fais pas peur, gardien, dit doucement Jude. Je suis ton compagnon.

Eoin mit quelques minutes à s'arracher à la contemplation de Jude pour regarder Drist.

— Fenris, l'appela-t-il. Avez-vous entendu ses paroles ?

— Oui, grogna Drist, son membre durcissant au point de devenir douloureux à la vue du bel homme à moitié endormi dans le lit d'un autre gardien.

Il pouvait sentir sa peau, savait qu'elle serait chaude sous ses mains, que les lèvres seraient douces et humides contre les siennes, mais il savait également qu'Eoin Thral n'avait aucunement l'intention de partager son compagnon ni maintenant ni jamais. Et honnêtement, Drist savait que s'il avait lui-même trouvé son propre *cairn*, il ne le partagerait pas non plus. N'ayant jamais eu cette chance, Drist avait passé toute sa vie comme gardien de la baronne. La vie d'Eoin appartenait désormais à Jude et le vieil homme en était simplement malade de jalousie.

— J'ai entendu ses paroles, dit-il, hochant la tête lentement, fixant Eoin du regard. Et je connais leur sens.

Eoin hocha la tête et Drist vit la détermination à toute épreuve du jeune homme.

— Nous partons à l'aube, marmonna Drist avant de se retourner et de sortir de la pièce.

Eoin se dirigea vers la porte et la verrouilla solidement, pour être certain que personne ne pourrait l'ouvrir. Puis, il se retourna vers son compagnon.

— Nous avons beaucoup de choses à nous dire, lui promit Jude.

Mais Eoin ne pouvait pas parler. Il pouvait à peine respirer. Peu importe que Jude l'ait su ou non, il avait donné à Eoin toutes les armes dont il avait besoin pour repousser Drist. Eoin n'aurait pas voulu se battre contre son mentor mais ne voyait aucune autre solution. Il ne voulait pas, ne pouvait pas permettre à un autre homme de prendre son compagnon et s'était donc préparé à attaquer Drist lorsque Jude l'avait sauvé. Il était si reconnaissant, si ému que lorsque Jude leva les bras vers lui, Eoin se pencha en avant et l'attrapa, l'écrasant contre son cœur et enfouissant son visage dans les boucles soyeuses.

— Qu'est-ce qui ne va pas ? Tu trembles ?

L'inquiétude de son amant pour lui, la façon dont l'étreinte se resserra et le long soupir firent trembler Eoin encore plus fort, sa vision se brouillant et les muscles de sa mâchoire se crispant.

— Je déteste l'idée de te quitter, mon amour.

Jude sentit les mains de son amant glisser vers le bas de son dos et il s'avança pour se trouver à genoux, face à Eoin. Ce dernier l'attira haut sur ses hanches et Jude passa ses jambes de chaque côté de sa taille. Avec son membre tendu poussant contre l'entrée de Jude à travers sa culotte en peau d'agneau, et le sexe dur de Jude s'appuyant contre son estomac qui formait des tâches humides sur le devant de sa chemise, Eoin savait que l'homme dans ses bras était aussi excité que lui. Et bien que la manifestation physique de leur amour soit agréable, fantastique, et le mène à une extase qui lui coupe le souffle, c'était l'amour qui leur permettait de s'accoupler, une jonction entre non seulement deux corps, mais deux âmes. C'était son amour pour son compagnon qui enflammait Eoin, qui l'envahissait, le rendait plus fort et le nourrissait. Tout ce qu'il voulait c'était Jude, parce qu'il était déjà amoureux de lui, bien que cela ne fasse que quelques jours qu'ils se connaissaient. Il était tombé si férocement amoureux que son cœur en était presque constamment douloureux. Seuls des mots soulageraient sa douleur intérieure, seuls les mots promettant qu'ils seraient ensemble pour toujours l'apaiseraient. Il avait besoin que Jude lui dise qu'il l'aimait et qu'il resterait avec lui, n'importe où, pour toujours, jusqu'à leur mort.

Eoin frotta son menton sur le dessus de la tête de Jude et s'accrocha à lui, baisant son front, laissant ses doigts suivre sa colonne vertébrale alors que Jude remuait sur ses genoux, ondulant d'avant en arrière au niveau de l'entrejambe d'Eoin.

— Jude, je n'ai pas… Il n'y a pas d'huile… Je ne veux pas te blesser.

— Alors assure-toi de ne pas le faire, fit Jude.

Le vin, la chaleur de la chambre et l'homme magnifique et sexy qu'il tenait dans ses bras, tout était réuni pour que son membre palpitant durcisse.

— Baise-moi.

Eoin eut besoin d'un moment avant de réussir à parler.

— Que veux dire… *baiser* ?

— Toi. Enfoncé jusqu'à la garde en moi… C'est ça baiser.

Le corps d'Eoin fut en proie aux flammes. *Baiser*, quel mot aux sonorités sales et délicieuses.

— Viens, dit Jude en se tortillant pour s'éloigner des bras d'Eoin et se mettre à quatre pattes sur le lit. Je veux que l'on discute, mais je n'arriverai pas à réfléchir clairement tant que tu ne m'auras pas baisé jusqu'à ce que j'en perde la raison. Alors vas-y, car j'ai vraiment besoin de te parler.

Eoin voulait lui parler, le *baiser* et dormir à côté de lui. C'était trop pour n'être qu'un rêve et plus qu'une sensation incroyable. Alors que Jude se penchait, le visage contre l'oreiller, levant ses fesses le plus haut possible, Eoin fut certain qu'il allait exploser sans même le pénétrer. Au lieu de cela, il se pencha pour se débarrasser de ses vêtements et enfouit sa langue dans les fesses de son compagnon.

Jude bondit presque du lit. Lorsqu'Eoin entendit le souffle de son amant se couper, ses couilles se contractèrent, presque douloureusement, alors qu'il se concentrait pour enfoncer sa langue à travers l'entrée étroite de Jude : tournoiement de langue, doux coup de langue, l'enfouissant de plus en plus profondément à chaque poussée, l'humidifiant de sa salive. Il le suça et le lécha jusqu'à ce que Jude crie son nom, le suppliant, pompant sa propre queue qu'il lubrifia à l'aide des quelques gouttes de liquide pré-séminal.

Regarder son compagnon et le voir se tordre et tressaillir, l'entendre gémir, haleter et sangloter, c'en fut trop pour Eoin qui, jusqu'à présent, n'avait connu que des femmes qui venaient en grinçant des dents, ayant peur de lui, acceptant son sexe seulement par devoir, jamais comme un besoin douloureux et lancinant. Jude lui donnait l'impression que sans son membre en lui, il mourrait et Eoin se sentait non plus tel un simple amant, mais tel son maître ou son dieu. Comme il se glissait à l'intérieur de son compagnon, plongeant jusqu'à la garde d'un seul coup puissant, son autre main s'enroula autour de la queue de Jude qui elle aussi pulsait et, pendant une fraction de seconde, il eut la sensation de mourir. La suivante, il sentit un picotement dans ses couilles, une chaleur à la base de sa colonne vertébrale, puis la ruée de l'adrénaline. Instantanément, il fit basculer Jude sur le dos et le tira en avant, lui écarta les genoux et remonta ses jambes contre sa poitrine, tout en le pénétrant de nouveau.

Poussant et se retirant, encore et encore, il s'enfonça en Jude plus vite, plus fort, son seul besoin consistant à le pénétrer le plus profondément possible pour sentir Jude se resserrer autour de lui, pour être en son amant de toutes les manières possibles. Lorsque Jude releva la tête, il se rua sur sa bouche et lui coupa le souffle. Comme Jude cherchait à respirer, Eoin le marqua, le mordant, le léchant et le suçant jusqu'à sentir l'éclaboussure de sa semence sur son abdomen. Il sut alors que Jude avait atteint sa délivrance. Quelques secondes plus tard, il suivit son compagnon, lui inondant le cul de son sperme épais et chaud. Il sentit son corps trembler violemment, vibrant presque sur celui de Jude tandis qu'il serrait l'autre homme contre sa poitrine.

Après un long moment passé à haleter, essayant de calmer leurs âmes éperdues et leurs corps enchevêtrés (il était difficile de dire où commençait l'un et où finissait l'autre), ils revinrent à eux. Eoin eut du mal à se convaincre de retirer sa verge toujours prisonnière du corps de son compagnon. Il ne voulait pas se retirer, souhaitant s'endormir comme ça, mais comme il était plus grand que Jude et qu'il désirait le tenir dans ses bras, contre son cœur, Eoin ne le libéra que pour mieux le rapprocher de lui et tirer les couvertures sur eux. L'air de la chambre s'était à nouveau refroidi malgré le feu qui brûlait toujours dans l'âtre, mais Jude était chaud : sa peau, son souffle et son corps nu pressé contre celui d'Eoin était tel un paradis.

Jude était terrifié. Comment avait-il pu connaître la meilleure expérience sexuelle de toute sa vie avec un homme qu'il venait tout juste de rencontrer ? Coucher avec Tiernan, avait été agréable, mais ce n'était en rien comparable. Jude s'était toujours retenu. Il n'avait jamais été aussi loin qu'en se donnant à Eoin. Ce dernier donnait envie à Jude de lui sauter dessus et de le chevaucher dès qu'il le voyait. Rien que les yeux noirs qu'Eoin posaient sur lui le faisaient durcir, et bien que cela soit excitant et fasse battre son cœur, c'est le restant qui était effrayant. Il avait l'impression de pouvoir enfin lâcher prise afin de laisser le contrôle à une autre personne. Il pourrait dépendre d'Eoin. Celui-ci serait son rocher, son point d'ancrage, et cette certitude le remplissait tout autant de pensées nouvelles et troublantes que de pensées chaleureuses et concrètes. Jude, qui n'avait jamais désiré avoir un foyer, voulait soudain en avoir un.

Il s'imaginait parfaitement cuisiner pour cet homme, repasser ses chemises, acheter ses vitamines et faire les courses à l'épicerie du coin. Même après une année et demie, il n'avait pas été vraiment prêt à vivre avec Tiernan – seul un ultimatum l'avait forcé à emménager chez lui. Et voyez comment cela s'était terminé. Jude était rentré à la maison pour y trouver Tiernan en train de baiser son patron dans leur lit.

Mais quelque part, Jude savait qu'Eoin Thral n'irait jamais au lit avec qui que ce soit d'autre. Ce n'était pas le genre de cet homme.

Eoin le voulait lui – et seulement lui – ce qui éveillait le désir de Jude de prendre soin de lui, de le nourrir, de regarder la télé avec lui, d'aller se coucher et de se réveiller auprès de lui, de lui faire rencontrer sa famille, que sa famille le découvre… son compagnon… et qu'est-ce que cela *signifiait* ? Étaient-ils mariés aux yeux d'Eoin ? Mariés dans ce monde ? Et pourquoi Jude voulait-il se marier après avoir passé seulement quelques heures avec cet homme ? Et pourquoi pensait-il à un garage pour deux voitures, à des enfants et à un plan de retraite ? Il ne connaissait même pas Eoin Thral ! Qu'est-ce qui rendait Jude si avide de construire son avenir autour de lui ?

Un doux ronflement le sortit de ses pensées et le ramena à Eoin.

— Ne t'avise pas de t'endormir, l'avertit fermement Jude, surprenant Eoin qui en était si proche.

Comment osait-il s'endormir alors que Jude était au bord de la dépression nerveuse !

— J'ai des questions à te poser.

Le ton sur lequel il avait dit cela le faisait paraître dingue, mais il ne pouvait rien y faire ; il était en train de devenir fou !

— Tu es donc réveillé, *cairn* ? demanda Eoin, essayant de ne pas paraître irrité.

Il voulait dormir.

— Ne m'appelle pas comme ça, appelle-moi Jude.

— Je t'appellerai de la manière dont je le désire, mon amour.

Jude leva les yeux au ciel avant de s'asseoir et de regarder l'homme à ses côtés.

— Il faut qu'on discute.

— Oui, nous le devons, acquiesça Eoin, la vérité de ces paroles l'emportant sur sa fatigue.

— Ici tu es un homme, mais dans mon monde, tu es–

— Je serai également un homme.

Jude plissa les yeux.

— Attends… Quoi ?

— Quelle que soit la forme sous laquelle le *cairn* est revendiqué, ainsi en sera le gardien.

— Je suis désolé… Quoi ?

— Sous la forme où tu fus revendiqué, devrais-je demeurer, répéta Eoin.

— Encore une fois pour voir si j'ai bien compris…

Eoin tendit la main vers la joue de Jude, savourant la sensation de sa peau lisse sous sa paume. Lorsque Jude se pencha pour mieux profiter de la caresse, Eoin sentit sa poitrine se serrer, son cœur oubliant de battre. Rien que le fait de le regarder, le rendait heureux.

— Je t'ai réclamé en tant que compagnon et je ne suis donc plus lié à ma forme bestiale de ton côté du voile.

Tout le poids du monde sembla s'envoler des épaules de Jude.

— Oh super ! cria-t-il

Voyant la joie sur son visage, le cœur d'Eoin s'arrêta à nouveau de battre. Il était si heureux et Eoin partageait son bonheur.

Eoin savait qu'une partie de ce qu'il ressentait était due au fait que Jude soit son compagnon, mais cela avait encore plus affaire avec le fait qu'il soit Jude. Il était incroyable. Un autre se serait recroquevillé dans un coin, se balançant d'avant en arrière, pleurant, persuadé – tout simplement *persuadé* – qu'il avait probablement perdu l'esprit, mais au lieu de ça Jude y allait à l'instinct, acceptant son voyage à travers le voile comme une simple aventure et gardant en tête un objectif : rentrer chez lui. Le fait que Jude semblait vouloir le ramener chez lui, dans son monde, le rendit encore plus heureux qu'il aurait jamais pensé l'être. Non pas que Jude ait vraiment le choix ; Eoin ne le laisserait jamais s'éloigner de lui.

— Alors nous pouvons rentrer à la maison et tu pourras vivre avec moi et trouver un travail dans… qu'aimes-tu faire en dehors de protéger les gens ?

Une autre première pour Eoin : la première fois que quelqu'un lui demandait ce qu'il aimait. Personne ne s'en était soucié, personne n'avait même pensé qu'un gardien pouvait faire autre chose que se battre et tuer. Mais Eoin avait des rêves secrets comme n'importe qui d'autre.

— Je sais faire des choses avec du bois et du métal.

— Art ou meubles ?

Eoin ne put retenir son sourire. La facilité qu'il éprouvait à en parler avec Jude était écrasante, l'acceptation pleine et entière de son compagnon était libératrice.

— J'ai fait des tables, des chaises, des bibliothèques et des coffres. J'aime ce travail. Je les ai donnés au forgeron pour qu'il les vende sur le marché.

— Et ? insista Jude, se rapprochant davantage de lui, appuyé contre sa hanche, la main posée sur sa poitrine. Comment ça s'est passé ? As-tu vendu quelque chose ?

Eoin hocha la tête.

— J'ai tout vendu.

— Génial ! fit Jude en souriant largement. Donc tu pourras faire ça quand tu reviendras à la maison avec moi. Nous louerons un espace jusqu'à ce que tu puisses exposer dans une galerie et voir comment cela se passe. Je suis dans les relations publiques, tu sais, je peux te créer un réseau.

Eoin hocha la tête.

— Je ne sais pas ce que tu veux dire, mais d'après ton expression, tu crois que je peux faire ce métier, dit-il avant d'avaler sa salive. Je le souhaite tellement.

Jude le regarda, droit dans ses yeux profonds et sombres.

— Je sais que tu as des choses à faire ici et je sais que ta baronne ne te laissera pas partir avec moi.

— Il est entendu que je parte, Jude Shea. Tu es mon *cairn* et je resterai pour toujours à tes côtés. La baronne le sait très bien, et comme tu appartiens à l'autre côté du voile, elle sait, aussi, que je te suivrai là-bas comme il m'est impossible de faire autrement.

— Dis-moi ce que nous allons faire.

— Tout d'abord, sache que je n'ai jamais voulu te retenir ici, loin de ta—

— Je sais, le coupa Jude. Tu ne m'as pas kidnappé ni quoi que ce soit d'autre. Je sais que tu m'as fait traverser le voile pour—

— Ne te méprends pas, le corrigea Eoin, c'était mon plan de te ramener ici pour te déclarer mien comme je l'ai fait, mais je n'ai jamais voulu te garder ici, loin de ta famille ou de tes amis, ni même du travail que Colton Bale t'a rendu.

Jude sourit à l'évocation de son ancien patron.

— C'est vraiment bizarre, mais c'est comme si mon *ancienne vie* était le rêve et que *ceci*, me trouver ici avec toi, était la réalité.

— Les deux sont réels pour toi, mon amour.

Jude hocha la tête.

— Je sais. C'est marrant.

Eoin prit une grande inspiration.

— Je ne t'aurais jamais gardé ici contre ta volonté. Je voulais simplement–

— Tu veux revenir avec moi, n'est-ce pas ? lui demanda Jude, le son de sa voix trahissant son appréhension.

Que faire si Eoin ne l'avait amené ici que pour badiner et voulait lui faire retraverser le voile seul ?

— Oui, mon amour, c'est exactement ce que je veux.

— Bien, dit Jude, libérant le souffle qu'il n'avait pas réalisé retenir.

Eoin sourit et ses yeux brillèrent lorsqu'il regarda son amant. Si proche... il avait pratiquement réussit à faire dire les mots qu'il voulait entendre à Jude.

— Je sais que tu veux rentrer chez toi, mon amour. Je sais que tu hais Saraso, mais je dois mettre ma baronne en sécurité avant de te rejoindre.

— Je le sais.

— M'accorderas-tu cette période de temps, alors ?

— Bien sûr, dit Jude sachant qu'un homme comme Eoin ferait toujours passer les besoins des autres avant les siens.

— Auras-tu confiance en moi alors, même si je ne suis pas près de toi ?

*Attendez une seconde.*

— Qu'est-ce que cela veut dire ?

Eoin lui expliqua alors qu'il devait se rendre à la montagne de Khal à travers la passe d'Ellandrel pour parler au chef de file, le Laird des outlanders, Crispin Ebudai. C'était une mission qui pouvait s'avérer dangereuse. Avant que Jude n'ait le temps de protester, Eoin lui expliqua que lui, de son côté, accompagnerait la baronne et sa suite à la capitale de la cité de Goren pour rencontrer le roi et essayer de trouver un accord. Drelindah avait toujours foi en son seigneur et roi et avait décidé de lui tendre un rameau d'olivier en geste de paix avant de se préparer au siège de son propre pays.

— Mais je veux rester avec toi, assura Jude à Eoin.

— Tu ne peux pas, d'autant qu'il y doit déjà y avoir des hommes qui nous attendent pour nous empêcher d'arriver jusqu'à Crispin.

— Es-tu en train de me dire que tu risques d'être tué ? fit Jude qui prit conscience que le son de sa voix avait augmenté mais ne pouvant rien faire pour l'en empêcher.

— Tout homme peut être tué, *cairn*, dit Eoin d'une voix douce. Mais je suis un gardien et nous sommes les plus forts de tout Midrin.

— Midrin ?

— Oui, dit Eoin, sa voix se faisant plus faible et rauque alors qu'il regardait Jude.

Il glissa la main sur la hanche de son amant, la caressant lentement, paresseusement, ne voulant rien d'autre que toucher son compagnon.

— Notre pays s'appelle Midrin. La cité capitale est Goren et nous vivons ici à Saraso sur les terres de la Baronne Drelindah Holt.

Quand il parlait, il était plein de fierté et cela fit sourire Jude.

— Laisse-moi te parler de Saraso, dit Eoin.

Il était impensable qu'une femme puisse porter le titre de baronne sans qu'il y ait un baron, mais le père de Drelindah s'était assuré – au point de faire porter au roi plusieurs lettres décrivant son lignage – que la baronnie revienne à sa seule fille et non pas à ses fils. Il estimait, tout comme les autres, qu'elle était de loin la seule et unique personne qui pourrait lui succéder puisque, contrairement à ses frères, elle remplissait ces deux conditions : elle aimait son pays et ses habitants. Elle était la personne la plus forte et la plus brave qu'Eoin Thral connaissait.

— Elle m'a tout de suite plu, dit Jude lorsqu'Eoin termina son explication.

— Tout comme toi, tu lui as plu, lui assura son compagnon. Elle attend avec impatience son périple avec toi.

— Est-ce que c'est loin d'ici ?

— Une semaine de cheval pour toi, mon amour, dit Eoin avec un rire malicieux. Je suis désolé.

Jude gémit lamentablement.

— Tu parles de vacances !

— Pardon ?

— Non, rien.

— Écoute-moi, mon amour, car je dois te dire quoi faire si je suis tué, débuta Eoin sur un ton neutre. Premièrement–

— Quoi ? aboya Jude. C'est une plaisanterie ? Ce n'est pas drôle.

Eoin était perdu.

— Je ne voudrais pas passer pour un fou mais je dois te parler de–

81

— Oh bordel, non, je viens juste de te trouver ! Je n'ai pas envie de te perdre. Je veux me battre avec toi pour savoir quelles céréales on va acheter ! Je ne veux pas que tu te fasses tuer.

Eoin secoua la tête, levant la main pour la passer derrière la nuque de son compagnon, l'attirant doucement contre sa poitrine et ajustant la couverture autour de lui.

— Mon amour, je veux plus que tout vivre à tes côtés, mais si je venais à tomber lors d'une bataille, tu dois savoir quoi faire. Greshan Kai est le domo de Saraso et le gardien de la maison des Holt, notre protecteur à tous, le plus fort et le plus brave. Il ne tombera pas et si cela m'arrive, il m'a fait le serment par le sang de te ramener de l'autre côté du voile. S'il vient vers toi, tu ne le combattras pas, mais l'accompagneras sans lui poser de question. Sa parole est la loi. Comprends-tu ce que je dis ?

Jude hocha la tête.

— Bien.

Prenant une petite inspiration, Jude dit à Eoin qu'il voulait en savoir davantage sur les gardiens.

— Que veux-tu donc savoir de plus ? lui demanda Eoin, passant les doigts dans les cheveux de Jude, le tirant doucement en arrière tout en massant son cuir chevelu.

Pour un si grand homme, il avait un toucher tendre, respectueux, comme si Jude était une récompense.

— Tout, répliqua ce dernier, les yeux baissés.

Eoin poussa un profond soupir alors qu'il reposait la main sur la nuque de Jude, le massant délicatement à nouveau.

— Je suis un gardien et nous protégeons la noblesse.

— Comment êtes-vous sélectionnés pour faire ce travail ?

— Nous ne sommes pas sélectionnés… Nous sommes nés pour être des gardiens… des garous.

— Que veux-tu dire ?

— Lorsque je suis né, je n'étais pas un enfant, mais un chien. Elle a été bénie des dieux.

Il s'écoula un long moment avant que Jude ne réponde.

— Excuse-moi ?

— Lorsque ma mère m'a donné naissance, elle a accouché d'un chiot au lieu d'un fils, alors j'ai été directement amené ici pour être formé par le baron et son fenris.

— Oh, c'est donc ainsi qu'ils ont su – je veux parler de tes parents – ils ont su instantanément que tu étais un gardien.

Jude trouva cela intéressant. Si n'importe quelle femme qu'il connaissait accouchait d'un chien au lieu de l'enfant qu'elle attendait… « bénie » ne serait certainement pas le terme qu'elle utiliserait.

— Oui, donc ils m'ont amené chez le père de Drelindah et il–

— Attends, dit Jude se repoussant pour regarder d'Eoin. Et tes parents ?

— Eh bien quoi, mes parents, mon amour ?

— Qu'est-ce qui leur est arrivé ?

Il haussa ses larges épaules.

— Tu ne les connais pas ?

— Pourquoi devrais-je les connaître ?

— Bordel, siffla Jude. Dans ce cas, qui t'a aimé et a pris soin de toi ?

— Un gardien est entraîné, nous ne sommes pas aimés.

— Mais alors…

Jude pensa à sa propre mère, qu'il voulait qu'Eoin rencontre, la femme qui les aimait, lui et son frère, plus que tout au monde. Sa mère qui attendait avec impatience ses visites, qui lui faisait toujours les cookies qu'il adorait pour Noël et qui, lorsqu'il lui avait annoncé qu'il était gay à dix-huit ans, l'avait simplement accepté. Son père avait eu une réaction similaire. Être gay n'était pas la voie qu'il aurait choisie pour son fils, mais il n'avait pas cessé de l'aimer pour autant. Ses parents avaient simplement modifié leurs attentes quant à la personne qu'il ramènerait au dîner de Thanksgiving. L'amour de ses parents était inconditionnel et à l'idée qu'Eoin n'avait jamais connu cette expérience, Jude en eut mal au cœur.

— Oh mon Dieu, je suis tellement désolé.

— Comme je ne sais pas ce que j'ai raté, cette perte n'atteint pas mon cœur.

— En es-tu sûr ?

— Oui, le rassura Eoin.

— D'accord, acquiesça Jude, se blottissant contre Eoin, modelant son corps contre celui de l'autre homme avant de s'enrouler autour de lui.

Eoin réalisa que Jude le réconfortait parce qu'il se sentait désolé pour lui, et même si lui-même ne s'était jamais apitoyé sur son propre sort, il était heureux que Jude le fasse. Le fait que Jude s'inquiète de ses sentiments, lui offrant sa sympathie en se blottissant contre lui, en l'apaisant par sa proximité, était pour Eoin une preuve manifeste que son amant était en train de tomber amoureux de lui. Si Jude l'aimait, cela lui importait peu que quelqu'un d'autre l'ait déjà aimé ou vienne à l'aimer. Jude avait entendu l'appel d'Eoin dès qu'il avait traversé le voile, se mettant en danger mortel pour le sauver, et maintenant il acceptait le fait qu'Eoin soit un gardien... Eoin n'aurait pu recevoir de plus grand cadeau que de posséder le cœur de Jude. C'était tout ce qu'il désirait.

Eoin se racla la gorge pour éviter d'être submergé par une forte émotion.

— Que veux-tu savoir d'autre ?

— Continue simplement de parler, lui dit Jude, soulevant son menton pour embrasser la mâchoire de son amant.

Les lèvres de Jude étaient tellement douces. Même fatigué comme il l'était, aussi repu et baigné dans une douce chaleur et pleinement satisfait, il sentit l'excitation le faire frissonner et son sang se ruer vers son aine. Pour un homme qui d'habitude pouvait passer plusieurs semaines sans avoir de relations sexuelles, les nouveaux besoins de son corps étaient un véritable enchantement.

— Eoin ?

— Oh, eh bien, comme je te l'ai dit, nous naissons en tant qu'animaux et non pas en tant qu'hommes et personne ne veut de nous.

— Que veux-tu dire par « vouloir » ?

— Nous sommes des animaux, des bêtes, et personne à part notre compagnon ne veut de nous si ce n'est contre de l'argent ou par la force. Aucun de ceux d'entre nous qui vivent sur les terres de Drelindah n'a jamais violé de femme, mais j'en connais d'autres qui l'ont fait.

— Mais il y a des femmes qui sont payées pour coucher avec les gardiens.

Eoin ne demanda pas à Jude comment il savait ça, trop distrait par les lèvres qui mordillaient sa mâchoire jusqu'à son oreille et qui traçaient une ligne invisible dans son cou. Ces morsures si sensuelles et excitantes étaient une chose, mais le fait que Jude ne semblait pas vouloir le lâcher était une grande révélation. Son compagnon voulait de lui – le trouvait désirable – et Eoin, qui n'avait jamais cru que quiconque voudrait de lui, en était ravi. Jude Shea était une vraie merveille.

— Hé, tu as arrêté de parler.

Eoin s'éclaircit la gorge alors que la langue de Jude glissait sur sa clavicule.

— Tu vas bien ? demanda Jude tout en se penchant en arrière pour regarder son compagnon. Tu as fait un drôle de bruit.

Le gardien voulait bien croire qu'il avait émis un bruit étrange, peut-être même un son étranglé. Jude allait bientôt se retrouver dans une situation périlleuse, à plat sur le dos, s'il ne cessait pas sa délicieuse torture.

— Est-ce qu'il y a beaucoup de gardiens ?

— Non, répondit Eoin, sa voix devenant rauque. Et comme nous sommes peu nombreux à naître, il en est de même pour nos compagnons... seulement un par gardien.

— Oh.

— Si nous ne ressentons pas la présence de notre compagnon avant de fêter nos dix-huit printemps, il est sous-entendu que nous ne le trouverons jamais. Peut-être qu'il a été tué ou qu'il est mort... Nous ne le savons jamais, dit Eoin tranquillement. D'autres pensent que, pour certains d'entre nous, nos compagnons se trouvent de l'autre côté du voile.

— C'était ton cas ?

— Non. Je m'étais résolu à ne jamais avoir de compagnon car l'idée de traverser le voile me semblait être une pure folie.

— Pourquoi ?

— Que m'arriverait-il si je ne trouvais jamais mon compagnon et que je me retrouvais seul, si loin de ma maison ?

Débattre avec Eoin de la raison pour laquelle il fallait prendre des risques sembla une perte de temps. Il décida donc de l'interroger sur des questions d'ordre plus pratique.

— Alors pourquoi toutes les personnes qui détestent ce monde ne traversent-elles pas tout simplement le voile ?

— Je ne vois pas où tu veux en venir.

— Ce que je demande, c'est pourquoi les personnes qui ne sont pas heureuses ici ne traversent-elles pas simplement le voile pour entrer dans mon monde ?

— Personne à part les gardiens et ceux qui sont accompagnés d'un gardien ne peut le faire. Si un homme ordinaire souhaitait traverser le voile, il pourrait passer sa vie entière à le chercher sans jamais le trouver.

— Je ne comprends pas.

— Imaginons que tu veuilles me quitter... Tu pourrais t'enfuir de cet endroit pour retourner dans ton monde, mais sans moi, tu ne pourrais jamais revenir ici. Les *veilers*, comme nous vous appelons, peuvent retourner à l'endroit où ils ont été enlevés par un gardien, mais ne peuvent pas revenir chez nous s'ils le souhaitent.

Ces mots attristèrent Jude pour des raisons qu'il ne comprenait pas, mais il continua de demander des explications.

— Donc, même ton roi ne peut traverser sans un gardien ?

— Exactement, et comme le roi ne croit pas à l'existence du voile, il ne pensera jamais à entreprendre un tel voyage.

— Quoi ? Comment ne peut-il pas croire en quelque chose qui existe réellement ?

— Le voile est...

Eoin chercha ses mots.

— Le voile est vivant, tout comme toi et moi. Il accepte ou refuse le passage pour des raisons que nous ne connaissons pas.

— Cela n'a aucun sens. Tu es en train de me dire que c'est un portail qui fonctionne quand il en a envie.

— Oui et c'est la raison pour laquelle le roi n'y croit pas. Si je te disais que quelque chose était là et que, lorsque tu t'y rendais, tu étais incapable de le voir ou de le toucher, toi aussi tu cesserais d'y croire

— Donc le voile ne fonctionne que quelques fois. Il est possible qu'on ne puisse effectuer le chemin inverse.

— Tu appartiens à l'autre monde, donc tu seras toujours capable de retourner chez toi. Je serai avec toi, donc moi aussi, je pourrai y retourner. Mais d'autres... Les hommes qui m'ont suivi à travers le voile lorsque nous nous sommes rencontrés la première fois, s'ils essaient de nouveau, je doute qu'ils en soient capables.

— Pourquoi ?

— Je ne sais pas.

Jude se déplaça dans le lit, s'éloignant de son amant afin de voir son visage.

— Tu as l'air de penser que ce serait présomptueux de ta part de croire que tu comprends la manière dont fonctionne le voile parce que tu n'es qu'un simple et humble gardien, hein ? fit Jude en lui souriant, ce qui provoqua un nouvel hoquet dans la respiration d'Eoin.

— Oui, fit ce dernier en hochant la tête.

Il aima le sourire machiavélique et la lueur malicieuse dans le regard de son compagnon.

— Contente-toi de tout me dire, mon grand chien...

Les yeux d'Eoin s'agrandirent lorsqu'il entendit ses mots. *Qu'avait-il... ?*

— Grand chien ? s'exclama Eoin.

Jude se mit à rire. Eoin l'attrapa et l'enlaça avant de lui pincer durement les fesses. Son compagnon se tortilla dans son étreinte, provoquant de nouvelles impulsions en Eoin : son sexe durcit et son sang s'accéléra dans ses veines. Ses réactions face à Jude l'étonnaient. En serait-il toujours de même ou cela n'était-il dû qu'à la nouveauté de leur relation ?

— Dis-moi à quoi tu penses, fit Jude en haletant avant de lui adresser un doux rire.

Eoin voulait simplement le serrer contre lui.

— Je crois que le voile a permis à Cuyler Adon et ses griffons de me suivre…

— J'ai vu des chiens qui t'attaquaient cette nuit-là – ce qui veut dire que d'autres gardiens étaient–

— Tu as vu ce que tu voulais voir, lui assura Eoin, passant sa main sur le dos de Jude, adorant la sensation de la peau chaude et soyeuse, les irrégularités de la colonne vertébrale et la courbe qui finissait sur ses fesses fermes et rebondies.

— J'ai vu des chiens.

— Tu as vu des griffons, tels qu'ils étaient – mais comme ton esprit n'en avait jamais vu, tu crois avoir vu des chiens.

Jude était quasiment certain qu'il s'agissait de chiens, mais il faisait sombre et il ne les avait vus qu'une brève seconde, alors peut-être que….

— Donc tu es en train de dire que ces choses, les griffons qui t'ont attaqué, étaient en fait Cuyler et les autres gars ?

— Oui, ils m'ont pourchassé à travers le voile.

— Et parce qu'ils étaient avec toi, ils ont pu traverser.

Eoin hocha la tête.

— Et comme ils t'ont perdu, ils ne peuvent pas revenir.

— Oui.

— Je me demande comment ils… Je veux dire, comment font-ils pour l'argent, ou les vêtements ou…

— Il vaut mieux ne pas chercher à le savoir, puisqu'ils sont des hommes ou des griffons, mais pas des chiens, le coupa Eoin en soupirant. Un chien, comme tu as pu t'en rendre compte par toi-même, peut être récupéré et soigné, mais un griffon… Espérons seulement que peu de vies ont été touchées par eux.

— Tu penses qu'ils ont tué des gens.

— Je ne peux imaginer aucune autre fin.

Jude acquiesça. Cela le fit réfléchir.

— Alors lorsque nous rentrerons, nous serons seuls. Nous ne pouvons permettre à personne de nous accompagner.

— Oui.

Jude fut silencieux pendant plusieurs minutes, simplement perdu dans ses pensées.

— Et que se passera-t-il si, après avoir vécu quelques temps avec moi, tu en as assez et que tu veux rentrer ici ?

Eoin inspira le parfum musqué et chaud de son compagnon, enfouissant son visage dans ses cheveux, et il parla du plus profond de son âme :

— De toi, je ne me lasserai jamais, mon amour.

Jude eut l'impression de recevoir un coup de poing en plein dans l'estomac. Il disait vrai, il en était certain. Il le sentait. Il avait une foi absolue et savait parfaitement que le cœur d'Eoin était inébranlable et immuable. Cet homme l'aimait.

— Merde, jura Jude.

— Mon amour ?

— Désolé, dit-il en reprenant une grande inspiration. Tu devrais dormir un peu, tu as une dure journée qui t'attend demain.

— Tout comme toi, mon amour.

— Tout ce que j'aurai à faire c'est de rester assis sur un cheval. Toi, tu pourrais avoir à tuer quelqu'un.

— Seuls ceux qui m'attaqueront mourront, dit Eoin alors que Jude baillait et se retournait dans ses bras tout en se positionnant en cuillère avant de fermer les yeux.

— C'est vrai, dit-il en riant doucement. Tu es un dur à cuire.

Eoin grogna, dérivant vers le sommeil, plus heureux qu'il ne l'avait jamais été de toute sa vie, même s'il n'avait rien compris à ce que Jude venait de dire.

— Te soucies-tu du fait que j'étais affamé et que, si les filles ne m'avaient pas apporté de la nourriture, je serais toujours aussi affamé !

— Pardon ? demanda Eoin avec irritation, comme il avait été à deux doigts de trouver le sommeil. De quelles filles parles-tu ?

Jude sourit largement à l'idée d'avoir obtenu son attention et lui expliqua comment au départ, Kennis était venue dans la chambre pour coucher avec Eoin et qu'elle était revenue plus tard accompagnée d'autres filles. Le vin, lui indiqua Jude, avait été vraiment délicieux. Il s'avéra donc qu'Eoin n'en avait rien à faire que Jude ait été mort de faim, mais que les filles soient venues dans sa chambre l'énervait. C'était très révélateur.

— Kennis est une catin. Tu ne dois pas rester en sa compagnie sans surveillance.

— Oh, vraiment ?

— Tu écoutes ce que je te dis, Jude Shea ? demanda Eoin, élevant la voix.

— Elle voulait me baiser.

Ce mot précis heurta Eoin de plein fouet.

— Je suis le seul et l'unique qui peut te *baiser*, grogna-t-il avant de mordre doucement Jude à l'épaule. Je tuerai tous ceux que je trouverai dans ton lit, Jude Shea, retiens bien mes paroles.

Mais Jude savait que ce n'était que des paroles. Eoin était peut-être un grand méchant gardien, mais s'il surprenait Jude en train de le tromper, il lui tournerait simplement le dos et s'en irait, son cœur trop blessé pour combattre, seulement capable de faire le deuil.

— Est-ce que j'ai été assez clair ?

— J'ai compris.

— Vraiment ?

Jude sourit, mais Eoin ne put le voir dans l'obscurité qui les entourait. Le feu était presque éteint et la chambre s'était refroidie, alors Jude se rapprocha de son amant.

— Tu n'auras à tuer personne. Je ne désire personne d'autre.

Ses mots se rapprochaient le plus de ce qu'Eoin désirait entendre plus que tout : que Jude l'aimait. Si Jude ne voulait coucher avec personne d'autre, ne permettait pas à d'autres d'entrer dans son lit, c'était donc qu'il était amoureux… mais il ne le savait pas encore. Peut-être qu'être séparés pendant quelques temps serait une bonne chose, cela permettrait à Jude de se rendre compte à quel point Eoin lui manquait.

— Pourquoi n'es-tu pas allé à la cuisine si tu avais si faim ?

Comme si Jude savait où était la cuisine ! Et ce n'est pas comme si cela lui importait désormais.

— Endors-toi, murmura Jude.

— Si tu retiens ta langue, il se peut que j'y arrive, Jude Shea.

— Je croyais que tu aimais ma langue.

89

Eoin gémit douloureusement. D'une part, son corps avait besoin de repos, mais de l'autre, il réagissait clairement aux mots à la fois malicieux et excitants de Jude. Son compagnon était dévergondé, et cela enflamma Eoin comme un feu de brousse.

Jude tortilla son fessier plus fortement contre l'aine d'Eoin, ne l'aidant pas à trouver le sommeil, mais lorsque son amant laissa sa tête retomber sur le côté, de sorte que le menton d'Eoin se retrouvait contre son cou, et qu'il lui attrapa le bras pour le poser sur sa poitrine, ses besoins charnels se retrouvèrent noyés sous une vague d'émotions. Jude s'était positionné comme s'il avait l'habitude de dormir dans ses bras, l'invitant à davantage de proximité. Un sentiment d'appartenance traversa Eoin et il serra la mâchoire pour le réprimer. Il étreignit son compagnon encore plus fort contre lui lorsqu'il le suivit dans le sommeil.

# VII

DRELINDAH HOLT voulait plus que tout parler au compagnon d'Eoin, mais elle garda ses distances et fit en sorte que tout le monde fasse de même, car elle savait que l'homme était dépassé par les événements et qu'il avait besoin de temps pour s'adapter. Elle le regardait sur la jument qu'Eoin lui avait imposée, une vieille et gentille créature qui ne serait pas en mesure de courser les autres montures mais qui ne risquait pas de ruer ni d'éjecter son cavalier. Il voulait s'assurer que le voyage de Jude jusqu'au château soit le moins contraignant possible. Drelindah le comprenait et elle était, en fait, impressionnée par son gardien. Elle savait également que son temps passé sous sa protection arrivait à sa fin. Il voudrait traverser le voile avec son compagnon et allait bientôt la quitter, pour toujours.

Bien que cela l'attriste de perdre un ami fidèle et loyal en qui elle pouvait avoir toute confiance, elle débordait également de bonheur pour lui. D'aussi loin qu'elle se souvienne, elle avait toujours remarqué en lui un vide dans son regard, une certaine distance dans ses gestes ; il n'avait été qu'un fidèle vassal accomplissant son devoir. Mais lorsqu'il lui était revenu, elle avait immédiatement vu le changement. Son regard était plein d'énergie, ses gestes étaient décidés, et la manière dont il s'était rué vers la sortie lorsqu'ils avaient fini de mettre au point leur stratégie… cela avait été plus que révélateur. Il désirait ardemment son compagnon et Drelindah en était ravie. Eoin Thral méritait d'être aimé – tous ses hommes le méritaient – mais Eoin plus qu'aucun autre. Elle espérait que Jude Shea prendrait soin de son cœur.

Drelindah désirait parler à Jude afin d'évaluer ses sentiments envers le gardien, mais elle patienta, sachant qu'elle en aurait tout le loisir. Le voyage allait être long et ennuyeux ; son seul espoir de divertissement était Jude. Il avait besoin d'arrêter de réfléchir sans arrêt, il devait se mêler aux autres. Il était temps de mettre de côté sa morosité et de profiter du voyage.

Jude se sentait misérable. Il avait été tiré d'un sommeil sans rêve, traîné hors d'un lit chaud et accueillant et jeté dans un lac glacé. C'était le régime habituel d'Eoin, celui qu'il suivait chaque jour et il n'avait vu aucune raison pour laquelle Jude n'aurait pas suivi le même traitement.

91

Mais l'homme était un combattant farouche alors que Jude n'était qu'un responsable de service de relations publiques. Lorsque Jude avait rugi d'indignation, Eoin avait réalisé qu'à l'avenir, il devrait peut-être user d'un peu plus de finesse. Jude avait souffert d'une crampe à la jambe quelques secondes plus tard et Eoin avait été obligé de le sauver de la noyade. Et tout cela, avant même que le soleil ne se lève. Lorsque Jude s'était assis en frissonnant sur la rive du lac, claquant des dents, essayant de soulager le nœud qui bloquait son pied et son mollet, il faisait toujours trop sombre pour bien y voir. Mais ensuite il avait senti les puissantes mains d'Eoin sur lui, avait poussé un profond soupir lorsqu'il avait été transféré dans le cocon chaud de ses bras, et s'était installé contre le torse de son amant en s'asseyant sur ses genoux. Lorsqu'Eoin avait embrassé l'arête de son nez, ses yeux s'étaient fermés, de contentement.

Quelques minutes plus tard, Eoin avait essayé de se lever, annonçant que l'aube allait se lever et qu'ils devaient partir. Jude lui avait demandé, l'avait supplié de l'emmener avec lui, mais Eoin avait catégoriquement refusé. Toutefois ce dernier n'avait pas pu refuser de lui faire l'amour. Lorsque Jude l'avait embrassé à lui en faire perdre le souffle, mêlant sa langue à la sienne, Eoin avait dû s'agripper à son compagnon, lui avait soulevé les jambes pour les enrouler autour de sa taille avant de pénétrer profondément son amour. Eoin était perdu.

— Laisse-moi venir avec toi, avait haleté Jude.

Eoin n'avait plus été en mesure de réfléchir ; tout ce sur quoi il pouvait se concentrer était l'homme qui le chevauchait, l'absolue beauté de Jude lorsqu'il le faisait, la manière dont il se levait et s'abaissait sur son membre alors que sa propre queue glissait entre les doigts d'Eoin, son cul qui avalait la longue verge dure et épaisse en lui.

Le compagnon d'Eoin essayait de le tuer.

Plus tard, lorsqu'Eoin était allongé auprès de lui, la poitrine haletante, ayant rugi son plaisir, Jude avait encore essayé de le convaincre de rester à ses côtés. La persévérance de Jude avait impressionné Eoin mais pas assez pour le convaincre de laisser Jude effectuer le voyage à ses côtés. Il avait eu le plaisir de recevoir une botte dans la figure, conséquence de la frustration de Jude.

Lorsque Jude avait chevauché hors du château avec les autres, son sourire fut la dernière chose qu'Eoin vit de lui. À l'idée que Jude, son compagnon – aussi incertain et effrayé qu'il devait l'être – s'assurait qu'Eoin garde de lui une image souriante réchauffa le cœur du grand homme.

— Je m'étais interrogé sur le choix qu'avaient fait les dieux de te donner un compagnon de sexe masculin, dit Arius alors qu'ils chevauchaient à travers les arbres. Mais en voyant la manière dont il t'a dit adieu… je ne trouve aucun défaut à cette union.

Eoin sourit au conseiller en chef de la baronne ainsi qu'aux autres avant laisser son regard se perdre au loin. Il se demanda, maintenant, plusieurs heures après leur départ, comment Jude s'en sortait avec son dos douloureux sur cette interminable route.

Jude avait besoin de réfléchir et il était heureux que personne n'essaie de lui parler. Il avait désormais un nouveau compagnon, un petit ami, un amant… ? Il n'était pas encore certain de ce que représentait Eoin, mais il savait que ce dernier prendrait tout ce que Jude voudrait bien lui donner. Eoin voulait être son mari. Il voulait qu'ils se marient et en dépit du fait que tout cela était complètement bizarre, Jude était presque certain de vouloir la même chose. D'autant qu'il avait certainement trouvé la seule personne au monde qui, comme lui, croyait en la monogamie. Ses amis allaient paniquer.

C'était si étrange de penser à sa vie, sa vie réelle, pleine d'e-mails, de cafés latte et de douches chaudes. Il n'était pourtant pas impatient de la retrouver puisqu'Eoin devrait quitter tout ce à quoi il était habitué. Comment pouvait-il lui demander de faire ça ? Il y avait tellement de choses à prendre en considération, mais tout ce qu'il avait pour l'instant était du temps pour y penser.

ATTEINDRE LE château n'était censé prendre que quatre jours, mais Jude était certain qu'il n'allait jamais y arriver. Il espérait ne plus jamais revoir de cheval de sa vie. Maintenant il comprenait pourquoi les cowboys avaient les jambes arquées ! Le seul point positif de toute cette journée, ce fut lorsqu'il parla avec Drelindah. C'était certainement beaucoup mieux que d'essayer d'engager une conversation avec l'un de ses stoïques gardiens.

Des six garous qui vivaient sur les terres de Drelindah avec leur Fenris Drist, seuls deux, Orim et Vardeen, voyageaient avec la baronne. La maîtresse de Saraso avait laissé à Greshan Kai la responsabilité de protéger sa maison et avait envoyé Drist au-delà des montagnes pour aller voir Crispin Ebudai avec Eoin, Lazoore et Arius. Jude aurait bien sûr souhaité qu'Eoin l'accompagne, ou même Drist ou Greshan qui eux, au moins, lui auraient parlé. Quoi qu'il en soit, avec Orim et Vardeen, pas un seul mot ne fut prononcé. Jude se considéra chanceux d'avoir Drelindah.

C'était amusant de discuter avec elle, et il avait réussi à lui faire révéler des secrets en l'espace d'une matinée et d'un après-midi, dont personne n'imaginait l'existence. Elle s'était surprise elle-même à lui faire ces confidences alors qu'ils chevauchaient côte à côte. La favorite de Jude était celle où elle lui avait avoué être tombée amoureuse de Crispin Ebudai, le chef des outlanders. Comme ils avaient une frontière commune, ils étaient souvent amenés à se parler. Ils avaient des hommes qui gardaient la passe d'Ellandrel ensemble. C'était la seule route qui permettait de traverser les montagnes.

— Donc vos hommes surveillent les siens et les siens surveillent les vôtres ? demanda Jude en lui adressant un sourire entendu. La confiance règne !

— C'est comme cela que ça a commencé, mais maintenant que le col est surveillé depuis si longtemps, tous les hommes se connaissent et agissent comme s'ils faisaient partie de la même famille.

Jude hocha la tête.

Drelindah soupira, sans se douter que Jude comptait le nombre de fois que cela arrivait lorsqu'elle parlait de Crispin Ebudai.

— C'est bien que tout le monde s'entende. Vos hommes, ses hommes. Cela rendrait les choses plus faciles si vous en faisiez une seule et même garde, suggéra Jude d'un ton allusif.

Drelindah mit une minute à comprendre ses paroles et ses sous-entendus. Elle en eut alors le souffle coupé.

— Quoi ? De quoi parlez-vous donc, Jude Shea ?

Elle bougea si brusquement, se redressant sur sa selle, qu'elle en effraya sa monture. Il lui fallut plusieurs caresses et mots doux pour apaiser l'étalon.

— Oh, je vous en prie ! fit Jude en riant. Comme si vous n'y aviez jamais pensé. Si vous couchez avec un homme quelconque, il devient le baron. Mais cet homme, Crispin je-ne-sais-plus-quoi, a déjà son propre pays à gérer, donc vous pourriez rester baronne du votre et lui du sien, mais tous les deux vous pourriez passer toutes vos nuits ensemble. Cela me paraît être un bon plan – est-ce qu'il est séduisant ?

Drelindah eut un hoquet de surprise puis elle se pencha sur le côté et lui mit une tape sur le bras.

— Comment osez-vous même me suggérer une telle–

— Parlez, femme ! dit-il en riant plus fort. Dîtes-moi à quoi ressemble cet homme.

Apparemment, d'après sa longue et saccadée description, Crispin était une sorte de dieu blond avec les yeux les plus clairs, les plus brillants et les plus bleus jamais accordés à un homme. Jude leva les yeux au ciel, après que les charmes de cet homme lui ait été exposés dans les moindres détails, en long et en large.

— Oh, pour l'amour de Dieu, gémit-il. Vous êtes complètement folle de cet homme, n'est-ce pas ?

— Jude Shea, comme osez-vous–

Jude lui coupa la parole.

— Est-ce qu'il vous aime ?

Drelindah fronça les sourcils.

— Il a laissé entendre, lors de notre dernière entrevue, qu'afin de sceller notre accord concernant la nouvelle parcelle de terre entre nos deux pays, il me prendrait dans son lit.

— Oh ouais, ricana Jude en lui jetant un regard en coin. Au moins, cela a le mérite d'être clair.

— Peut-être qu'il dit ce genre de paroles mielleuses à toutes les femmes qu'il veut mettre dans son lit.

— Vraiment ? Vous avez l'impression qu'il enchaîne les conquêtes ?

Elle fronça davantage les sourcils.

— Je n'ai aucune idée de ce que–

— Vous pensez qu'il met beaucoup de femmes dans son lit ?

Elle frissonna en se souvenant de ses paroles.

— Il m'a dit qu'il n'y en aurait aucune autre… Qu'il n'en voulait qu'une.

— Et ? insista Jude.

Il ne pouvait tout simplement pas résister. C'était trop amusant.

— Qui est l'heureuse élue ?

Elle se mordit la lèvre, ce qui confirma à Jude que l'effrayante Baronne de Saraso en pinçait fortement pour Crispin Ebudai. Il lui adressa un sourire éblouissant.

— Alors qu'allez-vous faire, madame ? Vous allez le laisser épouser une horrible salope de chez lui ou vous allez le baiser jusqu'à ce qu'il hurle pour le garder ?

— Je ne connais pas les mots que vous utilisez. Mais d'après leurs sonorités, ils ne semblent pas très convenables.

Jude agita ses sourcils.

— Tu vas lui assurer un passage direct jusqu'à ton lit. Chouette, j'aime ta façon de faire.

Elle le regarda à nouveau avec une expression horrifiée sur le visage, et Jude éclata de rire alors qu'il devenait tout rouge. Il voulait l'aider autant qu'il le pouvait ; désormais, il savait mieux que quiconque ce qui la rendrait heureuse, même mieux que ses plus proches conseillers.

À la nuit tombée, ils firent halte pour dresser le camp. Jude était si content de pouvoir descendre de cheval qu'il en fit une petite danse. Et comme c'était quelque chose qu'apparemment personne ne faisait ici, il s'arrêta avant que quelqu'un ne décide qu'il avait besoin d'être libéré de sa souffrance.

— Venez, Jude, dit Drelindah en lui souriant. Laissez-moi vous montrer où… votre tente…

Elle s'arrêta, regardant autour d'elle, ses yeux se plissant alors qu'elle tendait l'oreille.

— Qu'est-ce qui ne va pas ?

Elle leva la main pour le faire taire. Elle était pratiquement sûre d'avoir entendu des bruits provenant de derrière les arbres, pourtant c'était impossible. Le périmètre du camp avait été sécurisé, ses hommes et ses gardiens étaient à portée de voix. Mais il faisait sombre, il n'y avait aucun feu et les braseros qui brûlaient sous les tentes émettaient davantage de fumée que de lumière. Repoussant la capuche de sa cape, laissant la pluie tomber sur ses cheveux, elle écouta à nouveau. Le hennissement d'un cheval la fit sursauter.

— Jude !

Elle lui saisit la main lorsque des cavaliers franchirent la ligne des arbres et chevauchèrent à travers le camp. Il y eut des cris et des hurlements et elle se précipita vers sa tente pour attraper son arc.

— Baronne !

Le cri lui fit tourner la tête ; Vardeen se précipitait vers elle alors qu'Orim chargeait dans la direction opposée pour éloigner les intrus.

— Non ! hurla une voix.

Drelindah se retourna et vit une de ses servantes être pratiquement piétinée par un homme à cheval et elle en fut complètement assommée. Pourquoi l'homme ne s'était-il pas arrêté pour ramasser la plantureuse domestique et l'emporter dans la nuit ? Pourquoi se dirigeait-il toujours vers elle ? Elle s'éclaircit rapidement les idées et se remit à courir vers sa tente. Le bruit de l'acier était assourdissant partout autour d'elle, mais elle entendit un hurlement. Relevant la tête, elle vit un homme foncer droit sur elle.

Elle comprit trop tard qu'elle était en danger lorsqu'un bras s'enroula autour de sa taille et qu'elle fut soulevée et jetée au travers d'une selle. Mais elle eut à peine le temps de s'en remettre qu'elle fut arrachée à l'emprise de l'homme et se retrouva au sol, plaquée sur Jude. La force qu'il avait utilisée pour la tirer l'avait littéralement fait chuter sur lui et ils avaient basculé par terre.

— Bon Dieu ! grogna douloureusement Jude. Poussez-vous ! Vous pesez une tonne.

Elle aurait dû s'indigner de son ton méprisant et de sa réflexion sur son poids, mais elle s'en occuperait plus tard. Pour l'instant, il venait de la sauver et il n'y avait pas de temps à perdre en réflexion, ils devaient agir.

Jude vacilla tandis que le cheval tentait de le piétiner, mais avec la montée d'adrénaline, il se remit sur pieds et se dressa devant la baronne. Saisissant son poignet, il la tira derrière lui pour la mettre à l'abri sous le couvert des arbres.

Des branches fouettèrent son visage et ses cheveux, et il dût utiliser son avant-bras pour protéger ses yeux comme la pluie qui tombait doucement quelques instants plus tôt avait laissé place à une grosse averse. Il n'avait aucune idée de l'endroit vers lequel il se dirigeait et Drelindah avait soit oublié qu'il n'était pas du coin, soit elle était trop paniquée pour s'en soucier. Ils continuèrent de toute façon à courir ensemble à travers la forêt dense jusqu'à ce qu'un rugissement sourd d'eau fige Jude sur place. Drelindah, portée par son élan, ne put ralentir mais Jude la tint fermement et l'attira dans ses bras. Agrippés l'un à l'autre, haletants, ils guettèrent les bruits alentour malgré le battement frénétique de leurs cœurs.

— Qu'est-ce que c'est ?

Drelindah essaya de reprendre son souffle pour pouvoir parler.

— Je pense que nous sommes près des chutes de Cinnian. Cela nous mènera directement à notre mort, Jude Shea, si nous faisons un pas de plus.

Il se tourna pour rebrousser chemin lorsqu'il vit le reflet d'une épée dans l'obscurité. Un homme se dégageait un chemin à travers les arbres et les broussailles pour les retrouver.

— Drelindah Holt, vous êtes cernée ! Restez où vous êtes !

Jude n'avait aucunement l'intention de *rester* ici. Au lieu de cela, il attrapa la main de Drelindah, se mit à courir vers les chutes, et la tira derrière lui.

— J'étais maître nageur pendant mes années d'université, cria-t-il tout en courant. Je suis allé à l'université grâce à une bourse en natation et j'ai même fait partie de l'équipe de water-polo.

Drelindah n'avait aucune idée de ce dont parlait Jude.

— Je veux mes hommes !

— Vos hommes ne sont pas ici ! Ils sont avec les autres, lui dit-il, espérant la convaincre de se concentrer sur leur survie plutôt qu'attendre que ses gardiens viennent les sauver. Nous devons sauter.

— Non !

— Si nous survivons à la chute, je vous promets que vous ne vous noierez pas !

— Je ne sais pas nager, Jude Shea, lui hurla-t-elle.

Ne venait-il pas juste de lui dire que ce n'était pas un souci ?

— Ne vous inquiétez pas, cria-t-il. Contentez-vous de ne pas me lâcher.

Elle entendit les instructions que Jude lui donnait alors que le sol se dérobait sous leurs pieds :

— Peu importe ce qui arrivera, ne… me… lâchez pas !

Winian Anek, frère de Jaan Anek, serviteur de l'Évêque Rista Dumal, ne put s'arrêter à temps et suivit Jude et Drelindah vers ce que ses hommes pensaient être une mort certaine. Cependant, Braedhn Stron, le second de Winian, ordonna à ses troupes de vérifier les berges de la rivière vrombissante et sinueuse dans laquelle la cascade tombait. La chute faisait facilement quinze mètres et il y avait d'énormes rochers pointus sous la surface. S'ils retrouvaient les corps, il ne s'agirait que de morceaux éparpillés. Il n'y avait aucun espoir que la baronne, Winian ou le serviteur aient survécu.

Qu'est ce qui avait poussé la baronne à prendre une décision aussi extrême pour échapper à la captivité ? Braedhn ne pouvait le comprendre. Ne savait-elle donc pas qu'ils ne lui voulaient aucun mal ? Ne savait-elle donc pas que leur seule mission était de la protéger ? Pourquoi cette idiote de femme s'était-elle tuée, entraînant avec elle son serviteur et Winian Anek dans un tombeau d'eau ? Cela n'avait aucun sens.

Dans un entremêlement de bras et de jambes, Drelindah et Jude chutèrent ensemble à travers la nuit noire, dans la froide cascade écumeuse. Lorsqu'ils se trouvaient à l'intérieur du mur d'eau qui les menait aveuglément vers le sol, c'était comme si tout leur corps était piqué à coups de glaçons aiguisés. Puis ils voltigèrent dans l'obscurité avant d'être soudainement frappés par une explosion d'air chaud. Le gaz emprisonné sous terre jaillissait du sol en plusieurs endroits, dont un était à proximité de la base de la cascade. C'était comme plonger dans un énorme jacuzzi

Comme Jude et Drelindah étaient propulsés du côté opposé à la montagne, dévalant la rivière, elle hurla et il poussa un cri de joie. Jude sentit un flot de soulagement l'envahir avant d'être rejeté dans l'eau glaciale de la rivière. Jaillissant quelques instants plus tard vers la surface, Jude était sûr de ne jamais avoir eu aussi froid de toute sa vie. Peu importe qu'il ne sache pas à quoi ressemblaient des engelures, il était pratiquement certain d'en avoir.

Drelindah Holt avait bu la tasse et était ballottée par les vagues qui la tiraient et la retournaient. Elle se laissa porter par le courant. Elle était durement secouée, mais pour Jude, qui avait nagé à Hawaï dans un véritable courant, il n'y avait aucune comparaison possible. Il tendit la main et l'attrapa, la ramena vers lui et la blottit contre sa poitrine. Elle était si reconnaissante de sa chaleur qu'elle fondit en larmes.

— Tout va bien, la rassura-t-il gentiment.

Drelindah trembla, ses dents claquèrent et elle se sentit comme n'importe quelle autre fille dans une telle situation. Une fille qui avait besoin d'aide, qui était apeurée et elle détestait ça. Elle était baronne et devait agir en conséquence.

— Vous avez le droit de vous effondrer ! dit Jude en riant avant de commencer à nager vers le rivage. Vous venez juste de sauter dans une chute d'eau, non ?

Elle hocha la tête et lorsque ses pieds touchèrent le sable, elle recommença à pleurer. Lorsque Jude entendit un halètement derrière eux, il fouilla l'obscurité du regard. La lune qui était pleine l'aidait mais ce n'était pas suffisant pour distinguer quoi que ce soit, bien que la pluie se soit transformée en une simple bruine. Le bruit de quelqu'un en train de s'étouffer puis un second halètement confirmèrent le pire des soupçons de Jude. Quelqu'un se trouvait encore dans l'eau mortellement froide et avait besoin d'être secouru. Jude se jeta à nouveau dans l'eau et plongea telle une lance dans une gerbe d'écume.

Winian Anek était entraîné par le courant, complètement submergé et ballotté de tous côtés, alourdi par son armure, fatigué par les efforts qu'il avait faits. Sombrant dans l'eau pour la dernière fois, il ne put retenir sa respiration plus longtemps et inhala une grande quantité de liquide glacial.

Jude plongea profondément, espérant que l'homme ou la femme probablement à bout de forces qui se battait pour survivre dans cette eau glacée, était toujours assez fort pour ne pas se laisser emporter par le courant. Dans le noir et sans un cri pour le guider, les chances de Jude pour le retrouver étaient pratiquement nulles.

Tout était paisible, pensa Winian alors que ses yeux se fermaient, et son seul regret était de ne pas être mort sur un champ de bataille comme son père avant lui.

Jude avait les poumons en feu, ses muscles palpitaient et il était secoué de spasmes, le froid lui transperçait les os, mais il continua de chercher, les mains tendues à travers l'obscurité impénétrable. Le soulagement lorsque ses doigts se refermèrent sur une armure le submergea littéralement. Il essaya de ne pas haleter sous l'eau.

Lorsque Winian fut tiré de la rivière quelques minutes plus tard, il était inconscient.

Drelindah le regarda avec intérêt, accroupie et tremblante à côté des deux hommes. Jude travaillait vite, arrachant et jetant au loin la cotte de mailles que portait l'autre homme pour dégager son torse. Elle n'avait aucune idée de ce que Jude avait l'intention de faire. Le soldat était mort, noyé, et il n'y avait rien d'autre à faire que de le laisser partir. Mais Jude travaillait dur, roulant sa charge sur le côté, drainant l'eau qui sortait de sa bouche avant de le retourner sur le dos et de commencer à comprimer sa poitrine. Appuyant et comptant, il pinça le nez de Winian avant de lui renverser la tête en arrière et de souffler entre ses lèvres bleues. Il recommença, encore et encore, pendant plusieurs minutes. Jude était si concentré sur sa tâche, essayant de sauver la vie de l'homme que lorsque des soldats surgirent et les surprirent, ni lui ni Drelindah ne s'en rendirent compte. Drelindah finit par les remarquer et se sentit terrifiée mais elle fut également surprise qu'aucun d'entre eux n'essaie d'arrêter Jude. Ils ne faisaient que le regarder, sachant également que Winian était mort mais incapables de déranger l'homme qui essayait de le ramener à la vie.

Cela ne dura que quelques minutes, mais Jude eut l'impression qu'une éternité s'était écoulée lorsqu'il fut en mesure d'évacuer toute l'eau contenue dans les poumons de Winian. Jude commença à paniquer, de peur que, même après avoir tiré l'homme de la rivière, cela ne soit pas suffisant. Lorsque Jude fut récompensé de ses efforts et que l'air s'infiltra à nouveau dans les poumons de Winian, le faisant étouffer, tousser et revenir à lui, il fut soulagé. Il fallut encore plusieurs minutes avant que Winian Anek ne respire librement. Il regarda son sauveur avant de s'asseoir à la plus grande surprise de tous ceux qui l'entouraient. Quelques secondes plus tard, il y eut une nouvelle exclamation lorsque Winian écarquilla les yeux pour dévisager Jude.

— Vous êtes un guérisseur, dit Drelindah avec tellement d'émerveillement dans la voix que Jude tourna la tête pour la regarder.

— J'ai été sauveteur pendant quatre ans, la corrigea-t-il en souriant.

Elle ignora complètement sa remarque.

— Je ne savais pas que le compagnon de mon gardien était un guérisseur.

— Vous êtes le compagnon d'un gardien ? coassa Winian.

— En effet, dit Jude dont les yeux se remplirent de larmes.

L'adrénaline qui l'avait envahi lorsqu'il avait dû fuir pour sa vie et et sauver la vie d'un autre homme commença à s'estomper. Jude était complètement submergé par ses émotions. Il avait besoin d'être rassuré et à ce moment, alors qu'il se sentait vulnérable et peu confiant, son esprit invoqua le grand homme magnifique qui était son amant. Jude sentit le calme l'envelopper.

Jude n'avait aucune idée de ce qui se passerait pour son travail une fois de retour dans le monde réel – si retour il y avait. Il n'était pas sûr que son poste l'attende toujours, mais ce qu'il savait, c'est qu'avec Eoin à ses côtés, il ne serait plus jamais seul. Il y aurait toujours d'autres boulots, mais aucun autre homme. Il avait besoin d'Eoin Thral parce qu'il l'aimait. À ce moment là, tout pris un sens.

— Nous sommes la garde privée de Rista Dumal, il nous a envoyés intercepter la Baronne de Saraso afin de l'emmener chez Crispin Ebudai Il craint que si le roi ne la voit, ce ne sera que pour l'envoyer à l'intérieur de ses geôles.

Jude fut étonné par les paroles de l'homme qu'il venait de sauver de la noyade.

Il regarda Drelindah.

— Alors, nous n'allons plus voir le roi ?

En la voyant bouche bée, affichant une expression stupéfaite, Jude devina qu'elle était aussi perdue que lui.

Il se retourna vers l'homme.

— Je suis désolé, mais Drelindah veut s'entretenir avec le roi. Elle veut lui parler pour lui faire entendre raison.

— C'est trop tard pour cela. Le roi a mis la tête de Drelindah Holt à prix, car elle est accusée de trahison.

— Trahison pour quoi ? demanda Jude avant que Drelindah ne pose elle-même la question.

Winian Anek prit une profonde inspiration, savourant l'air dans ses poumons, la brise vivifiante sur son visage et le fait qu'il n'ait que froid au lieu d'être mort.

— Drelindah Holt est accusée de haute trahison pour avoir combiné ses forces à celles de Crispin Ebudai et de l'Évêque Dumal avec pour objectif de renverser la monarchie.

C'est alors que Drelindah lâcha un cri.

# VIII

ELLE BOUILLONNAIT. Jude la surveillait. Il la regardait faire les cent pas dans sa tente, sans même essayer de lui offrir quelques mots de réconfort. À la place, il piqua quelques tranches de viande de cerf, des morceaux qui lui faisaient penser qu'ils seraient bien meilleurs entre deux tranches de pain de seigle, et ce qui ressemblait à du raisin. C'était doux comme du raisin, mais n'en avait pas les graines. Le thé de coing était bon, mais là encore, il n'en offrit pas à Drelindah. Elle était trop occupée à fulminer.

— Je suis stupide ! J'ai été tellement aveuglée par le regard de cet homme, sa belle apparence et ses paroles… Comment ai-je pu manquer le fait que lui et l'évêque projetaient de renverser le roi ?

Elle cria cette dernière partie et Jude lui adressa un sourire rassurant.

— Il ne faisait que mettre son piège en place, depuis tout ce temps, et je n'ai vu que ce que je voulais voir. Quelle imbécile je suis !

Jude eut un petit rire.

— Ne soyez pas trop dure envers vous-même. Et puis nous savons tous les deux que vous êtes loin d'être stupide.

Elle fut frappée par la sincérité absolue de ses mots.

— Pensez-vous pouvoir garder l'esprit ouvert jusqu'à ce que nous rejoignions vos gens sur les terres de Crispin Ebudai ? Ce que je veux dire, c'est que Winian a dit–

— Je me fiche de ce que Winian a dit ! Cet homme est un serpent et–

— Ai-je entendu mon nom ?

L'homme en question entra dans la grande tente, le rabat maintenu ouvert par l'un des deux gardes qui surveillaient la seule « porte » qui permettait d'entrer ou de sortir.

— J'exige que vous nous libériez ! Je suis baronne !

Mais Winian Anek ne regardait ni n'écoutait la Baronne de Saraso, il était là pour voir Jude. Ses hommes lui avaient raconté comment Jude l'avait sauvé en posant ses lèvres sur les siennes et en lui insufflant de l'air qui l'avait ramené à la vie. C'était cette image que Winian Anek ne pouvait écarter de son esprit.

— Salut, fit Jude en lui souriant.

Ce dernier ne ressentait aucune peur en sa présence et cela dérangea le soldat.

— Êtes-vous réchauffé ? demanda Winian, en traversant la pièce jusqu'à Jude avant de s'accroupir devant lui afin de le regarder dans les yeux. Avez-vous assez à manger ?

— Oui merci, fit Jude en hochant la tête, restant assis. Comment vous sentez-vous ?

— Je vais bien, Jude Shea, répondit-il, ayant demandé à Jude quel était son nom lorsqu'ils étaient rentrés au camp. Vous avez fait tout ce que vous pouviez pour faire en sorte que j'aille bien.

Jude le regarda droit dans les yeux.

— Et vous avez tenu votre parole de ne pas blesser la baronne, donc nous sommes quitte.

— Non, je vous dois toujours ma vie.

Jude soupira, la fatigue accumulée par ses efforts au cours de la journée commençant à se faire ressentir.

— Ce n'est rien.

Il parlait de manière si bizarre, mais comme Winian ne croyait pas en la réalité du voile, il pensait que Jude venait des colonies ou même de plus loin encore, peut-être même d'au-delà la sauvage mer de Seruan. Il remarqua brusquement les traces de coupures sur ses doigts.

— Que vous est-il arrivé ?

Jude haussa les épaules.

— Votre cotte de mailles était plutôt lourde et je me suis coupé en vous la retirant.

— Vous devriez les bander.

— Non, ça va aller, soupira Jude, la sonorité chaude et veloutée de sa voix pénétrant Winian.

Il s'assit et regarda la flamme de la lumière vacillante danser sur le visage de Jude, jetant des rayons dorés sur sa peau et embrasant ses yeux.

— Vous êtes un homme courageux.

Jude eut un petit ricanement.

— Pas du tout.

— Et pourtant vous avez nagé pour me retrouver sachant que si je mourrais, mes hommes vous auraient pourchassé et tué.

— En fait, je n'y ai jamais pensé.

— Vous n'aviez donc peur de rien ?

— La seule chose dont j'ai eu peur c'est que vous mourriez.

Winian baissa les yeux vers Jude.

— D'accord.

Jude lui adressa un petit sourire en coin.

— Combien de temps cela nous prendra-t-il pour traverser les montagnes ?

— Deux, peut-être trois jours, répondit Winian, regardant Jude, l'étudiant, à la recherche de la moindre lueur de peur.

C'était étonnant car tout le monde avait peur de Winian : ils grinçaient des dents lorsqu'il parlait, sursautaient lorsqu'il bougeait trop rapidement les mains, ou tressaillaient simplement lorsqu'il était à proximité… tous sauf Jude. Après lui avoir sauvé la vie, il l'avait aidé à se remettre debout, avait passé un bras autour de ses épaules pour l'aider à marcher et s'était assuré qu'il était bien stable sur son cheval avant de s'éloigner. Jamais durant sa vie d'adulte Winian n'avait rencontré de personne qui s'était inquiétée pour lui, mis à part sa famille.

— Winian ?

Chassant ces pensées, il se retrouva face aux plus beaux yeux qu'il n'avait jamais vus. Bruns pailletés d'or. Qui aurait pu penser que des yeux d'une telle couleur puissent exister ?

— Si Drelindah et moi voulions simplement retourner à Saraso, serait-ce possible ?

— Non. Nous avons reçu pour ordre d'emmener la baronne à travers la montagne chez Crispin. L'évêque nous a ordonné de veiller à sa sécurité. On ne doit pas la perdre.

Jude regarda Drelindah.

— Il semble que vous allez revoir les terres de Crispin.

Elle indiqua Winian de la main.

— Et que suis-je censée faire ? Remettre ma sécurité entre les mains de ce dreg ?

Jude lui sourit.

— Je ne sais pas du tout ce qu'est un dreg, mais vous pouvez faire confiance à Winian.

— Comment pouvez-vous en être certain ?

— Vous avez dit vous-même qu'il travaillait pour l'évêque et ce dernier veut vous protéger donc si Winian travaille pour lui, il veut vous protéger également.

Les yeux bleu sombre de Drelindah croisèrent les yeux verts de Winian.

Winian se remit debout sous son regard attentif, prit une profonde inspiration, certain que l'excitation qu'il ressentait se reflétait sur son visage. Jude avait foi en lui, en son intégrité et il ne le *connaissait* même pas ! Cette sensation était captivante, Jude lui-même était rafraîchissant, ouvert, honnête, ne doutant de rien. Il était très, très attirant, avec ses lèvres pulpeuses et ses yeux envoûtants. Ayant déjà vu défiler de nombreux hommes dans et hors de son lit au fil des ans, tout comme beaucoup de femmes, Winian Anek était un véritable connaisseur en matière de beauté. Et Jude avait toutes les qualités d'une femme, peau lisse, lèvres pleines ainsi que de la grâce de ses mouvements, mais également la force, l'endurance et la carrure d'un homme. Winian ne trouvait aucune faille à son sauveur. Tout cela combiné avec une foi aveugle en ses capacités, c'était complètement déconcertant.

— Je souhaiterais attendre, fit Drelindah d'une voix lente et forte. Je veux voir les gens que le roi a blessés selon vos dires, je veux voir ce pays et entendre ces mots de la bouche de Crispin Ebudai.

Winian hocha la tête et regarda à nouveau Jude, lui adressant un petit sourire rapide.

— Nous avons votre parole que vous allez la protéger, n'est-ce pas ? demanda Jude.

— Oui, souffla Winian. Vous avez ma parole, Jude Shea.

— La parole d'un dreg ne vaut rien ! cracha Drelindah.

Jude lui fit les gros yeux et elle leva les deux mains.

— Comme vous voulez ! râla-t-elle. Je crois en votre parole.

Winian regarda tour à tour ses deux prisonniers.

— Elle a confiance en vous.

— Pourquoi ne serait-ce pas le cas ? Je suis un type bien. Vous aussi. Alors tout va bien.

Le soldat avait entendu bien des histoires sur le mauvais caractère de la Baronne de Saraso. Tout le monde l'avait mis en garde lorsqu'il avait été désigné pour aller chercher la Sorcière de Glace, telle qu'on la surnommait, et on lui avait dit que cela risquait d'être une affaire sanglante. Mais personne ne connaissait l'effet apaisant que Jude Shea avait sur elle, et cela n'avait pas fait partie de l'équation. Comme Winian regardait la Baronne de Saraso s'asseoir à côté de Jude et se rapprocher de lui, il espéra brusquement que tous les plans de son patron allaient aboutir. Si la baronne écoutait et pouvait être convaincue par la vérité, alors le règne sanglant du roi Reis Paradoon allait enfin se terminer. Si seulement elle pouvait être raisonnée, alors tout irait bien. Peut-être qu'avec Jude à ses côtés, tout prendrait finalement forme.

Observant Jude parler à la baronne, leurs têtes penchées l'une vers l'autre, un bras posé sur son genou et ses yeux se fermant tandis qu'elle l'écoutait, Winian sut qu'il était leur meilleure chance de convaincre cette femme, la plus forte de tout Midrin, qu'elle se trouvait du mauvais côté. Ce fut sa dernière pensée avant de souhaiter une bonne soirée à ces deux personnes qui ne faisaient plus attention à lui.

# IX

LE VOYAGE à travers la montagne parut durer à Winian deux fois plus longtemps qu'il ne le fut vraiment, parce qu'à chaque fois qu'ils croisaient un survivant des atrocités commises par le roi, il prenait le temps de le faire remarquer à Drelindah Holt pour lui démontrer la véracité des dires des victimes. C'était épuisant. Elle voulait s'asseoir dans les maisons, de petits chalets perchés sur les flans de la montagne et elle écoutait et posait des questions. Jude était chargé d'écrire des comptes-rendus, de dessiner des images pour les illustrer et bien sûr, de relever les noms. Et bien que Winian soit satisfait d'entendre que sa version des événements était corroborée, le fait d'écouter l'histoire de chaque personne rencontrée sur la route leur prenait des heures, voire même des jours. Il n'y avait pas lieu de s'en plaindre, cependant, car tout se déroulait exactement comme Crispin Ebudai et l'Évêque Dumal l'avaient espéré.

Malheureusement, plus les hommes de Winian passaient de temps avec Drelindah et Jude, plus ils étaient à l'aise en leur compagnie. Il constata que les jours passants, les regards de ses soldats devinrent des ordres, les ordres devinrent des mots, les mots devinrent des phrases, et désormais ils en étaient rendu à faire des plaisanteries, à se raconter des histoires et à rire. Winian avait beau avertir ses hommes de rester sur leurs gardes, rien ne fonctionnait, et c'était particulièrement vrai pour Jude.

Ce soir-là, alors qu'il se tenait près du feu, Winian vit Drelindah et Jude s'asseoir à table près de ses hommes et leur parler. Deux d'entre eux étaient assis épaule contre épaule avec Jude et un autre versait de l'eau à la baronne. Comment pouvait-il garder un semblant de discipline dans sa division si tout le monde se mettait à sympathiser ?

— Jude a tendance à rassembler tout le monde autour de lui, fit le commandant en second Braedhn en marchant au-devant de son leader pour se tenir à ses côtés. Vous devez le contrôler, tout comme la baronne, avant que les hommes ne les suivent lors de leur retour à Saraso.

— Voyons, ce sont des outlanders, tout comme nous ; ils ne partiraient pas, dit Winian, en regardant son commandant en second. N'est-ce pas ?

Braedhn plissa les yeux.

— La baronne est une femme et un leader, donc ils ressentent le besoin de la protéger et de la toucher. Son homme de main, Jude, est un guérisseur et il écoute plus qu'il ne parle. Je ne peux pas vous citer un seul de vos soldats qui ne soit pas déjà tombé dans leurs filets.

Winian ne le pouvait pas non plus, même lui était charmé.

— Je vais la faire mienne si elle reste plus longtemps, dit Braedhn, regardant Drelindah rire à quelque chose que quelqu'un avait dit.

— Et je vais prendre le guérisseur, dit Markus, un autre homme de Winian en s'approchant de ses officiers supérieurs. Si j'arrive à éloigner Niall de lui.

— Niall ? fit Winian en faisant face à Markus.

Ce dernier haussa les épaules.

— Il semble que votre porte-bouclier ait prit goût au guérisseur, il le suit partout comme un chien… même là, regardez-le. Il l'a trouvé.

Winian posa à nouveau les yeux sur Jude et vit immédiatement Niall. Il vit le grand soldat toucher les cheveux de Jude, sa main s'attardant dans les boucles noires, regardant les mèches soyeuses glisser entre ses doigts.

— Vous en dîtes quoi ? fit Markus en riant, souriant à Braedhn.

Winian se retourna vers lui.

— Pardon ?

— C'est à moi qu'il parle, pas à vous, lui dit Braedhn et Winian nota le sourire espiègle.

— Je récapitule : nous laissons Crispin Ebudai face à son destin, et je prends le guérisseur pendant que vous prenez la baronne. Qu'en dîtes-vous, Braedhn Stron ?

Winian préféra ignorer que ses hommes étaient prêts à déserter et, à la place, se dirigea vers Drelindah et Jude. Lorsqu'elle le vit, son visage s'illumina d'un sourire sincère et son regard s'adoucit. Abasourdi, il lui sourit en retour lorsqu'elle lui donna une gentille tape sur le bras. Elle l'appréciait. Il en fut tout retourné lorsqu'elle rit, amusée par son expression de stupeur. À quel moment, au nom des cinq dieux, cela était-il arrivé ? Depuis quand sa colère et son indignation s'étaient-ils tranformés en véritable affection ?

— Salut, dit Jude avant d'expirer lentement. Pourquoi ne venez-vous pas vous asseoir pour discuter un peu ?

Et l'invitation, sans aucune arrière-pensée, était irrésistible. Lorsqu'il prit place à côté de Jude, ce dernier lui donna un léger coup d'épaule avant de reprendre la conversation à laquelle il participait. Et même si Winian ne dit rien, il comprit qu'on l'y incluait. Les coups d'œil souriants de

Drelindah, la proximité de Jude ; c'était trop pour un homme qui menait une existence stoïque et spartiate. Comment pouvait-il lutter contre la confiance de Drelindah et la chaleur de Jude ? Au nom de tout ce qui était sacré, qu'était-il supposé faire ?

LA RANDONNÉE à travers la montagne devint, dans l'esprit de Jude, une mission caritative. Il y avait une multitude de gens perdus qui rejoignaient la caravane, surtout des femmes et des enfants, et Winian se rendit compte que c'était désormais Drelindah qui dirigeait tout le monde et non plus lui. La baronne modifiait ses plans, contredisait ses ordres et les rejetait souvent d'un simple geste de la main. Winian se contentait de rester là, stupéfait de voir ses hommes se précipiter et répondre à ses moindres désirs. Elle était baronne après tout. Et toujours, Jude se tenait à ses côtés pour amortir le choc et lui donner une petite tape de réconfort. Il était presque condescendant et Winian se demanda si cela signifiait quelque chose.

PLUSIEURS JOURS plus tard, Drelindah Holt, Baronne de Saraso traversa le pont-levis qui menait au château d'Ithrum, fief de Crispin Ebudai, laird des outlanders et fut surprise par l'accueil qui lui fut réservé. Le pont était bordé de lanternes de couleurs, de musiciens et de centaines d'enfants qui lançaient des pétales de fleurs sur son passage.

Tout au long de la route qui menait au château, il y avait eu des démonstrations similaires de joie. Les gens souhaitaient la bienvenue à la baronne en lui ouvrant les bras comme si c'était elle qui les protégeait en faisant garder la passe qui traversait les montagnes. Si elle les rejoignait enfin, si leur Laird et elle étaient unis par des liens familiaux, alors toutes ces années de lutte secrète seraient définitivement derrière eux. Alors que des fleurs pleuvaient du ciel, accompagnées des cris de la foule, Drelindah se sentit touchée par leur accueil.

Passant devant la première d'une longue série de guérites qui reliaient les deux tours entre elles, Jude leva les yeux. Des gardes surveillaient la procession, toujours vigilants, toujours prêts. Il vit au-dessus de sa tête les longues piques de la grande grille en fer forgé relevées et frissonna. Si elle tombait, ils seraient tous tués sous son poids écrasant.

Une autre guérite était positionnée une douzaine de mètres plus loin, avec encore plus de gardes. Des arches de pierre parallèles supportaient une pièce directement au-dessus du pont-levis, d'où l'on pouvait baisser la grille. Des intrus seraient alors pris entre les deux grilles et criblés de flèches tirées depuis les fentes présentes dans les parois des deux tours. Jude imagina que c'était une façon horrible de mourir, d'être ainsi intercepté dans ce petit espace confiné. À nouveau sur la terre ferme, comme ils passaient devant une nouvelle guérite, loin du pont-levis, Jude fut soulagé. Il s'était senti devenir claustrophobe et nerveux lorsqu'ils l'avaient traversé. Jetant un coup d'œil à Drelindah et voyant son léger frisson, il sut qu'il n'avait pas été le seul à avoir cette impression.

— Comment les soldats pénètrent-ils dans ces tours ? demanda Jude à Winian en montrant les grandes structures défensives.

— À l'extérieur des parois, il y a des escaliers situés contre leur face interne et à l'intérieur il y a des escaliers qui montent jusqu'au haut, lui expliqua Winian.

Jude l'écoutait avec attention, fasciné par la taille et la grandeur de la demeure de Crispin Ebudai.

Les murs étaient parfaitement verticaux, excepté au pied de la façade extérieure où ils se terminaient en un angle brute, créant ainsi une base inclinée. En cas d'attaque, les deux tours pouvaient être chacune bouclée et défendue, indépendamment du reste de la paroi. Au pied du mur de chacune d'elles, des planches de bois étaient le seul moyen de se rendre d'une section à l'autre. En dehors des deux tours elles-mêmes, il y avait deux possibilités d'entrer. La première était située à la base et s'ouvrait sur une salle de garde. Chaque tour était composée de trois petites pièces, une située tout en haut et les autres reliées entre elles par un escalier en colimaçon, taillé à même la pierre. La deuxième entrée était située dans une tourelle qui ne pouvait être atteinte que par le chemin de ronde.

Un set de portes en fer d'une hauteur de six mètres bloquait la procession et Jude était sur le point de demander à Winian comment ils devaient faire pour les franchir lorsque les lourdes portes s'ouvrirent lentement. Ce dernier portail pouvait être renforcé de l'autre côté grâce à une barre d'attelage. De nouveau, lorsque Jude leva les yeux, il vit que les gardes les observaient, toujours vigilants.

Passant sous la dernière guérite, Jude fut étonné de voir le paysage qui s'offrait désormais à lui. La cour intérieure, dont tous les murs étaient en pierre, étincelait de l'éclat de milliers de lanternes. Les murs étaient drapés de soie et de brocart ; un tapis rouge avait été fixé au sol pour la procession et des pétales de fleurs leur pleuvaient dessus, lancés par des centaines de courtisans du laird qui se tenaient debout côte à côte sur les remparts. Crispin Ebudai lui-même se tenait sous un dais recouvert de fleurs rouges et de lierre.

Winian regarda les yeux de Jude s'écarquiller de joie. Il le vit rattraper quelques pétales et remarqua que certains d'entre eux s'étaient pris dans ses boucles noires. Il lui était très difficile, physiquement douloureux même, de penser que Jude avait été revendiqué par son compagnon, une brute stupide. Il devait parler avec Crispin immédiatement pour le réclamer comme sien. Dans l'immense cour, le cortège s'arrêta et Winian vit son frère Jaan Anek apparaître en haut du monticule qui dominait la partie inférieure de la cour. Et bien qu'il soit ravi de revoir son frère, cela fut tempéré par sa colère à la vue des hommes qui appartenaient manifestement à la baronne. Les gardiens étaient des hommes imposants et ils étaient faciles à repérer.

Winian essaya de garder son attention sur Drelindah et Crispin, voulant savoir, comme tout le monde, comment elle allait l'accueillir. Mais au lieu de cela, il descendit de cheval pour se positionner à côté de Jude qu'il attrapa par le bras, l'obligeant à rester près de lui, et l'empêchant de se précipiter vers le haut de la colline pour rejoindre son compagnon, même sans savoir auquel de ces géants Jude appartenait.

La première chose que remarqua Eoin fut la lumière qui illumina les yeux de Jude lorsqu'il le vit. C'était une expérience pleinement satisfaisante. La manière dont les yeux bruns s'adoucirent, le petit sourire en coin et la façon dont sa poitrine se soulevait, tout plaisait à Eoin et il en eut le souffle coupé. Il ne pouvait pas nier qu'il lui avait manqué ; il était gravé dans chaque partie de son corps. Lorsque Jude s'apprêta à s'élancer pour le rejoindre, Eoin remarqua l'homme qui se tenait à la gauche de son compagnon, le retenant, le gardant à proximité de lui. Seule la main de son fenris sur son épaule l'empêcha d'empoigner son sabre et de courir au bas de la colline pour charger et abattre l'homme qui osait porter la main sur Jude.

Eoin Thral déglutit péniblement afin de ne pas rugir de colère. Comment osait-on se tenir entre un gardien et son compagnon ? Ce lien était sacré. Cet homme ne savait-il donc pas que Jude Shea était la seule âme de tout l'univers qui lui était destinée ? Ne savait-il pas qu'il n'y aurait jamais personne d'autre que Jude ? Ne savait-il pas qu'Eoin ne permettrait jamais à qui que ce soit de lui prendre son compagnon ? Jude était à lui, uniquement à lui, et bien que chaque partie de son corps et de son esprit exigeait qu'il éviscère l'homme qui marchait aux côtés de son compagnon et de Drelindah jusqu'en haut la colline, Eoin réprima sa colère et resta immobile.

Le temps ralentit. Jude ressentait tout : la fraîche brise du matin, le froissement de la soie de la robe de Drelindah qui trempait dans la boue, et le souffle qu'il retenait. Lorsque Drelindah atteignit Crispin Ebudai, il s'inclina lentement avant de lui tendre sa main. Quand, sans hésitation, elle y glissa la sienne, la foule se déchaîna et au même moment le ciel se remplit de flèches.

Des cris et des hurlements emplirent l'air alors que les soldats couraient vers le pont-levis pour le relever et garder les agresseurs à l'extérieur du château. Winian ne se remit pas du choc assez vite pour retenir Jude par le bras lorsque tout le monde se mit à courir pour se mettre à l'abri. Les gens couraient dans tous les sens, en masse compacte et il perdit de vue Jude dans la ruée de la foule. Il n'avait pas d'autre choix que de se replier vers le donjon.

Eoin ne perdit jamais de vue son compagnon. Rien n'aurait pu le distraire, ni la peur pour sa propre vie sous la grêle de flèches, ni la surprise que la forteresse soit attaquée, ni le chaos de la foule qui s'enfuyait. Alors au contraire de Winian, il se rua du côté du donjon où il avait vu Jude entraîner plusieurs enfants et leurs mères pour les mettre à l'abri.

Jude guidait les gens vers les écuries, faisant des allers-retours pour être certain que tout le monde était à l'abri, lorsqu'il fut soudainement attrapé et plaqué contre le côté du donjon. L'impact fut brutal et lui coupa le souffle pendant un moment avant qu'il ne puisse lever les yeux afin de hurler contre son agresseur. Alors, il cessa de respirer, mais pour une raison totalement différente.

— Au nom des cinq dieux, Jude Shea, qu'est-ce que tu fabriques ?

Eoin rugissait après lui, furieux que Jude ait pris le risque d'être blessé ou tué. Il posa les mains sur le visage de son compagnon, le détaillant sous toutes les coutures, pour s'assurer qu'il n'avait pas été blessé.

— As-tu perdu la tête ?

Jude sentit l'émotion le gagner lorsqu'il leva les yeux vers le regard sombre de son amant. N'avait-il jamais été plus heureux de revoir quelqu'un de toute sa vie ?

Eoin surprit son tremblement.

— Étais-tu effrayé ?

Jude n'avait pas eu peur une seule seconde. Il était trop occupé à sauver des gens pour avoir peur. Les larmes qui lui montèrent aux yeux, brouillant sa vision, n'avaient rien à voir avec la peur mais tout avec l'homme qui se tenait en face de lui.

— Es-tu blessé, *cairn* ?

*Cœur.*

*Cairn* voulait dire *cœur* et amour et aimer et compagnon et tout ce qui les reliait. Incapable de parler, il éloigna les mains d'Eoin de son visage et se jeta sur lui.

Le sourire au travers des larmes, le doux regard, la façon dont il avait besoin de lui... c'en fut trop pour Eoin. Il l'étreignit, l'écrasant contre son grand corps dur alors que leurs lèvres se rencontraient dans la frénésie du désir. Le baiser fut chaud et dévorant, la langue d'Eoin envahit la bouche de Jude, renouvelant sa marque de possession et l'exigeant pour lui tandis que son compagnon passait ses longues jambes autour des hanches d'Eoin, le serrant de toutes ses forces. Lorsqu'il rompit le baiser, incapable de rester une seconde de plus sans respirer, il fut confronté au halètement, aux lèvres gonflées, aux yeux brillants de Jude. Ce dernier lui faisait perdre tout ses moyens, purement et simplement.

— Je...

— Je t'aime, fit Jude en resserrant ses bras autour du cou d'Eoin et ses jambes autour de ses hanches. Je voulais te le dire avant que tu ne partes, mais je n'ai pas pu car je trouvais que c'était trop tôt.

— Jude...

— J'étais terrifié de devoir faire confiance à nouveau, mais je dois le faire parce que je t'aime.

— Jude...

— Je suis très bon dans mon boulot, tu sais, continua Jude, sans remarquer qu'Eoin avait noté le tremblement de sa lèvre inférieure, le besoin désespéré qui se reflétait dans ses yeux ou la façon dont sa bouche était ouverte. J'ai toute confiance en moi quand il s'agit de ce que je fais, dans mon travail, mais en ce qui concerne mes relations... et ma dernière a juste... c'est à cause de tout ça... des choses pour lesquelles tu n'es en rien responsable que je t'ai laissé partir sans te dire ce que je ressentais, mais quand j'étais dans la rivière à essayer de sauver la vie de Winian et avant ça, quand...

— De quelle rivière parles-tu, *cairn* ?

— Juste... Cela n'a aucune importance. Il n'y a que toi qui compte, dit Jude avec une voix rauque et aussi éraillée que du gravier. Je t'aime, alors s'il te plaît, reste avec moi, d'accord ? Reste.

Eoin plongea le regard dans ces yeux bruns qu'il aimait plus que tout.

— Alors tu m'aimes ?

— Oui.

Il l'aimait. Eoin laissa les mots apaiser son âme. Il n'avait jamais été aimé auparavant, seul Jude avait été capable de le voir tel qu'il était, l'avait marqué et voulait le garder. Seul son compagnon avait vu en lui un être de valeur, un homme aimant, qu'il pouvait aimer en retour. Eoin s'éclaircit la gorge et dut déglutir à plusieurs reprises avant de réussir à parler.

— Je t'aime aussi, Jude Shea. Tu m'appartiens.

Jude se pencha pour embrasser son compagnon, mais Drist apparut soudain, son bras s'interposant entre eux.

— Tu t'occuperas de ton compagnon lorsque tu seras au lit, aboya le fenris de Saraso à Eoin. Nous devons rejoindre Crispin et Drelindah et nous tenir près d'eux pour les protéger. Éloigne Jude.

Mais il n'y avait absolument aucune chance qu'Eoin quitte Jude, même pour un moment. Le devoir venait après l'amour, il n'y avait aucun moyen que cela change.

La vie de Jude, selon sa propre opinion, commençait à ressembler à un blockbuster de l'été. Tout ce qui manquait, c'était Orlando Bloom. Les archers étaient alignés sur le mur, des soldats munis de lances et d'épées derrière eux et dans la cour en-dessous, d'autres hommes encore étaient armés de massues. Tous avaient revêtus une armure sauf les gardiens et Jude jugeait qu'Eoin aurait dû en porter une, ce qu'il lui fit savoir tout en étant traîné jusqu'à un escalier construit à même les murs et qui montait jusqu'aux remparts. Lorsque finalement, il se retrouva près de Drelindah, il vit à la lumière scintillante du milieu de matinée, ce qui ressemblait à des milliers de chevaliers en armures positionnés devant le château. Ils étaient encerclés.

Comme Jude écoutait, il entendit que l'homme qui parlait à l'extérieur des murs était le préfet Lyan Han, général de l'armée du roi. Il était venu pour sauver Drelindah, comme si le souverain se souciait de sa sécurité. Le fait que Lyan soit ici, ayant réuni autant d'hommes en si peu de temps, laissait Crispin Ebudai perplexe. Comment le roi pouvait-il savoir que la baronne avait été « capturée » avant même que l'événement n'ait eu lieu ? Les derniers doutes de Drelindah disparurent à ce moment là.

Le roi essayait de la tuer, seul l'évêque avait intercédé en sa faveur et avait essayé de la sauver. Si elle s'était rendue au palais royal de Goren, elle aurait été jugée et exécutée. Elle n'avait plus le choix, sa nouvelle décision était de rester aux côtés de Crispin Ebudai et de se préparer à la guerre. Lorsqu'elle s'avança pour faire part de ses décisions au préfet royal, il n'y avait plus aucune trace d'hésitation dans sa voix. Elle lui ordonna de retirer ses troupes des terres de Crispin qui comprenaient maintenant Saraso. Crispin Ebudai et elle étaient désormais unis. Lorsque Crispin s'avança pour se poster aux côtés de Drelindah, il indiqua au préfet que la baronne et lui seraient mariés cette nuit même, sous les encouragements de ses hommes postés aux créneaux et dans la cour en dessous d'eux.

— Je…, haleta Drelindah, prête à protester, mais elle ne put rien dire de plus lorsque Crispin l'empoigna et l'embrassa, la laissant essoufflée.

Les applaudissements provenant des troupes royales, initiés par Lyan Han, furent inattendus.

— Vous tenez à vous moquer de mon amour pour cette femme ? grogna Crispin au préfet.

Jude donna un coup de coude à Drelindah et elle pivota la tête pour le regarder. Personne d'autre, à part l'homme qui venait de l'autre côté du voile, n'aurait osé la toucher.

— Amour, articula Jude à son oreille en indiquant Crispin de la tête. Il vous aime.

Elle devint aussi rouge qu'une betterave et elle écarquilla les yeux.

— Vous êtes un homme horrible ! articula-t-elle presque silencieusement en retour.

Il agita les sourcils en la regardant et elle surprit tout le monde lorsqu'elle s'élança dans ses bras. Cela fit sourire le préfet. Il leva la main.

— En vérité, je ne me moque pas de vous, Laird, je vois bien que vous vous souciez de cette dame. Notre mission était de la ramener mais comme manifestement nous ne le pourrons pas, nous retournerons à Goren et attendrons votre venue. Vous avez quelques barons dans votre camp, nous en avons d'autres… Nous verrons bien qui obtiendra le trône lorsque cette histoire sera terminée.

Dès que Lyan Han ordonna le repli de ses troupes, tout le monde s'affaira. C'était un homme intelligent. La forteresse, bâtie sur les flans de la montagne, ne pouvait être prise et en ordonnant la retraite de ses hommes, il leur sauvait la vie. Il ne savait pas combien de temps encore il pourrait éviter leur mort, d'après les rapports qu'il avait sur la taille de l'armée de Crispin Ebudai, maintenant complétée par celle de Drelindah Holt, sans compter celles des barons qui n'allaient pas manquer de rejoindre leurs rangs, c'était seulement une question de temps avant que le roi ne soit renversé et forcé à l'exil. Pour l'instant, il retournerait au château avec ses hommes de la même manière qu'ils étaient venus ici, ce qui allait lui prendre un mois puisqu'ils ne pouvaient utiliser la passe que la Baronne de Saraso défendait.

Drelindah Holt envoya immédiatement Drist et Arius à travers la montagne pour rejoindre Saraso. Elle voulait être sûre que son pays soit bien gardé et elle voulait faire savoir à Greshan Kai qu'elle était en sécurité. Elle ne l'avait pas revu depuis qu'elle avait été kidnappée par Winian Anek.

— Drelindah, dit Crispin alors qu'ils traversaient la cour ensemble, main dans la main. Illyrian Tor, mon second, peut accompagner Arius et Drist. Il prendra avec lui quelques hommes afin de protéger Saraso.

Jude vit les yeux de Drelindah se remplir de larmes et, lorsqu'elle le regarda, il émit un grognement.

— Je vais vous frapper, lui dit-elle en souriant à travers ses larmes, veillant à suivre les grandes enjambées de l'homme qu'elle allait épouser.

Jude était tellement occupé à taquiner la baronne qu'il ne vit pas les manœuvres de Winian pour s'approcher de lui. Si bien que lorsqu'il fut arraché à l'emprise d'Eoin, il fut pris de court.

— Qu'est ce que vous faites ? demanda Jude à Winian qui lui faisait face.

— Je voudrais parler à Crispin de–

— Comment osez-vous toucher mon compagnon ? tonna Eoin à l'homme qu'il jeta à terre avant de se positionner devant Jude. Vous mourrez pour ce crime !

Avant même que Winian ne puisse se relever, Crispin se dressa entre les deux hommes.

— Expliquez-moi en quoi cet homme est si important qu'il en arrive à causer un conflit.

— Il s'agit de Jude Shea qui a traversé le voile, dit Eoin à Crispin, et c'est mon compagnon.

Crispin se tourna vers Winian Anek.

— Le voile est un mythe, frère Anek, mais le gardien déclare que cet homme est son compagnon.

Il s'adressa à Jude.

— Est-ce vrai ? Êtes-vous le compagnon du gardien ?

— Oui, lui répondit Jude.

Crispin Ebudai allait ajouter quelque chose lorsqu'il remarqua la couleur des yeux de Jude. Ils étaient bruns. Il n'en avait jamais vu de pareils.

— Alors, soyez en paix, frère Anek, le calma Crispin, vous pouvez choisir n'importe qui, ce qui n'est pas le cas des gardiens.

Son raisonnement ne fit rien pour apaiser la fierté blessée de Winian.

— Comme vous voulez, Laird, dit-il en faisant un pas en arrière.

Eoin saisit le biceps de Jude, l'arrachant aux bras de l'autre homme et se dirigea vers la colline pour l'éloigner.

— Stop, dit doucement Jude en posant les doigts sur la main d'Eoin.

— Pourquoi cet homme croyait-il pouvoir parler en ton nom, Jude Shea ? Que lui as-tu promis ou proposé pour qu'il–

— Quoi ? fit Jude complètement sidéré. Qu'est-ce que tu as dit ?

— Peut-être que mon absence a été comblée par–

— Oh, va te faire foutre ! s'exclama Jude, plantant son pied gauche dans le sol avant de plier son genou et de lancer sa jambe dans un mouvement de balayage.

Eoin, emporté par son élan, sembla se figer une seconde avant de faire de grands moulinets avec ses bras pour tenter de rétablir son équilibre, mais il finit par basculer en arrière. À plat sur le dos, les yeux fixés sur son compagnon, il était abasourdi.

— Je sais que tu ne me connais pas encore très bien, mais jamais je n'aurais–

— Jude.

— Je suis fidèle, et–

— Qu'est-ce que tu as fait ? fit Eoin pour le couper dans sa diatribe.

— Quoi ?

Eoin se désigna lui-même du doigt.

— Comment as-tu pu me mettre sur le dos, Jude Shea ?

Jude fronça les sourcils et regarda son compagnon.

— N'essaie pas de changer de conversation. Tu m'as carrément accusé de–

Le gardien se redressa dans la boue, les yeux toujours fixés sur son compagnon.

— Tu as été formé pour te défendre, *cairn* ?

— J'habite à Chicago, cingla Jude en le regardant comme s'il était un ignorant. Bien sûr que je peux me défendre tout seul ! Tu crois que j'aurais survécu plus de cinq secondes si ce n'était pas le cas ?

Eoin savait que Jude était furieux ; la rougeur de sa peau, les yeux brillants, ses poings fermés, tout le lui indiquait, mais même pour sauver sa dignité, il ne put se retenir de sourire. Jude était toujours surprenant et il lui appartenait.

— Bordel ! Qu'est-ce qui cloche chez toi ? lui cria Jude de nouveau.

Comment Eoin pouvait-il penser que Jude pouvait même regarder un autre homme alors qu'ils étaient ensemble ? Jude était amoureux de lui ! Cela ne voulait-il donc rien dire ?

Eoin se releva lentement, se dépliant jusqu'à paraître imposant, et plongeant son regard dans celui de l'homme qui ne cesserait jamais de l'étonner. Jude était fragile et délicat, mais il avait mis à terre un gardien avec des gestes si fluides qu'Eoin n'avait pas eu le temps de le contrer.

— Si tu crois que je pourrais–

Eoin lui empoigna les cheveux, tirant sa tête en arrière avant de plaquer sa bouche sur celle de l'autre homme et de l'embrasser avidement. La pure indignation de Jude, les flammes de colère dans ses yeux, tout en lui indiquait à Eoin ce qu'il avait besoin de savoir. Son compagnon n'avait jamais délibérément éveillé l'intérêt de Winian Anek et Jude ne s'intéressait qu'à lui.

Jude passa les bras autour du cou d'Eoin et se mit sur la pointe des pieds pour embrasser l'homme avec toutes les émotions qu'il avait refoulées ces derniers jours. Il voulait rentrer chez lui, il voulait qu'Eoin vienne avec lui, parce qu'il était prêt pour une vie à ses côtés.

— Où est ta chambre ? demanda Jude à son compagnon, avant de revenir à son oreille qu'il titilla de son souffle chaud et humide.

Eoin savait qu'il devait rejoindre la baronne, qu'il devait remercier Crispin Ebudai de ne pas l'avoir laissé tuer Winian Anek et qu'il devait voir Drist avant que ce dernier ne parte, mais tous ces devoirs, encore une fois, faisaient pâle figure à côté de son compagnon. Eoin avait besoin de Jude et jusqu'à ce que son désir soit assouvi, il serait inutile à quiconque n'était pas l'homme entre ses bras.

— Eoin, geignit Jude, s'il te plaît.

Au lieu de le porter, Eoin prit la main de Jude dans la sienne et le conduisit vers la cour arrière du donjon puis vers l'immense cuisine. Près de la cheminée, ils trouvèrent l'escalier en colimaçon qui conduisait au deuxième étage, puis ils longèrent un long couloir sombre et passèrent sous une petite porte qui obligea Eoin à se baisser. À l'intérieur de la petite chambre, il n'y avait qu'un lit. C'était tout ce dont Jude avait besoin.

Il entendit la poutre de sécurité se mettre en place derrière eux et lorsque Jude se retourna pour faire face à son amant massif, il vit la faim dans les yeux d'Eoin. Jude était reconnaissant de la petite fenêtre parce que bien que le ciel à l'extérieur soit sombre et gris, la lumière était encore suffisante pour qu'il voie Eoin retirer ses vêtements et révéler lentement son corps musclé, sa poitrine ciselée et le profond sillon qui parcourait son abdomen jusqu'au bas de son ventre plat. Il laissa son regard descendre plus bas alors qu'Eoin fit glisser son pantalon le long de ses hanches étroites pour libérer l'énorme verge non circoncise, raide et prête pour lui. Jude n'avait jamais vu de pénis avec un prépuce avant Eoin, mais il trouva l'épaisseur, les veines proéminentes et le repli de peau sombre très sexy. Il savait maintenant d'expérience que sa longueur et sa circonférence le remplissaient comme il ne l'avait jamais été et il voulait l'être de nouveau. Tout en se léchant les lèvres, Jude s'approcha et prit dans sa main le sexe long et dur, ses doigts caressant la tête gonflée.

— Tu ne m'as jamais laissé te sucer, dit Jude, se mettant à genoux, sa main glissant le long de la queue palpitante d'Eoin, de la tête à la base épaisse. Pourquoi ?

Sa bouche était sèche, ses yeux rivés sur les lèvres pâles de Jude, Eoin essaya de trouver les mots.

— Les femmes disaient que je... Je suis grand et laid et pour... oh...

Un gémissement fut arraché à son âme lorsque la bouche de Jude se referma sur lui, le prenant aussi loin qu'il le pouvait.

— Jude, hoqueta-t-il, ses mains empoignant les cheveux de son compagnon alors que des sensations qu'il ne pensait jamais ressentir le traversaient et balayaient tout sur leur passage.

Jude détendit sa gorge et prit toute la longueur d'Eoin en descendant doucement. Ce n'était pas une action qu'il pouvait répéter, Eoin étant tout simplement trop gros. Jude serra et caressa la queue dans son poing, la suça et la lécha, baignant la verge de son amant de sa salive, ses mains touchant et agrippant la queue maintenant sensibilisée. Il glissa sa langue sous le prépuce et le lécha avant de fouiller la fente puis il fit tourbillonner sa langue autour de l'énorme tête avant d'avaler tout ce qu'il pouvait. Il suçait tellement fort, l'aspiration était si intense et si agréable, qu'Eoin sut qu'il était sur le point de perdre le contrôle et qu'il allait bientôt exploser.

— Stop, gémit Eoin, incapable de bouger, effrayé que Jude soit dégoûté s'il jouissait mais craignant que son compagnon ne s'arrête s'il bougeait.

Jude accéléra son rythme, ses pressions, le caressant et le serrant si tendrement, chacune de ses touches rendant son amant plus sauvage. Il déplaça sa bouche vers les bourses lourdes, les léchant et les suçant, avant de reporter son attention sur le sexe aussi dur que le roc, tout en massant la partie qui refusait d'entrer dans sa bouche. Jude savait qu'il rendait Eoin complètement fou avec ses attentions, comme en témoignait son souffle rauque et la manière dont il se poussait et se retirait de sa bouche, accentuant son rythme à chaque coup, incapable de s'arrêter. Le mouvement était si primitif, si profondément enraciné en lui, qu'Eoin ne pouvait faire autrement que d'immobiliser Jude alors qu'il lui baisait la bouche.

— Jude ! rugit-il si fort que le son se répercuta sur les murs de la petite chambre.

Tout à coup, Jude sentit sa gorge envahie par le sperme chaud d'Eoin qui semblait s'écouler sans fin. Il but tout ce qui sortait, puis tenant toujours son amant entre ses lèvres, il le lécha pour le nettoyer. Eoin le regarda avec émerveillement, à bout de souffle, sans jamais le quitter des yeux. L'extase, crue et puissante, l'avait vidé aussi sûrement que Jude venait de le faire.

— Soyons clair, fit Jude, se relevant pour faire face à son amant, reprenant dans sa main le pénis maintenant flasque. Je ne veux plus jamais entendre qu'une partie de toi n'est pas excitante ou sexy ou magnifique parce que j'aime chaque parcelle de ton corps, Eoin Thral, et celle-ci est particulièrement importante pour moi. En fait, elle m'appartient.

Ses paroles combinées à ses actions… Eoin fut pris de frénésie. Il allait dévorer le corps et l'âme de Jude Shea, il n'y avait aucun moyen de l'en empêcher. Bousculant fortement Jude pour le faire tomber sur le lit, Eoin se positionna sur lui, l'épinglant sur place.

— Oh oui, fit Jude en se tortillant sous le corps musclé d'Eoin, resserrant les jambes autour des hanches de son amant. Tu me veux !

Les sentiments étaient beaucoup plus sombres, plus forts et plus désespérés que le désir. Le cœur d'Eoin en aurait éclaté dans sa poitrine, c'était presque insupportable, ces émotions qui se répandaient à travers lui, ainsi que la chaleur charnelle et l'envie de goûter son compagnon.

— Eoin, soupira Jude, je t'aime.

Eoin se mordit les lèvres, serrant la mâchoire alors qu'il tremblait sous le besoin primitif de dévorer son amour. Alors que seuls les premiers gardiens buvaient le sang de leurs compagnons pour les rendre plus forts, la soif ancestrale rugissait maintenant dans ses veines. Il avait toujours le désir de dévorer Jude, de le garder près de lui pour toujours, de le cacher au reste du monde.

— Embrasse-moi, demanda Jude avec le sourire aux lèvres, s'étirant langoureusement sous lui, sans comprendre le risque qu'il encourait.

S'il ne s'enfouissait pas en lui dans les prochaines secondes, Eoin deviendrait fou. Il espérait que l'urgence et l'intensité de ses sentiments s'apaiseraient avec le temps parce qu'éprouver un tel désir en permanence signifierait que Jude Shea devrait être enchaîné à son lit.

Le gémissement qui émana de son amant coupa le souffle de Jude. Ce dernier se réjouit de savoir qu'il rendait son amant fou.

Eoin ne pouvait penser à son amant enchaîné et suppliant ; cette pensée ne faisait rien pour calmer son désir furieux. Alors qu'il se penchait pour embrasser son compagnon, il sentit Jude fondre sous lui, s'enfoncer de ravissement plus profondément dans le lit. Eoin gémit dans la bouche de son compagnon avant de s'arracher de lui, le libérant, le soulevant pour démêler leurs bras et leurs jambes, de sorte qu'il puisse déshabiller Jude pour atteindre sa peau.

— Tu m'as manqué, murmura Jude sous lui et Eoin fut perdu.

Il aurait souhaité être un courtisan à ce moment là, un homme capable d'utiliser des mots et de les écrire habilement, car il voulait exprimer la profondeur de son amour, combien son cœur en était rempli, combien il était proche de la combustion. Mais il était un soldat, voire pire : une bête. Eoin était un homme qui parlait rarement et il ne connaissait pas d'autre moyen que la force pour exprimer l'étendue des sentiments qui rugissaient en lui. Il ne savait comment faire parler son âme, il ne connaissait que l'action.

Jude se retrouva renversé sur le ventre, puis brutalement redressé sur ses genoux et ses mains. Avant même qu'il ne puisse regarder son amant par-dessus son épaule, il sentit qu'Eoin lui écartait les fesses et léchait son ouverture à grands coups de langue humide.

— Oh mon Dieu, haleta Jude, empoignant la couverture alors qu'il allait à la rencontre du muscle épais qui le pénétrait de plus en plus profondément, et qui détendait son trou.

Eoin enfonça ses doigts dans les hanches minces alors qu'il léchait et suçait le cul de Jude jusqu'à ce que ce dernier se mette à trembler, criant pour qu'Eoin s'arrête et le baise rapidement.

— Cause toujours, fit Eoin en le taquinant, se rendant compte que plus le désir de Jude augmentait, plus le sien se calmait.

Savoir que Jude le désirait, l'implorait et avait besoin de lui, apporta un sentiment de paix à Eoin Thral.

— Baise-moi !

Oh, comme Eoin aimait cette expression vulgaire ! Venant de Jude, qui était si beau, si élégant et si parfait… L'entendre lui crier son désir d'être pris le rendit instantanément aussi dur que le roc. Existait-il de plus doux bruit que le gémissement de Jude lorsqu'il désirait qu'il le remplisse de sa queue ?

Il était humide, prêt à le recevoir et se tordait sous Eoin, si bien que lorsqu'il releva légèrement les hanches de Jude et s'enfonça en lui jusqu'à la garde, il savait avec certitude que le hoquet de son amant était de pur plaisir et non pas de douleur. Lorsqu'Eoin le pénétra, le remplissant de son énorme sexe, Jude crut qu'il allait aussitôt exploser. Mais ce fut le retrait lent et la puissante seconde poussée qui s'en chargèrent. Eoin frotta sa prostate, la heurtant à chaque fois qu'il entrait et sortait, et la pression ainsi que les frottements se firent plus rapides et noyèrent Jude sous les sensations avant même qu'il ne réalise qu'il était perdu. Il cria le nom d'Eoin alors qu'il jouissait, son sperme éclaboussant les draps sous lui.

Regarder son énorme tige gonflée aller et venir dans le cul rond de son compagnon fut plus qu'Eoin ne pouvait en supporter. Que son compagnon puisse prendre toute sa longueur, en frémissant de plaisir, le priant de ne pas s'arrêter, le fit craquer. Ses coups devinrent des battements frénétiques se prolongeant à un rythme effréné, poussant Jude à travers le lit jusqu'à ce qu'il en heurte le mur. Ancrant ses mains au-dessus de la tête de son compagnon, Eoin utilisa la pierre sous ses mains comme levier pour mieux le percuter. Il aurait voulu ne jamais s'arrêter. Les muscles du cul de Jude se tordaient autour de lui, le serrant bien fort alors il renversa la tête en criant son nom.

Il s'effondra sur le dos de son compagnon et Jude s'écroula sous lui, s'écrasant sur le lit. Couvert de transpiration, le sperme coulant sur ses cuisses, haletant difficilement, Jude ne pouvait se souvenir de la dernière fois où il s'était senti aussi repu, si brutalement et si bien aimé. Lorsqu'Eoin se retira, il roula sur le dos et attira Jude dans ses bras. Jude ne pouvait même pas l'aider, momentanément épuisé par leur accouplement.

— Nous avons un problème et nous devons en discuter.

Eoin blottit son visage dans les cheveux de Jude et le serra davantage contre lui.

— Je ne peux pas rentrer à la maison.

Eoin se repoussa en arrière pour regarder son amant.

— Tu le feras et tu dois le faire, mon amour.

— Et tu viendras avec moi ?

Le gardien savait qu'il était au pied du mur et se força à sourire à son compagnon.

— Je te rejoindrai dès que je le pourrai.

Avant que Jude ne puisse s'énerver, avant même qu'il ne puisse dire un seul mot, Eoin se pencha et l'embrassa. Lorsqu'il fit glisser sa langue sur la courbe des lèvres de son compagnon, elles s'ouvrirent instantanément alors qu'Eoin le roulait pour le mettre sur le dos.

— Mon amour, fit Eoin en souriant à son compagnon, repoussant ses cheveux de son visage. Je ne peux pas abandonner la baronne maintenant alors que les hommes du roi sont à sa porte. Je le lui dois comme service rendu contre l'abri et la nourriture qu'elle m'a accordés.

— Tu n'es pas son animal de compagnie ; tu es un homme, et elle t'a peut-être donner une maison mais tu l'as protégée avec ta vie et maintenant cette vie m'appartient. C'est ce que tu m'as dit.

— C'est la vérité.

— Bien, alors tu dois rentrer à la maison avec moi.

— Je ne peux pas laisser la baronne ni mes frères alors qu'ils ont besoin de moi.

— J'ai besoin de toi.

— Oui mais, tu dois—

— Bien, alors je vais rester jusqu'à—

— Tu ne peux pas rester, lui dit Eoin et il n'en démordrait pas. Tu le sais très bien.

— Je ne te quitterai pas.

— Si, mon amour, tu le dois.

— Il n'en est pas question, lui assura Jude.

Eoin lui écarta les jambes et s'installa entre ses cuisses.

— Tu feras ce que je te dis de faire, *cairn*, car si je dois vous protéger tous les deux, je ne pourrai pas espérer offrir à ma baronne mon cœur et mon épée. Comment pourrai-je lui accorder l'aide dont elle a besoin si je ne peux pas te quitter ?

— Tu as dit que tu voulais rentrer à la maison avec moi, lui rappela Jude. Tu as juré que tu le ferais et maintenant tu fais quoi ? Tu reviens sur ta parole ?

Eoin avait besoin que Jude le comprenne, mais c'était difficile, car le jeune homme n'était pas un soldat. Il était impossible qu'il rentre avec Jude, sachant que les hommes auprès desquels il avait combattu durant des années pourraient perdre la vie à cause de son absence. Il ne pourrait jamais déserter et abandonner ses camarades, il n'y avait aucun honneur à faire ça.

— Tu m'as promis…

— Tout a changé, *cairn*, et toi et moi devons aussi modifier nos plans. La rivière ne se fracasse pas contre les rochers, elle change simplement son cours.

— Ouais, c'est bien beau, très zen, mais mets-toi une chose en tête… Si tu restes ici, moi aussi.

— Je ne le permettrai pas.

— Je m'en moque, lui assura Jude. Je ne partirai pas sans toi.

— Tu le dois !

Jude ressentit plutôt qu'il n'entendit les mots d'Eoin.

— Nous pouvons continuer comme ça toute la nuit, le prévint Jude.

— Je ne peux pas te permettre de rester, mon amour, dit Eoin, d'une voix lente et rauque. Mon cœur… J'ai besoin de savoir que tu es en sécurité et que ma maison, c'est toi, et que tu attends mon retour.

— Non, protesta Jude, les larmes emplissant ses yeux parce qu'il était frustré. Je ne te quitterai pas…

Eoin se pencha et coupa court aux paroles de Jude en l'embrassant, suçant sa lèvre inférieure pleine, glissant sa langue dans sa bouche humide avant de la mordiller gentiment. Jude passa les jambes autour des hanches de son compagnon, désireux de le maintenir le plus près possible de lui.

— Mon amour, souffla Eoin dans sa bouche avant de s'éloigner pour regarder les beaux yeux de Jude. Tu dois m'écouter. Tu n'es au service de personne, tu dois retourner chez toi, pour y être en sécurité et me préparer une place dans ta vie.

Jude venait tout juste de trouver Eoin, de découvrir qu'il l'aimait et maintenant il était supposé s'en aller ? Ce n'était pas juste !

— Tu es sérieusement atteint si tu crois que je vais me contenter de partir d'ici et de me retrouver à me demander si tu es encore en vie ou… Si je reste ici, je peux te voir et surveiller tes arrières et…

— Mais cela ne servira que toi, l'interrompit Eoin.

— Je m'en moque.

Eoin sourit au ton de défi, à la mâchoire crispée et au regard meurtrier qui lui répondirent.

— Hélas, pas moi, *cairn*. Me réveiller chaque jour en sachant que tu es en sécurité, c'est ce qui m'apportera du réconfort.

— Et alors quoi ? De mon côté, je dois me contenter de me demander si tu es vivant ou mort ? demanda Jude en haussant la voix alors qu'il tentait d'éloigner Eoin de lui, bousculant la poitrine dure comme du roc.

— Oui, mon amour. C'est le rôle d'un compagnon, répondit solennellement Eoin. Tu dois patienter, garder le foyer et la maison, jusqu'à mon retour.

— Non, lui cria Jude, se tournant et se retournant, se tortillant sous Eoin, passant sous lui avant qu'il ne puisse l'arrêter.

Voir Jude complètement nu, en train de faire les cent pas près du lit, fit gonfler le cœur d'Eoin de tout l'amour qu'il ressentait pour lui ; en même temps, regarder la rougeur de sa peau, ses yeux brillants et ses muscles fins mais bien dessinés était un pur plaisir. Il était près à protester et à débattre, et Eoin savait que Jude serait prêt à lui imposer sa décision, peu importe combien de temps cela prendrait.

— Est-ce que tu m'écoutes ?

Le gardien avait été concentré sur le mouvement des muscles du dos de son compagnon, sur les contractions de chaque fesse, sur la manière dont ses cheveux tombaient sur sa clavicule et sur la façon dont il mordait nerveusement sa lèvre inférieure. Cela rendait le gardien complètement fou. Eoin avait beaucoup de mal à ne pas le saisir et l'étreindre.

— Eoin ?

— Oh oui, mon amour, répondit-il rapidement. Je t'entends.

Jude sentit qu'Eoin était totalement ailleurs, pas du tout concentré sur ce qu'il disait.

— Vraiment ? Qu'est-ce que je viens de dire ?

— Tu as dit que tu resterais ici avec moi.

— Oui, dit Jude.

— Non.

Eoin secoua la tête et avant que Jude ne puisse commencer une nouvelle tirade, il lui saisit la main et le souleva. Jude se retrouva dans ses bras, sur ses genoux, avec Eoin qui l'embrassait fermement.

Jude aurait voulu le repousser, mais il se contenta d'enlacer Eoin et d'enfouir son visage dans le cou du gardien, accroché à celui dont la vie lui était si chère.

Eoin était certain que si les rôles étaient inversés, il serait aussi perturbé que l'était son compagnon. Devoir vivre dans l'incertitude de la sécurité de l'autre, sans rien savoir de son destin, ce devait être affolant. Il aurait aimé pouvoir apporter du réconfort au jeune homme, mais le laisser rester à Midrin n'était pas une option. Il fallait qu'il soit en sécurité.

— Je souhaiterais ne pas t'aimer, dit Jude.

Eoin caressa les cheveux doux alors que les bras et les jambes autour de lui se resserraient. Et avant même que Jude ne voie son sourire, il l'entendit dans sa voix.

— Tu ne peux pas reprendre ton cœur, *cairn*. Tu m'as offert ce trésor.

Mais bien qu'il n'ait jamais été amoureux avant, Jude sut à cet instant que son cœur se brisait. Il n'avait jamais rien ressenti de tel, n'avait jamais eu aussi mal, n'avait jamais eu cette impression qu'un vent glacial le traversait, ni qu'un trou béant se formait dans sa poitrine.

— S'il te plaît, ne me renvoie pas, supplia Jude doucement, sa voix à peine capable d'émettre plus qu'un gémissement plaintif alors qu'une boule obstruait sa gorge.

— Jude…

— Je vais cesser de t'aimer.

— Tu ne peux pas arrêter maintenant que tu as commencé.

— Si tu me renvoies, tu ferais mieux de rester ici et de m'oublier.

Le rire étranglé d'Eoin déclencha les larmes de Jude.

— Tu ne me perdras pas, Jude Shea. Je sais bien que ma vie t'appartient. Je ne pourrais pas m'éloigner de toi et permettre à un autre d'entrer dans ton cœur. Il n'y aura jamais personne d'autre que moi.

Jude aurait voulu ramper sous la peau de l'homme, pour faire partie de lui, pour en être plus proche. Et comme une main glissait le long de sa colonne vertébrale jusqu'à la courbe de ses fesses, Jude sentit sa verge réagir.

— Je te veux en moi… s'il te plaît, Eoin.

Il y avait eu de la chaleur avant, une passion dévorante et un besoin désespéré, mais à présent il n'y avait plus que le lent et sensuel besoin de s'unir. Eoin eut l'impression de se retrouver en plein soleil. L'intensité du regard de Jude, de la chaleur de son corps et les marques que son compagnon laissait sur lui – tout indiquait qu'il voulait tout autant marquer son âme. Comme s'il pouvait oublier la sensation de la peau soyeuse de son compagnon, le goût de ses lèvres, son odeur musquée ou son cul serré capable d'accueillir toute la longueur de son membre et dont les muscles le serraient jusqu'à ce qu'il lâche sa semence ! Les jambes de Jude sur ses épaules, son dos qui se cambre, sa tête qui se renverse sous la puissance de l'extase, tout cela serait à jamais imprimé dans la mémoire d'Eoin et ne serait jamais effacé ni oublié. Les yeux bruns étaient prisonniers des siens, de ces océans sombres, pleins d'un amour absolu et inconditionnel.

Comme ils se reposaient ensemble plus tard, tout à fait rassasiés, ce fut Eoin qui sortit du lit, retirant l'anneau en argent gravé qui ornait son majeur pour le glisser sur le pouce de la main gauche de Jude.

— Tu chercheras une chaîne lorsque tu rentreras chez toi. Cette bague me confère le titre de gardien et je n'ai pas le temps de t'en faire faire une autre. Elle est à toi jusqu'à ce que je t'apporte la tienne, *cairn*.

Jude fit courir ses doigts sur les runes.

— Cela dit gardien ?

— C'est mon nom suivi du mot gardien.

— Eh bien, puisque je suis le gardien de ton cœur, j'en prendrai grand soin.

Eoin hocha la tête, reprenant Jude dans ses bras et le maintint serré sur son cœur.

— Tu es mon gardien, Jude Shea… Ne m'oublie pas.

Mais il n'y avait aucune chance que cela se produise.

Eoin Thral n'avait pas besoin de s'inquiéter.

# X

DRELINDAH HOLT fut touchée par l'immensité du sacrifice de son gardien, et même si elle lui était reconnaissante jusqu'aux tréfonds de son âme, son sentiment de culpabilité était également écrasant. Déjà, on pouvait voir le changement qui s'opérait en Eoin Thral. Lorsqu'il lui avait fait part de sa décision au cours du dîner, elle avait remarqué la dureté de son regard et le vide qui y régnait faisait peine à voir. Il gardait son compagnon perpétuellement à ses côtés, ne parlait à personne d'autre que Jude et baissait souvent la tête pour l'écouter. Eoin fut étonné lorsqu'il apprit exactement comment Jude avait sauvé Winian Anek et il se sentit brièvement fier. Mais il n'affichait plus son bonheur, le poids de leur séparation prochaine étant trop lourd et trop douloureux pour ne pas l'écraser. Drelindah avait le cœur tout aussi serré face aux réactions de Jude, voyant sa douleur grandir alors que le jeune homme se penchait vers Eoin. Lorsque la porte s'ouvrit brusquement, elle fut heureuse de cette intrusion.

Jude était si perdu dans sa propre misère qu'il ne réalisa pas qu'il avait été arraché à son siège et remis sur ses pieds jusqu'à ce qu'Eoin lui aboie des ordres.

— Qu'est-ce qui ne va pas ? demanda-t-il alors qu'il était traîné hors de la salle.

— Les hommes du roi ne se sont pas retirés, ils nous attaquent en ce moment même. Ils sont en train d'escalader les murs de l'enceinte.

— Mais cet homme, Lyan Han, le préfet… Il a dit que…

— Il a été tué par son commandant en second, accusé d'être un traître et un lâche, et maintenant ses troupes nous attaquent et leurs ordres viennent directement du roi.

Jude poussa un énorme soupir de soulagement.

— Alors, je peux rester avec…

— Non, le coupa Eoin, le poussant devant lui. Tu vas partir maintenant en direction du voile. Nous en sommes plus proches que tu ne le penses. Tu courras vers la direction que je t'indiquerai, et lorsque tu traverseras la brume, tu seras de retour chez toi.

— Je dois y aller maintenant ? demanda Jude, choqué, pâlissant de terreur.

— Oui, dit distraitement Eoin, regardant rapidement autour de lui, suivant le flux des hommes dans la cuisine puis vers l'extérieur.

Le ciel était sombre et il pleuvait des flèches ; les gens couraient dans tous les sens, l'odeur de la fumée envahissait l'air ainsi que le bruit de l'acier, les cris et les hurlements.

— Attends, fit Jude en plantant fermement ses pieds dans le sol, je ne suis pas prêt pour...

— Nous ne pouvons pas attendre, le coupa Eoin, en lui saisissant les bras et en le secouant durement. Tu n'as pas le temps de traîner, *cairn*, tu dois courir sans te retourner.

— Mais comment je saurais que tu vas bien ?

Eoin ne répondit pas, il se contenta de remettre Jude sur ses pieds et de courir. Jude le suivit et trébucha plusieurs fois, traîné derrière le gardien. C'était terrifiant ; les hommes blessés qui tombaient devant lui et mourraient à ses pieds, mais pas autant que de devoir bientôt quitter Eoin. Et c'était imminent.

Il avait besoin de plus de temps. Ils devaient convenir d'un rendez-vous, d'une date et d'une heure précises, d'un plan de secours et ils devaient s'échanger des promesses. Jude avait encore des choses à lui dire et à lui faire, et ce qu'il désirait plus que tout était de retourner au lit pour retrouver la chaleur d'Eoin et être nu sous lui. Il n'était pas prêt à partir.

— Attends, essaya de crier Jude pour couvrir le bruit de la bataille, mais c'était inutile.

Rien d'autre n'intéressait Eoin que de le mettre à l'abri.

Eoin se précipita vers l'écurie, renversant plusieurs hommes qui tentèrent de lui barrer le chemin et continua vers la porte principale. Au dernier moment, il vira sur la gauche et Jude vit des soldats se battre le long du mur. Il n'avait pas réalisé qu'Eoin était armé jusqu'à ce qu'il voie un homme s'avancer vers eux et Eoin dégainer un sabre énorme qu'il brandit pour parer l'attaque. Alors qu'Eoin repoussait son adversaire en gardant Jude derrière lui, il comprit le cauchemar que vivait son homme. Ce dernier devait se défendre et le protéger en même temps. C'était trop demander à quiconque.

Lorsque l'ennemi fut abattu, Jude fut projeté en avant et Eoin et lui passèrent à travers une ouverture dans le mur avant de se retrouver face à encore plus de soldats du roi.

— Gardien ! Suivez-moi !

Eoin vit Winian Anek lui faire signe et, sans réfléchir davantage, courut vers lui. Peu importaient leurs différends, peu importait que tout ce que Winian désirait était Jude, ils étaient devenus compagnons d'arme au moment même où l'attaque avait commencé.

— Faites-vous une promenade de santé ? fit-il en taquinant Eoin, lui donnant un énorme bouclier qu'il ramassa sur l'un de ses hommes tombés au combat.

— Oui, souffla Eoin, agrippant le bouclier et le plaçant devant Jude avant de le fixer du regard. Winian et moi allons rester ici, mais tu dois courir, Jude Shea, et ne te retourne pas… Cours aussi vite que tu peux.

Paniqué, Jude tendit la main pour agripper le gilet matelassé qu'Eoin portait sur sa chemise de lin.

— Viens avec moi.

— Je ne peux pas, tu le sais bien, hurla-t-il après son compagnon, terrifié qu'ils soient rattrapés à tout moment et que Jude soit tué devant ses yeux. Cours au bas de la colline et ne t'arrête sous aucun prétexte ! Cours !

Mais Eoin eut beau le repousser, Jude ne bougea pas… il n'y arrivait pas. Une part de lui savait qu'il devait ressembler à ce personnage d'un film après qui tout le monde criait, celui pour lequel le héros sacrifiait tout au point de finir par se faire tuer, mais il était incapable de quitter l'homme qu'il aimait. Son désir de rester, son besoin de rester étaient plus puissants.

— Jude ! rugit Eoin. Cours !

— Jude, vous allez provoquer notre mort ! lui cria Winian.

Mais il était cloué sur place.

Eoin savait que son compagnon était tourmenté, c'était gravé sur son visage, dans son regard hanté, dans son souffle tremblant, dans ses mains serrées à en devenir blanches. Il n'y avait rien qu'il puisse faire. Jude était tout simplement incapable de s'enfuir loin de lui. Avec un grognement frustré, Eoin déplaça son bouclier, lança son épée à Winian, puis attrapa Jude par le revers de sa chemise, l'attirant brusquement à lui. Le baiser qu'il lui donna fut brutal et profond, rapide et sauvage, et Eoin le mordit si fort que Jude aurait le goût de son sang dans la bouche lorsqu'il courrait. Il savait que son compagnon avait besoin d'un long au revoir, mais ils n'en avaient pas le temps. C'était tout ce qu'il pouvait lui accorder. Lorsque Jude releva les yeux vers son compagnon, il vit Eoin redresser la tête et fixer un point derrière lui.

— Courrez ! cria Winian en jetant l'épée à Eoin.

Rattrapant l'arme qui volait, les doigts d'Eoin se serrèrent sur la garde et il la fit tourner et fendre l'air devant lui. Lorsque le cœur de Jude se remit à battre dans sa poitrine, il s'enfuit vers le bas de la colline, s'éloignant de son compagnon, obéissant enfin. Par contre, c'était trop lui demander de ne pas se retourner. À l'orée de la forêt, il s'arrêta et regarda en arrière. Jude aperçut Eoin une dernière fois avant de repérer des cavaliers qui s'élançaient après lui dans le champ pour le tuer. Ils brandissaient leurs épées et chevauchaient rapidement, dans l'intention manifeste de l'abattre. Tournant vivement les talons, Jude plongea à travers la ligne des arbres.

Les bruits de la bataille s'estompèrent tandis que Jude s'enfonçait toujours plus profondément dans la forêt. Il faisait sombre et il trébucha à plusieurs reprises mais ne tomba pas. Les branches des arbres le fouettèrent, l'écorchant alors qu'il courait sans relâche. Il s'inquiéta, lorsque le brouillard s'épaissit, essayant d'éviter de heurter un arbre et de s'assommer ou même pire, mais il se souvint que la brume pouvait le dissimuler, et c'était réconfortant. Ce n'était pas effrayant, c'était le voile et cela voulait dire qu'il rentrait chez lui.

Lorsqu'il glissa en avant, sa botte ayant buté contre quelque chose, il s'envola littéralement avant de retomber dans une grande flaque de boue. S'asseyant, il vit de l'eau s'écouler de la tête d'un gicleur sur lequel il avait trébuché. Comme le brouillard s'estompait doucement, il vit une balançoire, un lampadaire et au-delà, une Lexus ralentir à une intersection. Il était de retour dans sa rue, mais au lieu de ressentir de l'exaltation, il ploya sous le poids écrasant du désespoir. Rien ne pouvait ou ne pourrait aller bien sans Eoin Thral. Par l'enfer ! Qu'allait-il bien pouvoir faire ?

# XI

TOUT LE monde s'inquiétait pour lui mais il n'y avais pas de raison. Il allait bien. Tout allait bien. Jude devait répéter ces mots dix fois, vingt fois par jour à tous ceux qui l'appelaient ou lui envoyaient un e-mail ou venaient directement à son bureau. En disparaissant, il avait fait peur à sa famille, ses amis, ses collègues – tout le monde. Ils voulaient tous des réponses, mais il n'y avait qu'une seule personne qui pouvait comprendre et accepter la vérité.

Le frère aîné de Jude, Ben, la personne en qui il avait le plus confiance sur la planète, la personne qui *écoutait* toujours... Ben apprit la vérité. Il fut le seul à entendre parler du voile, de Midrin et d'Eoin Thral. Et parce que c'était Ben, parce qu'il acceptait tout sans rien remettre en question et sans douter, Jude put dire tout ce qu'il avait sur le cœur.

Son frère lui posa beaucoup de questions et classa les réponses pour un usage futur, parce que Benjamin Shea, marshall fédéral, un homme qui plaçait des témoins sous sa protection, était le seul qui pouvait créer de toutes pièces une nouvelle identité pour Eoin lorsque le moment serait venu. Jude comprit alors que vraiment, sans aucun doute, tout arrivait pour une bonne raison. Même le choix de carrière de Ben, dont Eoin pourrait bénéficier une fois l'heure venue. Il ne pouvait plus réfuter ce genre de coïncidences. Son frère était une bénédiction, tout comme sa charmante nouvelle patronne.

Lorsque Jude avait appelé Natalie Torres, le jour suivant son retour, s'excusant de n'avoir pas été présent à New York alors qu'ils avaient convenu d'un rendez-vous, elle avait eut un petit rire et lui avait dit qu'il fallait vraiment qu'il commence à l'écouter. Ses vacances imposées n'avaient commencé que depuis quatorze jours et devaient durer un mois. Elle ne l'attendait donc pas. Lorsqu'il ne s'était pas montré à la fin des deux premières semaines, elle avait été ravie car elle pensait qu'il avait suivi ses conseils.

— Et merde, gémit-il au téléphone, ce qui provoqua des éclats de rire.

Ils allaient bien s'entendre. Il s'envolerait pour New York le lundi suivant.

Jude demanda à son amie Maya de rester à son appartement juste au cas où Eoin se montrerait, mais il ne l'attendait pas vraiment. Une guerre de l'ampleur de celle que Crispin Ebudai menait contre la cité de Goren pouvait durer des mois, des années même, avant d'aboutir. Jude ne savait pas *quand* ni *s'il* reverrait le gardien un jour.

Alors il se plongea dans son travail, progressant dans sa vie professionnelle, mais il se sentait misérable. Durant la journée, lorsque son esprit était occupé par ses responsabilités écrasantes envers son équipe, il pouvait repousser le souvenir d'Eoin Thral. Mais la nuit, seul dans son lit, c'était une véritable torture. Tout ce qu'il voulait c'était être serré dans les bras de son amant exigeant. C'était plus difficile que ce qu'il pensait de se retrouver privé de l'amour de sa vie après l'avoir enfin trouvé.

Il essaya de reprendre contact avec ses amis, mais ce n'était pas évident. Il se sentait coupable de prendre du bon temps alors que l'amour de sa vie se battait pour sauver son monde. Lorsque Jude se sentait heureux alors qu'Eoin n'était pas là pour partager sa joie, il avait l'impression de le trahir. Mais Jude voulait un foyer où Eoin puisse le rejoindre et sans amis, quelle sorte de foyer cela pourrait-il être ? Il devait trouver un équilibre et cela vint d'une source improbable.

Le père de Colton Bale, Quentin, était membre du conseil d'administration d'un nouveau refuge, d'une clinique de soins de jour qu'ils étaient en train de construire près du centre ville. Il était venu demander à son fils de faire acte de charité en organisant une opération de relations publiques. Colton, qui mettait un point d'honneur à ne jamais mélanger vie privée et vie professionnelle, demanda à Natalie si Jude pouvait s'en occuper. Jude eut du mal à comprendre sa patronne lorsqu'elle lui en parla tellement elle riait.

— Est-ce qu'il plaisante ? Il ne mélange pas vie privée et vie professionnelle ? Je suis désolée. A-t-il pris cette décision avant ou après vous avoir piqué votre ex petit ami ?

Jude ne put s'empêcher de sourire. C'est simplement trop ironique. Quelle nouvelle hypocrisie était-ce ?

Lorsque Jude posa la question à Colton, il lui dit que la principale raison pour laquelle il ne voulait pas s'occuper du projet était que son père avait des idées arrêtées à propos de l'homosexualité. Mais Jude était certain que bien que Quentin Bale ait un problème avec le fait que *son* fils soit gay, il se moquerait que Jude le soit. Et il avait raison. Jude et le patriarche des Bale s'entendirent à merveille.

La campagne pour « *Le gardien de mon Frère* » fut une des meilleures que Jude avait jamais conçues et le gala pour la levée de fonds se révéla un immense succès. Suite à la vague de bons articles de presse, de nouveaux clients se manifestèrent et ses anciens clients, impressionnés, renouvelèrent leurs engagements et leurs investissements. Sheridan Grant y vit une nouvelle opportunité. Et dans le contexte économique difficile auquel tout le monde faisait face, l'éthique professionnelle était un point primordial. Récompenser un bon travail était simplement un geste intelligent. Jude se retrouva donc promu de directeur de la création à directeur de la campagne de sensibilisation. Il n'aurait plus à se triturer les méninges pour trouver le budget des campagnes pour les produits de petites sociétés. À la place, il allait se consacrer à la commercialisation de produits invisibles : rendre les gens conscients des opportunités et des défis à relever en apportant des changements directs et percutants sur leur communauté. Il était également en charge des dons de bienfaisance de Sheridan Grant. Cela occupait quasiment chaque minute de sa journée.

Il ne passait plus ses nuits dans des clubs à boire et à danser : il ne participait plus à des soirées ou des escapades durant les week-ends. Il passait ses soirées à la maison avec des amis, regardait des films avec eux et passait le reste de son temps libre, chose rare, à dormir. Il était sans cesse occupé, il ne voyait pas le temps défiler, et cela lui convenait parfaitement. S'il ralentissait, il ressentirait la douleur de l'absence d'Eoin qui le dévorait de l'intérieur. Les choses étaient mieux telles qu'elles étaient. Et après presque six mois sans nouvelles de son amant, il avait bien peur de ne pas pouvoir se reposer de sitôt.

Ses amis avaient remarqué le changement chez lui, une sorte d'aura de tristesse le suivait partout. Sa beauté qui avait toujours été vibrante et vivante était maintenant terne et sombre. Il avait l'air vide et tourmenté et cela ne pouvait échapper à personne parce que c'était aussi beau que douloureux de le voir ainsi. Jude, qui avait toujours été un homme que l'on remarquait, était maintenant celui dont il était difficile de détacher le regard. Et Colton Bale n'en était certainement pas capable.

Colton observait les gens suivre Jude du regard. Rien que le fait de l'entendre le frappait, et le voir dans cet état d'hébétude complet l'inquiétait. Lorsque quelqu'un lui faisait part de son intérêt pour lui, Jude le regardait avec un dédain absolu. Colton ne fit pas cette erreur. Depuis que Jude était revenu, Colton s'était lancé dans une campagne pour se lier d'amitié avec lui. Ils avaient commencé par prendre des cafés ensemble, puis des déjeuners, pour finir par des dîners dans le bureau de Jude. Il appréciait les rares moments durant lesquels Jude riait et où il pouvait discerner un éclat de chaleur dans ses yeux bruns, qui d'habitude étaient emplis d'un profond désarroi. Il aimait le fait que lorsqu'ils travaillaient ensemble, Jude acceptait délibérément de s'asseoir à côté de lui maintenant, lui apportait même du café de temps en temps, ou venait lui transmettre directement un message à son bureau plutôt que de lui envoyer un e-mail. L'évolution de leur relation était claire.

Lors d'un séminaire professionnel auquel la société avait participé, Jude avait suggéré aux membres du conseil l'idée que tout le monde partage une chambre avec quelqu'un afin d'économiser de l'argent, des administrateurs jusqu'aux employés. C'était une nouveauté et lorsque Colton avait demandé à Jude d'être son compagnon de chambre, il avait été étonné que le jeune homme accepte. Et bien que cela ait été une véritable torture de voir Jude ne portant qu'un pantalon de pyjama, ses cheveux bouclés humides, son pantalon de survêtement gris descendant sur ses hanches étroites, son ventre plat et ses abdominaux bien dessinés et la courbe sensuelle de son cul, Colton était ravi d'avoir sa confiance. Lorsque Jude s'endormit alors qu'ils regardaient la télévision, Colton admira son corps, son torse bien dessiné, les pectoraux avec les tétons roses et la douce peau lisse et bronzée. Comme il aurait voulu le goûter, se noyer en lui et s'y perdre complètement ! Son sentiment prédominant était le regret de ne pas avoir commencé à le courtiser à la minute où ils s'étaient rencontrés, au lieu de perdre autant de temps.

Chaque jour, Jude s'ouvrait un peu plus à lui. Chaque jour, il riait plus, souriait plus, permettait à Colton de se rapprocher un peu plus de lui. Si Colton avait été suffisamment intelligent pour remarquer que Jude était *le bon* six mois plus tôt, où en seraient-ils aujourd'hui ? Leur intimité naissante lui donnait de l'espoir et lorsque Jude avait accepté de dîner avec lui à leur retour, il avait à peine pu respirer. En chemin vers le bureau de Jude, il flotta sur un petit nuage jusqu'à ce qu'il tourne dans le couloir et aperçoive l'homme qui se tenait debout devant la porte de Jude.

— Qu'est-ce que tu fais ici ? aboya Colton à Tiernan Saunders qui avait la main aplatie sur la porte, les doigts écartés, rassemblant son courage pour frapper.

— Je pourrais te poser la même question, rétorqua Tiernan à son ex-amant, ayant bien l'intention d'entrer. Je dois parler à Jude et comme il ne répond à aucun de mes…

— Ne l'embête pas pour...

— Je t'ai demandé ce que tu faisais là.

— Je travaille ici, idiot.

— Non, fit Tiernan d'une voix glaciale. Ce que je te demande c'est ce que tu fais ici, devant la porte de Jude, un vendredi soir ? C'était ça, ma question.

— Nous sortons dîner, bien que cela ne te regarde pas.

— Oh, je dirais plutôt que ça me regarde ! dit Tiernan en indiquant la porte. J'ai l'intention de me remettre avec lui.

Colton éclata d'un rire méprisant.

— Même moi je sais que Jude n'est pas le genre de gars à oublier. Tu l'as trahi donc tu es foutu.

— Et ce n'est pas ton cas ? Il va te pardonner ?

— Je...

— Qu'est-ce que vous faites ici tous les deux ?

Les deux hommes se retournèrent pour faire face à l'assistante de Jude, Angel Vargas. C'était une grande et belle femme avec une personnalité encore plus imposante. Elle protégeait Jude avec la férocité d'une mère poule, ajoutant à cela une touche d'amitié pour faire bonne mesure. Elle avait été son assistante lorsqu'il travaillait pour Sheridan Grant, et lorsqu'il avait été promu, elle l'avait suivi. Son mari pouvait facilement subvenir à leurs besoins grâce à son travail en tant qu'associé d'un des plus grands cabinets d'avocats de la ville, mais Angel aimait son travail et plus encore, elle aimait travailler avec Jude Shea. Elle était revenue travailler avec lui dès le premier jour.

Elle fronça immédiatement les sourcils face à ces deux hommes qui se tenaient à la porte de son patron. Tiernan Saunders avait perdu Jude et voulait maintenant se remettre avec lui. Quant à Colton Bale, pour l'instant, il se contentait d'espérer. Ni l'un ni l'autre ne le méritaient, selon elle, opinion qu'elle partagerait si quelqu'un lui demandait son avis.

— Si vous cherchez Jude, il n'est pas ici.

Les deux hommes en furent surpris. *Oh, comme elle allait profiter de ce moment !*

— Jude s'est précipité hors d'ici il y a dix minutes après avoir reçu un appel de chez lui.

— Ses parents l'ont appelé ? demanda Tiernan, confus.

— Non, chéri, son homme.

Oh, que c'était amusant, ces réactions !

137

— Jude n'a pas...

— Il a rencontré quelqu'un lorsqu'il était en vacances et son concierge l'a appelé pour lui demander s'il était d'accord pour laisser le gars l'attendre chez lui.

Elle sourit méchamment.

— J'ai dû répondre pour lui parce que mon patron n'était plus en mesure de pouvoir parler à ce moment-là. Apparemment, cet homme, Eoin quelque chose – je pense qu'il est Écossais – est le mec de Jude. Je ne l'ai jamais vu bouger comme ça pour quiconque.

— Mais...

— Donc, bonne nuit, Messieurs.

Elle rayonnait littéralement.

Colton Bale devait en savoir plus et Tiernan avait pris de l'avance sur lui. Colton vit l'ascenseur se refermer alors qu'il était encore dans le couloir devant le bureau de Jude. Que Tiernan soit déjà dans l'ascenseur ne voulait dire qu'une chose. Il fallait se dépêcher.


Assis dans un taxi qui le ramenait à son appartement, Jude était sens dessus-dessous. Eoin était là. Après six horribles mois de silence radio, Eoin était à la maison et l'attendait. Il se pencha et demanda au chauffeur, encore une fois, d'aller plus vite.

Il avait trouvé l'endroit idéal pour aménager un atelier pour Eoin, il avait pris les devants et l'avait loué avec option d'achat si son compagnon l'aimait quand il le verrait... *s'il* le voyait... non, *quand*. C'était difficile de rester positif, dur de garder l'espoir alors que chaque jour qui passait, il lui était plus difficile de se souvenir du parfum de son amant, du son de sa voix et de la sensation de ses mains. Jude n'aurait jamais cru que le chagrin pouvait être physiquement douloureux, mais il l'avait appris de la plus dure des manières. Mais maintenant que la fin de son attente approchait, Jude était terrifié de constater que ce n'était qu'un rêve.

Lorsque le taxi s'arrêta, Jude jeta deux billets de vingt dollars au chauffeur pour une course qui n'en coûtait que neuf et sortit avant même que le chauffeur ne puisse lui demander s'il voulait sa monnaie. En haut des escaliers en trois volées de marches, Jude ne fut même pas essoufflé et lorsqu'il atteignit sa porte d'entrée, il était euphorique. En ouvrant la porte, envahi par un sentiment de crainte et de peur, il cria le nom d'Eoin. Et si ce dernier n'était là que pour lui dire qu'il devait y retourner, ou pire, pour lui dire qu'être un gardien était plus important pour lui que Jude et que leur histoire n'était qu'une erreur, ou *pire encore*, qu'il était tombé amoureux de quelqu'un d'autre ? Qu'allait-il se passer si Eoin ne ressentait plus la même chose ? Et si son cœur ne voulait plus de Jude ?

Jude sentit son estomac se soulever alors que sa voix faiblissait et disparaissait. Même s'il le voulait, il n'aurait pas pu crier à nouveau. Lorsqu'il traversa son studio d'une pièce, il lui parut soudain caverneux. Il avait la gorge nouée. Mais alors…

Sur le lit de Jude, allongé sous la couverture, se tenait Eoin Thral. Par terre devant, en tas, se trouvaient ses vêtements. Il s'était entièrement déshabillé, s'était glissé sous les couvertures et s'était endormi. La longue ligne des muscles de son dos était visible et d'après ce que Jude voyait, il était rempli d'ecchymoses et de coupures. S'approchant lentement du lit, faisant attention de ne pas réveiller son amant, Jude vit que sa gorge et son visage étaient également touchés. Eoin avait dû se défendre sauvagement et Jude avait l'envie irrésistible d'appeler une ambulance. Mais il n'avait aucune idée de ce que pouvait supporter le corps d'un gardien et Eoin dormait profondément. Faisant un pas en arrière, il sursauta lorsque des doigts plus durs que l'acier lui saisirent le poignet.

— Reste à mes côtés.

Jude reprit son souffle alors qu'Eoin roulait sur le dos et l'attirait sur lui. À la seconde où Jude se retrouva contre lui, il se pencha et embrassa le gardien avec tous les regrets, la douleur et le désir accumulés pendant ces six mois.

Eoin Thral sentit des larmes chaudes s'échapper de ses yeux et rouler sur ses joues. C'était un rêve, le meilleur, celui qui le maintenait sain d'esprit alors que la folie et la rage grondaient autour de lui, celui qui lui permettait de tenir tandis que d'autres étaient emportés par le désespoir et se noyaient dans le chagrin. Il était avec Jude qui était enroulé autour de lui et il sentit battre le cœur de son compagnon à côté du sien. C'était son rêve préféré.

— Eoin Thral, fit Jude en souriant et en l'embrassant alors même que son baiser ne lui était pas retourné. Si tu espères rester dans mon lit, tu as plutôt intérêt à me rendre mon baiser.

Eoin se secoua sous lui, réalisant seulement qu'il était réveillé. Souvent, il alternait si rapidement les rêves et la réalité qu'il n'arrivait plus à les différencier. Mais il était là, dans le lit de Jude, et ce n'était pas un rêve. Il avait traversé le voile dès qu'on lui avait accordé la liberté de rejoindre son compagnon.

— Tu dois avoir faim.

Jude se racla la gorge, tenta de sourire, inquiet du fait qu'Eoin ne lui retourne pas sa passion, préoccupé par la réaction du gardien – ou de l'absence de celle-ci.

— Je dois aller au magasin, mais je reviens tout de suite.

Eoin regarda Jude ramper loin de lui.

— Ne pars pas, d'accord ? dit-il doucement avant de se retourner et de sortir de la chambre.

Il était parti. Il fallut de longues minutes à Eoin pour enregistrer l'information et il rugit de frustration. Quel idiot ! Jude n'était pas sûr de lui et Eoin détestait ça. Son compagnon avait besoin d'entendre et de voir qu'il lui avait manqué, avait besoin de savoir qu'Eoin s'était senti perdu sans lui et que tout ce qu'il voulait maintenant, c'était de s'enfouir profondément en lui. Mais au lieu de lui montrer de la chaleur et du désir, tout ce qu'Eoin avait laissé transparaître était de l'hésitation et de l'incertitude. Mais quel bel imbécile il faisait ! Il voulait en parler à Jude, mais ce dernier était parti avant qu'Eoin ne retrouve sa voix. Se lever du lit était douloureux, mais ce qui lui faisait encore plus mal était de se trouver si près de Jude et de ne pas le tenir dans ses bras.

Jude était debout sur le perron, complètement perdu. Il pouvait à peine respirer. Eoin ne l'avait pas embrassé, ne l'avait pas étreint, après six mois de séparation... Qu'est-ce que cela voulait dire ?

— Jude ?

Tournant la tête vers la voix, il vit Tiernan Saunders qui le regardait du trottoir.

— Salut, dit Tiernan en lui souriant, s'avançant vers l'escalier tandis que Jude le descendait lentement.

— Qu'est-ce que tu fais ici ?

— Je suis allé à ton bureau, mais...

— Qui t'a dit où j'habitais ?

C'était une question bizarre.

— Nous avons toujours des amis en commun, tu sais.

Jude hocha la tête, enfouissant ses mains dans les poches de son imperméable.

— Je suppose.

— Cela ne te dérange pas, si je te parle ?

— Nous n'avons rien à nous dire, dit Jude en contournant Tiernan.

Ce dernier se tourna rapidement vers son ex-amant, lui bloquant le passage.

— Où vas-tu ? Je peux peut-être simplement t'accompagner.

Jude haussa les épaules, trop préoccupé par la réaction d'Eoin pour se soucier d'autre chose.

Tiernan poussa un profond soupir de soulagement et avait commencé à marcher avec Jude quand soudain, ils entendirent un crissement de pneus et une voiture s'arrêta brutalement à côté d'eux. Les deux hommes se retournèrent pour voir Colton Bale descendre précipitamment de la voiture, côté conducteur.

— Jude ! s'exclama-t-il. Tout va bien ?

Et de les voir tous les deux ensemble, rappela à Jude tout ce qui s'était passé. Les mensonges, la trahison, combien il s'était senti anéanti, tout cela ressurgit en lui telle une vague implacable. Tout cela ajouté au désintérêt évident d'Eoin l'acheva.

— Jude ? demanda Colton gentiment, passant devant sa voiture afin de rejoindre les deux hommes sur le trottoir. Est-ce que vous allez bien ?

Jude prit une profonde inspiration, se calma et se concentra avant de fixer Colton du regard.

— C'était une erreur que d'accepter votre invitation à dîner parce qu'une bonne relation de travail est tout ce que j'attends de vous. Si je vous ai laissé croire autre chose, j'en suis profondément désolé.

Il se tourna vers son ex.

— Notre histoire est terminée, tu le sais aussi bien que moi. Je te souhaite une longue vie, Tiernan.

L'absence totale de passion dans les paroles de Jude indiqua que Tiernan ne représentait plus rien pour lui. Tout était dit, ils ne seraient même pas amis et Tiernan, qui n'avait même pas envisagé la possibilité de ne pas reconquérir Jude, en fut abasourdi. D'habitude, il pouvait corriger ses erreurs, mais pas celle-ci.

Comme Jude s'éloignait, avançant rapidement dans la rue, les deux hommes le regardèrent, cloués sur place. Il ne voulait aucun d'entre eux et l'énormité de ce qu'ils lui avaient fait finit par les submerger. Cette trahison était irrévocable et Jude n'était pas du genre à pardonner.

Jude se concentra sur sa respiration. Il se vida la tête de tout ce qui ne concernait pas la nourriture. Il devait préparer un repas digne d'un gardien et éblouir Eoin de ses talents culinaires. Si ce dernier avait eu la courtoisie de faire le voyage jusqu'à lui pour lui dire qu'il avait changé d'avis quant à prendre Jude pour compagnon, il voulait au moins le récompenser de son intégrité. C'était la moindre des choses.

Sur le chemin du retour, il se calma, il n'avait plus la gorge nouée et se trouva en mesure de recouvrer un semblant de respect de lui-même et de ses valeurs. Si Eoin ne voulait plus de lui, quelqu'un d'autre l'aimerait peut-être, un jour. Jude était un homme bien. Il avait bon cœur et quelqu'un finirait peut-être par vouloir le garder à ses côtés. De retour dans son appartement, Jude jeta son imperméable et sa veste avant de déboutonner son col pour aller préparer à dîner.

— Jude.

À l'autre bout de la pièce, Eoin Thral se tenait dans l'encadrement de la porte, vêtu seulement de sa culotte en peau de daim. En le voyant, Jude sut que tout ce qu'il avait pensé sur le chemin du retour n'était qu'un mensonge. Si Eoin ne l'aimait plus, il n'avait aucune idée de ce qu'il allait faire.

— Je vais commencer à préparer le dîner.

Jude toussa, se forçant à sourire lorsqu'il retirait ses boutons de manchette et retroussait ses manches.

— Je t'appellerai lorsque ce sera prêt. Repose-toi.

— Jude !

Eoin aboya son nom.

Les yeux de Jude se tournèrent immédiatement vers son compagnon.

— J'ai cru que je rêvais, fit Eoin. J'ai tant de fois imaginé que je me retrouvais dans tes bras, pour finir par me réveiller et constater que j'étais toujours dans le froid, recouvert du sang d'autres hommes.

Jude se retrouva de nouveau incapable de respirer.

— Tu vas me pardonner maintenant et comprendre que tout ce que je voulais, c'était être dans ton lit, avec ton corps tout contre moi.

Eoin avait serré la mâchoire et sa voix s'était fait murmure.

— Je n'aime personne d'autre et ne veux personne d'autre. Tu es mon chez-moi.

Jude sentit son cœur se serrer.

— Tu vas venir à moi maintenant, car j'ai besoin de toi.

Jude traversa lentement la pièce, s'arrêtant à quelques centimètres du grand homme.

— Viens, dit Eoin en lui faisant signe de s'approcher.

— Je ne veux pas te blesser.

142

— Tu ne peux pas me blesser, mon amour, dit Eoin, lui adressant un sourire malicieux. Mais je voudrais que tu essaies.

Jude voulait s'approcher mais il avait l'impression d'être comme gelé, enraciné dans le sol. Les montagnes russes qu'avait été sa vie depuis qu'il avait rencontré cet homme semblaient arriver à leur fin, mais les événements de la dernière heure, comme un dernier tour épouvantable, l'avaient secoué et déstabilisé.

Eoin réalisa que ses seules paroles n'allaient pas apaiser son homme. Les fondements de l'amour et de la confiance venaient seulement d'être posés lorsqu'il lui avait demandé de s'éloigner seul, sans soutien. Et ce qu'Eoin devait lui transmettre, c'était que désormais il était là pour rester, pour renforcer leur amour et qu'il ne l'abandonnerait plus jamais.

— Je ne me séparerai plus jamais de toi, Jude Shea, dit Eoin, car je ne peux vivre sans mon cœur… mon *cairn*.

Ces paroles combinées au regret contenu dans ses yeux sombres furent plus que Jude ne pouvait en supporter. Il se précipita, sa foi en son amant et en son amour restaurée. Eoin vit clairement le tremblement de joie absolue de son compagnon. Il se jeta dans les bras d'Eoin qui l'attendait et lorsqu'il releva la tête, le gardien se pencha pour l'embrasser.

Eoin s'empara de la bouche de Jude, léchant, suçant, dans un baiser qui ne pouvait apaiser la faim dévorante qu'il avait de lui, y mettant tout ses besoins et ce qu'il ressentait, le gardien voulant retrouver ce qui était légitimement à lui : l'homme entre ses bras.

Jude s'écarta pour respirer.

— Je veux prendre soin de toi… s'il te plaît, laisse-moi faire.

— Je veux prendre mon compagnon maintenant, grogna Eoin, se déplaçant rapidement pour saisir les poignets de Jude dans un étau, se dirigeant vers le canapé et s'asseyant avec Jude sur les genoux. Je vais suffisamment bien. Je n'ai pas besoin d'un médecin. Que de toi.

Jude regarda l'œil au beurre noir de l'homme qui se trouvait devant lui, les tâches rouges sur sa mâchoire, sa gorge, sa lèvre fendue et la plaie recousue à son épaule gauche. Il retint son souffle.

—Tu n'as pas l'air bien du tout.

Eoin ferma les yeux sous les mains baladeuses de son compagnon, aimant cette chaleur sur sa peau glacée.

— Ça ne m'inquiète pas.

Tout ce qu'Eoin voulait, c'était que Jude soit plus proche, alors il laissa courir ses mains sur le haut des cuisses musclées, le rapprochant de lui de telle sorte que l'aine de Jude soit pressée contre son abdomen.

— Il faut que tu manges quelque chose.

— Je dois d'abord reprendre ce qui est moi, lui dit Eoin, donc facilite-moi le travail et débarrasse-toi de ce qui m'empêche de te pénétrer, *cairn*.

Mais Jude était à peu près certain qu'Eoin faisait ce qu'il croyait devoir faire plutôt que ce dont le gardien avait besoin.

— En tout premier lieu, dit Jude en descendant des genoux de son compagnon. Laisse-moi te montrer quelque chose, d'accord ?

Eoin grogna de nouveau, mais le sourire de Jude était trop chaleureux, trop désarmant pour lutter. Le gardien réalisa qu'il ferait tout ce que Jude désirerait. Tant de choses s'étaient passées depuis la dernière fois qu'il l'avait vu, tant de sang avait été répandu, tant de vies perdues et seule la promesse faite à son compagnon l'avait empêché de devenir fou. Alors il laissa Jude lui prendre la main et l'emmener dans la salle de bain.

L'eau chaude qui coulait sans effort était une pure merveille pour le gardien, sans compter le gel de douche, l'éponge rugueuse et l'incroyable pomme de douche amovible. Les mains de Jude étaient partout sur lui, ses doigts lui massant les cheveux, glissant le long de son dos, si gentiment, si tendrement – c'était une véritable révélation. Le soin que l'homme lui apportait était au-delà de l'imagination parce que personne ne s'était occupé d'Eoin lorsqu'il souffrait. Seul Jude, depuis qu'ils se connaissaient, s'était préoccupé de lui.

— Quand nous en aurons fini ici, je vais te nourrir et puis il faudra que tu te reposes.

Jude souriait, le visage levé vers Eoin, les grands yeux bruns soutenant son regard.

— Nous discuterons demain matin.

— Non, dit Eoin, sa voix se fissurant. J'ai besoin de toi.

Et Jude comprit, le caressa de ses mains, doucement, tendrement, les passant sur le corps meurtri d'Eoin, les glissant le long des larges épaules, la poitrine, l'abdomen et plus bas sur sa queue massive et dure.

— Je ne peux pas… Tu as manqué…

— Tais-toi, ordonna Jude à son compagnon, tombant à genoux et prenant Eoin dans sa bouche humide et chaude.

Eoin avait prévu de lui dire tant de choses, mais soudain elles avaient disparu, toutes les grandes déclarations qu'il avait répétées furent oubliées, son esprit se vidant de tout sauf de Jude. La langue habile s'enroula autour de sa queue, la léchant et l'aspirant d'une forte et exquise succion – c'était trop et le gardien en fut anéanti. Ses gémissements étaient bruyants, saccadés et pleins d'une reddition complète et totale.

— Jude, cria-t-il, stop !

Mais Jude n'avait pas l'intention de s'arrêter, au contraire, il enfonça entièrement dans sa gorge la longue et épaisse verge de son homme. Eoin dut s'arrimer au mur carrelé de la douche pour éviter de tomber à genoux en voyant Jude, sa bouche bien-aimée tendue autour de lui, ses belles lèvres glissant sur sa peau. Sous la succion vorace, il fut perdu.

Jude entendit le halètement, sentit les doigts s'entortiller dans ses cheveux pour l'empêcher de bouger. Il agrippa les fesses d'Eoin, l'exhortant à baiser sa bouche. Ce fut plus que ne put en supporter Eoin, plus que son esprit ne pouvait intégrer. Chaque partie de lui, chaque membre, appartenait à son compagnon et malgré le pouvoir que Jude avait sur lui, tout ce qu'il voulait était de donner du plaisir à Eoin. Il voulait seulement l'aimer. Les couilles d'Eoin se resserrèrent, un bourdonnant courant d'électricité partit de la base de sa colonne vertébrale et se précipita à travers lui, mettant le feu à son cœur, à son âme et à son esprit ; tout en lui explosa dans la bouche de Jude.

Eoin se tenait là, figé, les yeux rivés sur son jeune amant comme Jude aspirait et avalait jusqu'à ce que, vidée, sa queue retombe. Jude se releva seulement lorsque le dernier frisson secoua Eoin et se tint debout devant le gardien.

— Reste ici.

Eoin obéit, immobile sous la chaleur de l'eau qui cascadait, laissant l'eau apaiser ses muscles et la chaleur ouvrir tous les pores de sa peau. Lorsque Jude revint, arrêta l'eau et lui indiqua d'un geste de sortir du bac, le gardien ne put que lui obéir.

— Je veux que tu te couches près de moi, dit-il doucement à Eoin.

Il voulait saisir Jude, le jeter par-dessus son épaule et le lancer sur le lit. Il le voulait très fort mais toute son énergie, jusqu'à la dernière goutte qu'il possédait, l'avait quitté. Eoin ne pouvait rien faire d'autre que de laisser Jude le sortir de la douche, l'envelopper dans des serviettes et l'aider à marcher jusqu'à la chambre. Une fois assis sur le lit, il se rendit compte que les draps avaient été changés.

— Je veux que tout soit aussi parfait que possible pour toi.

Eoin essaya de dire à son compagnon que la seule perfection dont il avait besoin était lui, mais il était si près de s'effondrer qu'il n'osa pas s'y risquer. Toutes les petites attentions de Jude étaient un émerveillement pour lui : qu'il soit allé lui chercher de quoi manger, les draps propres, le bain... Eoin était complètement dépassé.

Jude le conduisit jusqu'au lit et tira les draps pour permettre à Eoin de se glisser dessous avant de le recouvrir du drap et de la couette. Être enveloppé dans un cocon de chaleur, être en sécurité et aimé... Que pouvait-t-on demander de plus ? Lorsque Jude commença à le caresser, il émit un profond soupir.

— Ferme les yeux, lui ordonna doucement Jude, glissant les doigts dans les longs cheveux noirs et brillants, descendant à la base de son cou jusqu'aux omoplates.

Il le frotta par de petits cercles et confia à Eoin combien il lui avait manqué.

Impossible de rester conscient. Eoin s'évanouit plutôt qu'il ne s'endormit. Très satisfait de lui-même, Jude se releva pour aller cuisiner. Il était si heureux que l'on soit vendredi soir, car cela lui donnait deux jours pour ne rien faire d'autre que parler avec son compagnon et lui expliquer les usages bizarres tels que la nourriture à emporter, le café, la plomberie intérieure et la télévision. Jude sourit, pensant à Eoin et lui regardant ensemble la télévision au lit. Il avait hâte.


Eoin se réveilla au milieu de la nuit si tendu et si dur qu'il était sûr qu'il grognait. S'asseyant dans le lit, il réalisa qu'il était seul. Par l'enfer ! Où était donc son compagnon ?

— Jude ? appela-t-il mais aucune réponse ne lui parvint.

Eoin prit une grande inspiration, essayant de capter l'odeur de son compagnon et immédiatement une vague de désir l'envahit. Les phéromones le submergèrent et lorsqu'il se précipita en un puissant et gracieux mouvement, il réalisa que son corps, même en si peu de temps, avait guéri. Cela confirma exactement ce qu'il avait pensé à la seconde où il l'avait revu : Jude était tout ce dont il avait besoin.

Se dirigeant vers le canapé, Eoin se tint silencieux et figé, soudain tendu par le fait que Jude ne soit pas dans la pièce. Il sentit son odeur, vit la tasse de thé encore fumante, le livre ouvert et entendit une musique douce en fond sonore. Jude avait été là quelques instants plus tôt, il devait l'avoir raté de peu. Mais qu'est-ce qui avait pu provoquer son départ précipité ? Il vérifia l'escalier de secours et la salle de bain : pas de Jude. Il était seul et détestait cela. Il se dirigea vers la porte d'entrée qu'il ouvrit, et l'odeur de son compagnon le frappa. Eoin revint à la chambre et enfila son pantalon.

Jude se tenait dans l'entrée de son immeuble et parlait aussi vite qu'il le pouvait pour empêcher Tiernan Saunders d'entrer. Les deux hommes qui l'accompagnaient se tenaient debout, l'un à la porte intérieure du sas, l'autre à la porte extérieure.

— Laisse-moi entrer.

Tiernan lui souriait, reluquant le corps mince de son ex-amant, son muscle en forme en V à l'endroit où ses hanches rencontraient son bassin, visible grâce à son pantalon de survêtement qui tombaient assez bas.

— Rentre chez toi, lui dit Jude pour la centième fois. Tu es ivre, Tiernan.

— Jude... bébé, dit-il, ivre. Viens ici. Laisse-moi prendre soin de toi.

Jude posa son regard sur les deux amis de Tiernan qui se trouvaient derrière ce dernier, et qui n'avaient jamais ses amis à lui, Shane et Rick. Ils étaient aussi saouls que Tiernan et l'avaient amené à l'appartement de Jude avec pour objectif de lui faire terminer sa soirée dans le lit de son ex. Ils avaient trouvé hilarant que leur ami se précipite à la porte de Jude, l'appelant pour qu'il le laisse entrer. Tiernan voulait se remettre avec Jude comme il n'avait jamais voulu autre chose, et ce qu'il voulait encore plus, c'était le baiser. Lorsque dans la voiture il s'était mis à donner des détails sur leur relation passée, ses amis étaient devenus complètement excités. Si Tiernan n'obtenait pas la permission d'entrer, ce dont les deux hommes étaient pratiquement certains vu son niveau sonore et son degré d'alcool dans le sang, Rick Adams essaierait de voir si Jude serait prêt à le laisser entrer lui. Entre les souvenirs érotiques que Tiernan avait partagés et le tableau que présentait Jude maintenant, Rick était plus que prêt à être le prochain dans son lit... jusqu'à ce qu'il lève les yeux sur l'homme qui obstruait soudainement sa vision.

Eoin Thral descendit l'escalier sans rien d'autre que sa culotte en peau de daim. Il ne portait pas de ceinture mais elle était si serrée qu'elle tenait à ses hanches fines comme une seconde peau. Il était pieds et torse nus et Shane, qui se tenait à la porte extérieure, n'avait jamais vu de plus bel homme. Les ondulations de ses muscles – les biceps bombés et les triceps tendus – et la façon dont le pantalon moulait ses cuisses athlétiques lui mirent l'eau à la bouche. Ses longs cheveux noirs et soyeux tombaient plus bas que ses épaules et ses yeux noirs étaient profonds et limpides.

— Bon Dieu ! Qui est-ce ? interrogea Shane, interloqué.

Tiernan s'était un peu écarté de Jude lorsqu'il avait vu Eoin descendre les escaliers derrière lui. Étrangement, il savait que cet homme immense était venu chercher son ex.

Jude se retourna et lorsqu'il aperçut Eoin, son sourire fut instantané, immédiat. Toute la colère bouillonnante d'Eoin s'évapora lorsqu'il surprit le visage plein d'amour de son compagnon. Comment pouvait-il ressentir des pulsions meurtrières ou une rage intense alors qu'il le regardait de cette façon ?

— Que fais-tu, *cairn* ? grogna-t-il à Jude, s'arrêtant derrière lui, glissant instantanément la main sur le buste nu de Jude avant de s'arrêter sur son épaule.

Jude trembla sous son toucher et Eoin sentit une onde de chaleur le traverser.

— Je ne voulais pas que tu sois réveillé et ces types étaient à ma porte, alors je suis descendu jusqu'ici.

Eoin comprit alors. L'homme qui titubait devant Jude était son ancien amant et il s'était enivré afin de trouver le courage de venir frapper à sa porte pour le remettre dans son lit.

— Il va partir.

— Oui, acquiesça Jude, en regardant Shane et Rick. Venez le chercher, les gars.

— Qu'est-ce que c'est que ce bordel ? demanda Tiernan d'une voix forte. Ton nouveau petit ami ? Tu baises avec les hommes de Neandertal maintenant ?

Avant qu'Eoin ne puisse bouger, Jude intervint en se tenant devant Tiernan.

— C'est Eoin, et oui… c'est mon petit ami. Il vient juste d'emménager avec moi.

— Aussi rapidement, hein ? Entre la dernière fois où je t'ai vu et maintenant, il a emménagé à cette vitesse ? Ce sont des conneries, Jude, et on le sait tous les deux.

— Ce n'est pas son genre de mentir, dit Eoin, passant devant son compagnon pour saisir Tiernan par son pull.

Sous la poigne du gardien, Tiernan avait les pieds qui ne touchaient plus le sol.

— Et maintenant, vous allez rentrer chez vous pour ne plus revenir. Cet homme est à moi.

Tiernan aurait voulu protester, lui dire d'aller se faire foutre, que Jude était capable de choisir par lui-même, mais vu comment son ex regardait Eoin Thral, il n'y avait rien à ajouter. Jude regardait le géant d'une façon dont il ne l'avait jamais regardé lui, et malgré son ivresse, il comprit alors. C'était clair comme de l'eau de roche : Jude était amoureux.

— Allez viens, dit Jude, ses mains se refermant sur l'avant-bras d'Eoin, essayant de lui faire lâcher Tiernan. Je veux te parler à la maison.

— Cet homme…

— Ne compte pas, lui assura Jude, alors laisse-le partir.

Eoin repoussa brusquement Tiernan, mais ce dernier réussit à rester en équilibre et ne fit que les regarder.

— Au revoir, fit Jude pour congédier son ex et il prit la main d'Eoin pour le mener vers l'escalier.

Le gardien se réjouit de sentir les doigts de son compagnon enlacer les siens, aima entendre Jude lui dire que la première chose qu'ils auraient besoin de faire dans la matinée serait d'aller acheter des vêtements et l'étincelle qui s'alluma dans son regard lorsqu'il lui parla de chaussures. Il était adorable.

— Cela ne va pas te paraître trop bizarre de me laisser prendre soin de toi financièrement pendant quelques temps ? demanda Jude au grand homme alors qu'ils arrivaient à la porte de l'appartement. Parce qu'une fois que tu commenceras à vendre tes meubles, tu pourras participer aux dépenses aussi.

Eoin referma la porte derrière son compagnon, passant la chaîne de sécurité sur le pêne dormant.

— Je veillerai sur toi, *cairn*, et toi sur moi. Dès que je serai capable de le faire, je ferai la même chose pour toi, mais je dois trouver mes repères dans ton monde comme tu l'as fait dans le mien.

Un homme grand, fort et costaud sans machisme à la con ? C'était trop beau pour être vrai. Jude fit un pas en avant, puis s'arrêta.

— Pourquoi restes-tu loin de moi ? fit Eoin en fronçant les sourcils, désirant le prendre dans ses bras, mais il laissa retomber ses mains le long de ses jambes.

— Je dois faire plus attention, grimaça Jude. Tu es blessé et je pourrais…

— Non.

Eoin lui coupa la parole, le saisit par les bras et l'étreignit. Il se sentit heureux lorsque Jude releva la tête et lui offrit ses lèvres, réclamant un baiser, quêtant la bouche d'Eoin. Il reçut un baiser qui ressemblait plus à une morsure qu'à tout autre chose.

Jude referma les bras autour du cou d'Eoin pour approfondir son baiser, l'étreignant, souriant contre sa bouche lorsqu'il sentit un frisson le parcourir. Eoin tenait Jude contre son cœur et il le repoussa le temps de reprendre son souffle pour mieux lui lécher et lui mordre les lèvres. Jude avait l'impression d'être malmené et il adorait ça. Eoin n'était pas un amant doux, il n'était que puissance sexuelle primitive et chaleur dévorante et insatiable. Il faisait l'amour de façon crue, en dominant, et c'était parfois douloureux. Jude s'en sortait rarement sans marques sur sa peau. Il espérait que cela ne changerait jamais.

Jude heurta le lit avant de comprendre qu'il avait été jeté dessus ; il fut plus surpris encore de voir que son pantalon avait disparu et qu'il était allongé nu devant son amant. La lueur malicieuse dans les yeux d'Eoin fut suffisante pour subtiliser tout l'air contenu dans ses poumons.

— Dieu que tu m'as manqué ! dit Jude, déglutissant difficilement, étonné de voir combien il avait changé en si peu de temps.

Faire confiance à nouveau, aimer plus fort qu'il ne l'avait jamais fait, perdre ainsi le contrôle de lui-même : il n'aurait jamais imaginé le vouloir ni le pouvoir. À première vue, Eoin Thral ne semblait pas être le genre d'homme dont Jude avait besoin, mais il s'avérait que le grand et effrayant gardien était parfait pour lui.

Eoin tomba à genoux face à Jude, accrocha les jambes de son compagnon à ses épaules, attrapa son beau cul entre ses grandes mains calleuses et se pencha en avant pour sucer sa verge et la prendre jusqu'au fond de sa gorge. Jude eut juste assez de temps pour crier le nom du gardien avant de se cambrer. Eoin le dévorait, et parfois Jude haletait tout en demandant à son amant d'arrêter ce qu'il faisait et de le baiser comme jamais.

— Où ? haleta Eoin, libérant le sexe dur et gonflé de son compagnon.

Son propre sexe était humide et dégoulinant à l'intérieur de son pantalon de cuir, ses couilles serrées et douloureuses. Les réactions décomplexées de Jude étaient déjà sur le point de le faire jouir.

Jude indiqua la table de chevet et Eoin se précipita vers elle. La bouteille était petite et le liquide contenu ne ressemblait à rien de ce qu'Eoin avait vu durant sa vie. Le regard que Jude posa sur lui, affamé et empressé alors qu'Eoin enduisait sa queue, envoya une bouffée de chaleur directement dans ses couilles. Lorsqu'il glissa ses doigts enduits dans le cul de son homme, l'impatience de Jude monta encore d'un cran et se transforma en supplique.

— Eoin... maintenant !

Le gardien s'installa entre les cuisses de Jude, les releva et poussa doucement contre son entrée. Un long gémissement rauque fut tout ce dont il avait besoin comme indication. Pénétrant plus loin, il s'enfouit dans la chaleur de son compagnon, prenant possession de son corps en un plongeon brutal et il se sentit, enfin, rentré chez lui. Les muscles du cul de Jude l'étreignaient si fort, se resserrant et se relâchant alors qu'il caressait la belle queue de son compagnon au rythme de ses pénétrations, allant et venant à l'intérieur de cet orifice qui se plissait et se contractait. Jude était plié en deux, l'arrière de ses cuisses frottant contre le torse d'Eoin alors que ce dernier enfonçait son membre de plus en plus profondément en lui.

— Eoin !

Jude cria son nom lorsque l'orgasme rugit en lui, survenant au même moment où son amant commençait à jouir, les muscles du cul de Jude l'agrippant une fois encore, faisant jaillir le sperme d'Eoin en une cascade chaude dans son étui de velours. Pendant une seconde, le gardien crut qu'il avait perdu la vue.

Comme Eoin restait enfoui dans son compagnon, incapable de bouger, laissant s'évacuer les derniers soubresauts de son orgasme, il se demanda ce qu'il refuserait à l'homme qui se trouvait sous lui. Il aimait le corps et l'âme de Jude et pour le reste de sa vie, Eoin obéirait à tous ses désirs.

— Jure-moi que tu n'as pas besoin d'y retourner, le pressa Jude.

Eoin ne put que hocher la tête.

— Je suis tout à toi, Jude Shea.

Et lorsque Jude écarta les jambes, Eoin retomba sans grâce sur son compagnon, l'épinglant au lit. Jude se moquait du fait qu'il avait du mal à respirer. Pourquoi aurait-il eu besoin d'air ? Il avait son homme.

LORSQU'EOIN OUVRIT de nouveau les yeux, il était seul. Pendant une seconde, il pensa que tout cela n'avait été qu'un rêve très réaliste à propos de son compagnon, un très long et très érotique rêve. Puis il entendit le vacarme de Jude dans la cuisine.

— Jude ?

Jude revint dans la chambre une minute plus tard, les cheveux ébouriffés, les lèvres gonflées des baisers échangés et les yeux doux et francs. Eoin sentit sa poitrine se serrer rien qu'à le regarder.

— Jude.

Il sourit, se contentant de regarder son compagnon.

— Salut, chéri, fit Jude d'un sourire paresseux. J'ai réchauffé tout ce que j'avais préparé un peu plus tôt afin que tu puisses…

— Viens près de moi.

Jude remonta sur le lit et se pencha pour embrasser Eoin.

Le gardien emmêla ses doigts dans ses cheveux à l'arrière de sa tête pour le garder là, écartant les lèvres pour accueillir profondément la langue de Jude. Il se releva et, faisant levier, allongea Jude sous lui et se coucha entre ses jambes.

— Donc tu n'as pas faim, rit Jude dans sa bouche lorsqu'Eoin glissa les mains sur les plaines bombées et dures de son abdomen sculpté.

— Est-ce que j'ai dit que je n'avais pas faim, Jude Shea ?

— Bon Dieu ! gémit bruyamment Jude.

Eoin arracha son pantalon de survêtement et trouva la peau nue. Sous sa caresse, Jude ferma les yeux et il prononça le nom d'Eoin comme un chant. Lorsque sa main se referma sur Jude, il l'appela plus fort, avec urgence.

— Oui, *cairn*.

Il sourit à la sonorité de la voix brusque et rauque.

— Eoin, soupira Jude, la bouche effleurant celle de son compagnon pour ne pas rompre le contact.

— Je vais essayer d'être doux, promit Eoin en léchant les lèvres pleines de Jude.

— Eoin, fit-il haletant, dans un gémissement étouffé.

— Est-ce un oui, mon amour ?

— Oui… Oui… s'il te plaît !

Eoin voulait l'embrasser encore un peu plus. Un son profond monta de sa gorge lorsque tous ses sentiments pour Jude refirent surface. Jude l'aimait, il avait besoin de lui ; c'était la raison de ses supplications… le gardien lui était nécessaire.


EOIN N'AVAIT jamais mangé un tel repas que celui que Jude avait préparé pour lui. C'était au-delà de tout ce qu'il aurait pu imaginer. Et découvrir que son compagnon était capable de lui cuisiner des plats aussi délicieux était trop étonnante pour être exprimée. Son compagnon était aussi bon au lit qu'en cuisine. Assurément, personne n'avait jamais été aussi heureux qu'Eoin. La nourriture posée devant lui et les parfums qui s'en dégageaient firent disparaître toutes ses pensées, exceptées celles concernant Jude. Alors qu'il regardait Jude lui sourire, l'écoutait parler de son travail, voyait qu'il le laissait manger tranquillement – le gardien avait peur qu'il ne s'agisse que d'un rêve.

— Alors, tu vas cuisiner comme ça pour moi tous les soirs, *cairn* ?

— Non, dit Jude avec un petit rire, mais je te promets de manger *avec* toi tous les soirs. Parfois, nous allons devoir sortir dîner dehors.

Eoin ne savait pas ce que cela voulait dire, mais aussi longtemps que Jude dînerait avec lui, il serait content. Le simple fait de voir à quel point Jude était heureux d'entendre Eoin le complimenter pour ses efforts était gratifiant. Cela signifiait beaucoup pour Jude qu'Eoin l'apprécie, et le gardien lui en était reconnaissant. Il voulait être important pour Jude ; en fait, il voulait être la personne la plus importante de sa vie.

— Veux-tu plus de vin ?

Eoin secoua la tête.

— Je veux mon compagnon maintenant, dit-il, arrêtant Jude dans ce qu'il était en train de faire, lui faisant reposer les assiettes et les verres de vin et l'empêchant de bouger. Viens t'asseoir ici.

Il sourit malicieusement en tapotant ses genoux.

Au lieu d'obéir, Jude s'assit et se tourna pour regarder son amant.

— *Cairn* ?

— Raconte-moi tout.

Eoin soupira profondément.

— Je suis fatigué, *cairn*, je voudrais…

— Comme je le pensais, fit Jude en hochant la tête et en se relevant. Tu as besoin de dormir. Laisse-moi te ramener au lit.

Les soins que Jude lui prodiguait étaient bienfaisants, tendres et remplis d'amour, et Eoin prit conscience qu'il ne voulait pas de cela. Jude aurait tout le temps de l'assister et de le réconforter plus tard, mais pour l'instant, tout ce dont Eoin avait besoin, c'était de sa chaleur, de son corps et de le pénétrer jusqu'à la garde.

— Tu trembles, remarqua Jude avec inquiétude, en tirant sur la couette dont il avait enveloppé Eoin lorsqu'ils avaient quitté la chambre. Laisse-moi te remettre au lit.

Eoin agrippa le poignet de Jude avant de le faire attérir sur ses genoux.

— Qu'est-ce que…

— Drist est mort.

Eoin s'éclaircit la gorge alors que ses mains se posaient sur les hanches de son compagnon.

Jude passa immédiatement les bras autour de son cou.

— Oh mon chéri, je suis tellement désolé.

Son mouvement de sympathie toucha le gardien directement au cœur

— Que s'est-il passé ?

Eoin n'était pas capable de raconter toutes les horreurs dont il avait été le témoin. Il ne pouvait pas expliquer ce qu'il avait ressenti lorsqu'il avait vu Drist, son fenris, son chef, être tué par l'homme du roi, Cuyler Adon. Même venger son supérieur en prenant à son tour la vie de son meurtrier ne lui avait apporté aucun réconfort.

Comment pouvait-il transmettre à son compagnon le désespoir et la volonté de la baronne lorsqu'elle l'avait supplié de rester et de devenir son prochain fenris ? Drelindah avait su qu'elle se montrait égoïste en effectuant une telle requête auprès de son gardien, lui demandant de tourner le dos à son compagnon, mais elle n'avait pas pu s'en empêcher.

Elle avait confiance en Eoin, autant qu'en son regretté et bien-aimé Drist, et comme ce dernier les avait quittés, elle avait détesté l'idée de perdre également Eoin. Mais sa requête avait perdu toute pertinence lorsque le château royal de Goren, du royaume de Midrin, avait enfin été pris et que Crispin Ebudai, laird des rebelles outlanders avait été proclamé seigneur protecteur du royaume et que la Baronne de Saraso, sa promise, Drelindah Holt allait devenir sa femme.

Crispin servirait fidèlement le nouveau porteur de la couronne royale de Midrin, l'Évêque Rista Dumal. Il s'était avéré que Lyan Han, préfet du roi déchu, s'était trompé lorsqu'il avait parlé il y a plusieurs mois à Crispin : il n'y eut aucun baron pour apporter son soutien au roi et à sa tyrannie. Une fois le château pris et les prisonniers emmenés, tout le monde avait juré fidélité au nouveau roi.

Eoin en avait été attristé, même après les sanglantes batailles du siège du château, de l'exécution publique du roi pour ses crimes. Il avait été soulagé lorsque la reine et son fils en bas âge avaient été épargnés. Ils avaient été exilés et envoyés au-delà de la mer et il espérait que le prince resterait caché pour toujours et ne voudrait jamais faire reconnaître la légitimité de son droit de succession.

Eoin avait accompagné Arius Sepo, le fenris de Drelindah nouvellement nommé, jusqu'à Saraso. La baronne, maintenant épouse du seigneur protecteur du royaume, resterait à la cour avec son mari Crispin Ebudai pour y construire un nouvel État avec le roi. Le domo de Drelindah, Greshan Kai, resterait sur place à la baronnie et lui aussi avait demandé à Eoin de rester à ses côtés. Mais le gardien avait trouvé son compagnon, son *cairn* et il était temps, enfin temps pour lui de rejoindre Jude. Il avait toute confiance en les gardiens encore vivants : Orim, Vardeen et Lazoore, la baronnie serait entre de bonnes mains. Eoin, qui avait autrefois rêvé de prendre la place de son mentor, se contenta de céder la place. Son seul désir était de retrouver Jude. Pour Eoin, sa vie de gardien venait de s'achever.

Lorsqu'Eoin avait traversé les terres de Drelindah au milieu de la nuit – avec la bénédiction de Greshan – il n'emportait rien d'autre que les vêtements qu'il avait sur le dos. Il ne voulait que sa liberté et on la lui avait accordée. Il n'y aurait plus de sang ni de tuerie, plus de peine ni de douleur, et il ne se demanderait plus quand viendrait le jour de sa mort. Il ne voulait rien de plus que rentrer chez lui, aller là où se trouvait son compagnon. Les affaires du royaume de Midrin ne le concernait plus du tout.

— Eoin ?

Il tendit les mains et prit le visage de Jude en coupe.

— S'il te plaît, je te parlerai de cela durant des jours entiers si tu le veux, mais pour l'instant… couche-toi près de moi. C'est tout ce que je désire.

Pourquoi Jude protesterait-il ?


LES HEURES passèrent et Eoin était rempli d'un sentiment écrasant de bonheur. Alors qu'il était allongé avec sa tête posée sur le bas du dos de Jude, il la releva pour déposer un baiser juste au-dessus de son coccyx, aspirant la peau en même temps. Il avait épuisé son compagnon, et il sourit en y pensant alors qu'il ressentait le rythme régulier de la respiration de Jude sous lui.

— Es-tu sûr de m'aimer, *cairn* ? murmura Eoin, frottant sa joue mal rasée sur la peau délicieuse de Jude, lui provoquant des frissons dans tout le corps.

— Oui, répondit Jude dans un gémissement. Tu le sais bien.

— Je t'en demande beaucoup.

— Eoin, frissonna Jude. Tu es en train de me tuer. Essaie d'écouter pour une fois dans ta vie.

Il rit et se déplaça plus bas encore pour frotter son nez délicatement contre ses fesses, pour le mordre doucement avant de lui donner un coup de langue, en le léchant lentement de façon tentatrice.

— Oh, mon Dieu !

La réponse tremblante sonnait presque douloureuse.

— Je t'ai manqué ? demanda Eoin qui ne se lassait pas de l'entendre, bien que Jude le lui avait déjà dit plus de cent fois et de cent manières différentes.

— Oui chéri, fit Jude d'une voix étouffée ; la langue de son amant le distrayait. Tu le sais bien.

— Je suis revenu dès que j'ai pu, lui dit solennellement Eoin d'une voix rauque.

— Je sais, lui assura Jude.

Il se redressa, ayant besoin de sortir des draps collants et trempés de sueur. Il avait soif.

— Laisse-moi me lever. Je veux te montrer une autre merveille de mon monde.

Lorsqu'il revint plusieurs minutes plus tard avec de l'eau froide et des glaçons du réfrigérateur, Eoin fut stupéfait. Il aurait besoin de temps pour se familiariser avec tout ce luxe. Lorsqu'il remarqua les yeux de Jude fixés sur lui, il lui adressa un sourire.

— Dis-moi ce qui te plaît tellement, *cairn* ?

— Toi, dans mon lit, déclara catégoriquement Jude.

Le cœur d'Eoin marqua un temps d'arrêt.

— Seul toi me vois comme un être beau.

— Mais tu es beau… et séduisant, et aussi sexy que l'enfer.

Un frisson traversa le corps du gardien.

— Viens ici, fit-il de sa voix douce et séduisante.

Jude s'avança rapidement et sauta dans le lit, se jetant sur Eoin pour se mettre à califourchon sur ses hanches.

— Il y a autre chose que je… Arrête…, lui ordonna faiblement Jude alors qu'Eoin passait ses mains sur ses cuisses, massant sa peau chaude.

— Je dois te toucher. Tu m'as trop manqué.

Jude se contenta de le regarder fixement.

— Regarde-toi, murmura Eoin.

La lumière pâle de la rue illuminait la moitié du corps de J_de, le reste étant caché par l'obscurité. Il ressemblait à un ange en plein conflit, dans l'ombre et la lumière, démontrant sa perfection ciselée et sa beauté éthérée. Jude sourit dans l'obscurité et la manière dont il regarda Eoin lui assécha brusquement la bouche.

— Eoin, murmura Jude.

Ses doigts étaient si doux lorsqu'il les glissa sur ses joues, sur sa mâchoire et sur toute la longueur de sa gorge, caressant et effleurant sa peau brûlante.

Eoin l'attira plus près de lui, sur ses genoux, sa main se glissa sous l'oreiller à la recherche de la bouteille de lubrifiant qu'il avait rangée là. Personne ne voulait se retourner dans un lit et se retrouver avec une bouteille coincée au milieu de son dos. Jude sourit lorsqu'il entendit le bouchon s'ouvrir.

— Tu plaisantes, n'est-ce pas ?

Eoin était parfaitement sérieux.

— Qu'est-ce qui te prend ?

— Je brûle d'envie pour toi, mon compagnon, confessa Eoin, se glissant sous Jude et le tirant vers l'avant afin que les fesses de Jude reposent contre son bassin. Je me sens si bien en toi.

— Nous devons nous arrêter, nous avons besoin de dormir, dit Jude, mais il n'y avait aucune conviction dans sa voix, seulement une vive inspiration lorsque les mains d'Eoin voyagèrent le long de ses cuisses fines et musclées.

— Tu as besoin de m'accueillir à nouveau en toi.

Les yeux de Jude étaient troubles lorsqu'il regarda Eoin avant de se pencher lentement en arrière, s'étirant et se cambrant, prenant appui sur ses bras, ses mains se fixant sur les jambes du gardien, puis il se tenait immobile au-dessus de lui.

Eoin le caressa partout avant de pétrir le cul de Jude d'une main alors que l'autre, celle aux doigts lubrifiés, glissa à l'intérieur de lui, provoquant chez lui un profond frisson de plaisir.

— Ton corps me supplie.

Un hochement de tête – c'était tout ce que Jude fut capable de faire lorsqu'Eoin enveloppa sa queue d'une main et le caressa lentement et délibérément. Il regarda Jude trembler avant de le lever et de l'abaisser, l'empalant sur toute la longueur de sa verge dure, remplissant son canal serré.

Ils bougèrent ensemble dans un rythme maintenant familier et les yeux d'Eoin ne quittèrent pas ceux de Jude jusqu'à ce qu'il les ferme. Alors seulement Eoin laissa son regard errer sur son compagnon : la courbe de son corps, sa peau parfaite et lisse, ses légers muscles, son buste qui était une œuvre d'art sculptée et la manière dont son torse se gonflait et se dégonflait au rythme de ses respirations. Eoin entendit sa respiration laborieuse et le vit se cambrer, se soumettant complètement aux besoins de son corps. Le gardien adora lorsque Jude cria son nom.

JUDE ÉTAIT couché à côté de l'homme qu'il aimait, regardant le gardien respirer, sans rien faire d'autre ; il tendit la main et suivit le tracé des sourcils noirs de jais de son doigt, puis le pont de son nez qui menait à ses lèvres.

— Ton plan serait-il de me regarder dormir, *cairn* ? demanda Eoin doucement, souriant paresseusement.

— Cela se pourrait, fit Jude en le regardant.

— Tes lèvres sont gonflées et il y a des traces de morsures sur toi…

Eoin prit une profonde inspiration, sa voix devenant plus caverneuse.

— Tes yeux sont à peine ouverts… Tu as l'air d'un débauché.

Jude hocha la tête.

— Eh bien, tu es dans le même état.

— Bien.

Après plusieurs minutes de silence, Jude reprit :

— Je voudrais te parler.

— À propos de quoi ?

— De tout.

Eoin grogna avec un mauvais pressentiment.

— Est-ce que tu m'écoutes ?

— Oui, mentit-il, se retournant afin de pouvoir regarder dans les yeux bruns et profonds de Jude. Je ferai tout ce que tu me diras de faire, *cairn*… tout ce que tu me demanderas, je le ferai.

— Tu ne m'écoutes pas.

Eoin s'approcha davantage encore de son compagnon, plongeant ses doigts dans ses épais cheveux.

— Mais si, je t'écoute, *cairn*.

Jude avala difficilement sa salive, ses sentiments le bouleversant pendant un instant, menaçant de le submerger. Eoin était là, en sécurité, à ses côtés, c'était plus que ce qu'il avait osé imaginé.

— Je veux juste… J'ai tant de questions, dit-il d'un souffle frémissant, se lamentant intérieurement de l'étendue de ses exigences.

Eoin rit dans ses cheveux, se pencha plus près, respirant son odeur.

— Nous avons tout le temps, *cairn*, je serai là lorsque tu ouvriras les yeux.

— Demain matin, tu veux dire.

— Oui, mon amour, demain matin.

Bon Dieu, ce que Jude pouvait l'aimer, il ne se lasserait jamais de lui.

— Cela m'a manqué de simplement dormir dans un lit avec toi.

— À moi aussi, lui assura Eoin et il l'embrassa pour bien le faire comprendre à Jude.

Il s'assura de s'emparer de toute la bouche de Jude, l'embrassant profondément, lui laissant ainsi percevoir tout ce qu'il ressentait. C'était un baiser exigeant qui les consuma complètement, les lèvres d'Eoin se pressaient contre celles de Jude et il fit durer le baiser jusqu'à ce qu'ils soient obligés de se séparer pour pouvoir respirer.

— Mon Dieu… la manière dont tu m'embrasses, dit Jude.

Eoin sentit son souffle sur son visage comme ses lèvres planaient encore au-dessus de celles de Jude.

— Ne t'arrête pas.

Eoin pressa à nouveau sa bouche contre celle de Jude, l'embrassant si brutalement qu'il émit un gémissement guttural provenant directement du fond de son âme.

— Eoin, fit-il d'une voix rauque, cherchant à retrouver son souffle et repoussant le gardien loin de lui. Je pourrais mourir lorsque tu me fais ça.

— Viens ici, dit Eoin gentiment, en se penchant.

— Attends, l'arrêta Jude en le repoussant à nouveau. Je veux te parler.

— Tu n'es qu'un aguicheur, *cairn*, fit Eoin en riant. Mais je vais t'avoir.

— Est-ce que tu m'écoutes ?

— Non, Jude, soupira Eoin, le fixant du regard.

Le gardien voulait juste se prélasser dans l'attention que son compagnon lui vouait. Ce dernier fronça les sourcils, ses mains glissant dans ses cheveux alors que ses yeux se fermaient sous ses caresses.

— J'ai l'impression de ne pas t'avoir vu depuis des années.

— Avais-tu perdu espoir de mon retour alors ?

— Non, c'était simplement difficile.

— Tout comme pour moi, dit Eoin en se penchant pour embrasser l'irrésistible clavicule de Jude puis le côté de son cou. Mais tu sais très bien… que tu es mon chez-moi, *cairn*. Je ne m'éloignerai jamais de chez moi.

Jude hocha la tête parce que le discours était tout ce qu'il voulait entendre.

— Tu le sais.

C'était une affirmation.

Jude leva les yeux vers lui, vers cette bouche magnifique, la manière dont elle se courbait, l'espace sous son nez désormais recouvert d'une légère barbe de plusieurs jours. Lorsqu'il leva les bras pour inviter Eoin à se rapprocher davantage, le gardien se pencha et enlaça son compagnon. Il étreignit Jude fermement tout en roulant sur le côté, lui coinçant la tête sous son menton, le pressant contre son cœur.

— Tu es mon amour, déclara Eoin à l'homme qui se trouvait dans ses bras.

— Et tu es le mien, répondit Jude, sa voix le quittant sur la fin.

Eoin serra son compagnon plus fort contre lui, et une fois encore, pour la millième fois depuis qu'il avait rencontré cet homme, il laissa le miracle de leur rencontre l'envahir dans une paix absolue. Qu'il était agréable de retrouver le chemin de la maison.

# XII

JUDE ÉTAIT si heureux de regarder sa mère et son partenaire discuter ensemble qu'il ne réalisa pas immédiatement qu'il était lui-même surveillé. Lorsqu'il sentit finalement le poids du regard qui le scrutait, il se retourna lentement pour faire face au peloton d'exécution.

— Quoi ?

La femme de son frère le regardait.

— Est-ce que tu veux plaisanter ?

Il sourit à Megan Shea, mais elle se contenta de lever la main pour lui faire comprendre qu'il ne fallait pas la déranger dans sa contemplation.

— Papa, dit-il avec un petit rire en regardant en direction de son père.

— Ce n'est pas juste, Jude, fit-il en grognant à son fils. J'ai attendu près de vingt ans avant de pouvoir pénétrer dans cette cuisine, et lui il se contente de se montrer et il est invité après seulement une journée ?

Ils étaient tous ridicules.

— Je pense que tu devrais le ramener là où tu l'as trouvé, lui précisa son frère Ben, écarquillant les yeux, regardant sa femme afin que Jude comprenne toute la sévérité de son crime.

— Cela va être difficile, lui répondit Jude.

— Pas vraiment, fit Ben d'un sourire qui en disait long. Juste un petit voyage rapide à travers un peu de brouillard, pas vrai ?

— Laisse tomber, dit Jude, se moquant de son frère.

Jude était amusé par eux tous – les membres agacés de sa famille – lorsque la baie vitrée reliant le patio au salon s'ouvrit, laissant entrer trois couples, un plus âgé que les deux autres.

Le père de Jude, James Shea, se leva pour accueillir ses amis, Edward et Yvonne et leurs enfants, au nom de sa femme Barbara et de lui-même. La maison allait être pleine de monde pour le dîner de Thanksgiving et déjà une bonne odeur flottait dans toute la maison. Lorsqu'Yvonne se figea d'un coup, son mari s'alarma.

— Qu'est-ce qui ne va pas, chérie ?

— Qui est-ce ? demanda Yvonne Hughes en indiquant Eoin.

— Bordel de merde ! fit Ed en éclatant de rire et en regardant James. Il y a quelqu'un dans la cuisine avec ta femme pendant qu'elle cuisine. Est-il au courant qu'il se tient près d'elle à ses risques et périls ?

— Je la connais depuis maintenant vingt-deux ans, et pas une seule fois cette femme ne m'a laissée entrer dans la cuisine pendant qu'elle préparait le repas, protesta Yvonne. C'est son *havre* de paix !

— Elle a utilisé sa voix de maîtresse d'école pour m'en faire sortir à Pâques dernier, dit Ben à tout le monde.

— Elle se contente de m'adresser un sourire indulgent jusqu'à ce que je parte, grommela Megan.

— Oh ! J'y ai droit aussi, renchérit le père de Jude. Le « sourire » de la patronne.

— Ouais, elle le maîtrise bien, n'est-ce pas ? fit Megan avec une grimace sur le visage, son ton dégoulinant de sarcasme.

— Elle a menacé de me jeter un avocat à la figure la dernière fois que je lui ai proposé de l'aider, dit Ed tout en continuant de rire. Pour l'amour du ciel, qui est-ce ?

— Le nouveau petit ami de Jude, grogna James Shea en relevant un sourcil alors qu'il regardait son fils. Je le hais. Nous le détestons tous.

Jude éclata d'un rire lumineux.

— Vous n'êtes que des jaloux.

Et c'était vrai, ils *étaient* jaloux. Tout le monde souhaitait passer un peu de temps avec Barbara Shea. Rien qu'en étant à ses côtés, vous vous sentiez bien. Parce qu'elle aimait tellement cuisiner, tout le monde voulait qu'elle leur apprenne ou voulait simplement discuter avec elle pendant qu'elle créait ses chefs-d'œuvre. Mais elle préférait passer ce temps toute seule, la cuisine lui apportait la paix et la solitude dont elle avait besoin. Elle n'autorisait personne à se tenir près d'elle sans qu'elle ne les appelle… jusqu'à aujourd'hui.

Jude avait vu son homme se promener dans la cuisine avec sa mère et avait failli s'étouffer lorsqu'elle avait porté une cuillère à la bouche d'Eoin pour avoir son avis sur la sauce à base de châtaignes et d'échalotes qu'elle préparait. Pour une raison ou une autre, elle avait ressenti son besoin d'être materné et nourri. Elle était prête à endosser ce rôle et à remplir la place vacante dans sa vie. Elle l'avait littéralement adopté.

— Jude, l'interpella Mark, le fils aîné d'Yvonne et d'Ed, en souriant. Est-ce que ton petit ami est magique ?

Comment répondre à cette question ?

162

Au dîner, alors qu'Eoin expliquait en quoi consistait son travail, Jude se retint pour ne pas grogner. S'arrêter à l'atelier/salle d'exposition d'Eoin à Oak Park rendait toujours Jude grincheux. Et cela était principalement dû aux personnes qui se trouvaient en permanence là-bas. Eoin Thral était sexy et pas seulement aux yeux de Jude. Des décorateurs d'intérieur aux designers, en passant par les femmes au foyer, tout le monde était dingue de son homme et de ses meubles rustiques fabriqués à la main et construits pour durer.

Après que son frère Ben eut fabriqué une nouvelle identité pour Eoin, un an plus tôt, cela avait été au tour de Jude de lui faire une réputation. Fidèle à sa parole, Jude avait lancé une campagne de marketing brillante avec un site Web entièrement interactif et tout s'était déroulé sans accroche dès le premier jour. L'entreprise avait décollé si vite qu'Eoin avait été contraint d'embaucher deux autres artisans, tous les deux plus âgés et tout aussi compétents que lui. Il avait également trois vendeurs qui travaillaient dans la salle d'exposition et une employée très efficace de l'un des meilleurs cabinets d'expertise comptable de la ville qui venait une fois par semaine s'occuper de ses comptes. Jude avait fait en sorte qu'Eoin n'engage pas le premier chien errant rencontré dans la rue. Il voulait qu'Eoin réussisse et personne n'allait le mettre en touche.

Le problème s'avéra rapidement que l'homme faisait *trop* bien son travail. Les gens étaient *trop* fous de lui et il se rendait beaucoup *trop* accessible. Prenez, par exemple, le très bel homme qui était en train de parler avec l'ancien gardien trois nuits plus tôt lorsque Jude était passé chercher Eoin pour aller à l'aéroport. L'étranger avait posé la main sur l'épaule d'Eoin et le regardait dans les yeux. C'était révoltant et la manière dont il riait à chaque parole d'Eoin était proprement scandaleuse. Jude s'était arrêté pendant une minute pour les observer avant de marcher droit vers eux et de les interrompre, rappelant à son amant qu'ils avaient un avion à prendre. Le sourire espiègle qu'il lui renvoya indiqua à Jude qu'il n'était pas dupe de la réaction vive de son compagnon ni de sa manière brusque de les interrompre. Eoin reconnaissait la jalousie lorsqu'il l'entendait.

— Jude ?

Relevant les yeux, il vit sa mère lui sourire.

— Désolé, dit-il, réalisant qu'il était en train de grogner.

C'était devenu une mauvaise habitude.

Après le dîner, Jude se rendit comme toujours dans la cuisine pour commencer la vaisselle alors que tout le monde prenait encore son dessert et son café. Lorsqu'Eoin le trouva, Jude avait allumé la radio et était en train de danser près de l'évier tout en chantant. Au lieu de le rejoindre, Eoin s'appuya contre le cadre de la porte et se contenta de regarder l'homme qu'il aimait. Après plusieurs minutes, il réalisa que son corps répondait aux mouvements de Jude. La manière sensuelle dont il balançait les hanches, dont il renversait la tête, les lèvres entrouvertes, tout rappela à Eoin un autre rythme tout aussi primitif. La vaisselle devait être rapidement terminée afin qu'il puisse emmener son compagnon au lit.

Comme tout le monde apportait les assiettes et les plats dans la cuisine, ce furent les femmes qui remarquèrent que l'atmosphère était plus lourde. Tous s'accordaient à dire que Jude et son nouveau petit ami formait un beau couple, le grand et costaud fabricant de meubles et son petit partenaire plus fin. Eoin avec sa sombre peau bronzée, ses cheveux aussi noirs que ses yeux et le teint plus clair de Jude, ses grands yeux bruns et ses boucles ébouriffées. Les imaginer tous les deux dans un lit était excitant et lorsque Megan en fit part à sa belle-mère, Barbara Shea fit mine de s'étrangler d'horreur avant de chasser cette image de sa tête. Intérieurement, elle n'aurait pas pu être plus heureuse parce qu'enfin son fils avait trouvé une personne digne de lui, digne de son cœur, digne de prendre soin de lui. Elle avait su, au moment où elle avait vu Eoin Thral regarder son fils, qu'il s'en occuperait bien et ne le quitterait pas. Et il avait besoin d'elle aussi, besoin d'être materné, c'était encore mieux que tout ce dont elle avait toujours rêvé pour Jude. C'était comme si Eoin et Jude étaient faits l'un pour l'autre.

Eoin décida qu'avoir une famille était autant une bénédiction qu'une malédiction. Être accepté et intégré était incroyable, mais essayer de suivre son compagnon à l'étage où il s'était retiré était presque impossible. Après deux heures passées à faire rouler des dés et à dessiner, la mère de Jude eut finalement pitié de lui et lui dit d'aller se coucher. La façon dont il bondit dans l'escalier pour monter vers la chambre fit rire tout le monde.

— Ils vont se marier le mois prochain dans le Vermont, soupira Barbara, en jetant un coup d'œil à l'assemblée réunie dans son salon. N'est-ce pas merveilleux ?

Tout le monde en convint.

Eoin arriva à la chambre pour trouver Jude endormi avec un livre ouvert sur sa poitrine, confortablement couché sous un épais duvet. Il prit le temps d'admirer quelques instants son compagnon avant de se retourner pour verrouiller la porte derrière lui. Eoin ne pensait pas qu'il s'habituerait jamais à la joie simple de ramper dans un lit chaud par une nuit froide et de se lover à côté de l'homme qu'il aimait. Il était heureux que les parents de Jude aient insisté pour que tout le monde fasse le voyage jusqu'au lac Tahoe pour les vacances. C'était agréable, l'air était glacial à l'extérieur mais tout était chaud et chaleureux à l'intérieur. Ce serait difficile de repartir dans deux jours.

Posant le livre sur la table de nuit, Eoin se coucha et prit Jude dans ses bras. Il éteignit la lumière, seules les flammes de la cheminée éclairaient désormais la pièce. Jude portait son pyjama et Eoin trouvait cela extrêmement excitant. Cela dit, il n'y avait pas grand chose qu'Eoin ne trouvait pas sexy chez Jude Shea, particulièrement la façon dont il ajustait son corps contre celui d'Eoin, même pendant son sommeil. Une jambe recouverte de flanelle glissa sur la sienne, effleurant sa queue au passage, ce qui fit gémir Eoin d'envie. Mais Jude était fatigué alors il ne le retournerait pas sur le dos, ne soulèverait pas ses jambes pour les poser sur ses épaules et ne plongerait pas en lui. Il était trop tard, Eoin avait juste besoin de dormir. Mais lorsqu'il envisagea de se lever pour retirer sa chemise et son jean, il se rendit compte qu'il n'arriverait pas à fermer l'œil. Jude le tourmentait, bien qu'il n'en ait aucune idée.

Des lèvres douces se pressèrent à la base de la gorge d'Eoin, mais il était sûr que le contact était accidentel. Une main glissa le long de son abdomen et Eoin se tendit mais ne réagit pas même lorsque la tête de Jude se tourna sur le côté et que son souffle chaud et humide effleura son téton gauche, provoquant le durcissement de la petite protubérance qui devint aussi dure que du granit. Il pria pour rester fort. Le son qui s'éleva de son homme, tel un ronronnement, fit grincer Eoin des dents. Lorsque Jude se pressa finalement plus fort contre lui, enfonçant sa verge dure contre sa hanche, ayant besoin de se frotter pour soulager sa douleur, Eoin glissa la main dans le pantalon de pyjama de son homme toujours endormi et referma les doigts autour de lui.

— Oh, gémit Jude, arquant son dos et commençant lentement à faire aller et venir son sexe dans le poing calleux d'Eoin.

Il était seulement à moitié réveillé et Eoin aimait ça, aimait le fait que même inconscient, le corps de Jude aspirait au sien, implorait son contact. Comme il continuait à caresser la queue dure et veloutée de son amant, il sentit le cœur de Jude battre dans son membre gonflé.

— Retourne-toi, suggéra Eoin à l'oreille de Jude et il sourit malicieusement lorsque sa requête fut obéie, Jude gémissant dans son sommeil alors que son désir devenait de plus en plus grand.

Il rejeta les couvertures, arracha tous leurs vêtements, saisit le lubrifiant qu'il avait caché sous son oreiller et s'installa lentement, attentivement entre les cuisses de Jude. Il réchauffa le lubrifiant entre ses paumes avant d'enduire sa queue qui le lançait. Eoin savait qu'il en était déjà à laisser fuir les premières gouttes, il le sentit avant de voir les perles nacrées jaillir sur la tête évasée de sa queue.

Eoin admira la ligne sensuelle du dos de son compagnon, la courbe descendant jusqu'au bas de son dos et remontant pour former l'arrondi parfait de ses fesses. Incapable de résister plus longtemps, il fit pénétrer un doigt dans le cul de Jude et lui caressa l'intérieur. Le tremblement instantané accompagné d'un profond gémissement guttural lui indiqua que ses attentions étaient désirées, appréciées et nécessaires. Il sentit le muscle étroit se détendre quasiment aussitôt, prêt à recevoir un deuxième doigt qui rejoignit immédiatement le premier.

Regarder le cul serré de Jude avaler ses doigts, en ajouter rapidement un troisième, sentir la pression exercée, voir Jude passer sa main sous lui pour empoigner sa propre verge fut plus qu'Eoin ne pouvait en supporter. Lorsqu'il retira ses doigts, Jude émit un jappement de protestation, le sommeil le quittant doucement alors qu'il enfouissait son visage plus profondément dans le matelas. Ses hanches furent saisies brutalement, et ses fesses relevées.

— Supplie-moi, grogna Eoin à son compagnon, voulant comme toujours entendre sa permission et sa soumission.

Jude tourna le visage sur le côté, son corps palpitant de chaleur et d'excitation.

— S'il te plaît…, dit-il en haletant. Oh, oui, s'il te plaît…

Eoin écarta les fesses de Jude, vit le petit trou rose et se pressa doucement à l'entrée, prêt à plonger profondément dans son compagnon d'un coup de rein brutal. Au dernier moment, il changea d'avis et à la place, s'enfonça lentement, très lentement dans l'ouverture, entre chaque battement de cœur, ressentant chaque seconde de son glissement onduleux à l'intérieur du canal chaud et étroit. Il était sûr que ce rythme allait le tuer. Les sensations était trop fortes, trop puissantes, et lorsqu'Eoin fut enterré jusqu'à la garde dans le cul de son compagnon, il se retrouva à la merci du désir de Jude qui avait augmenté graduellement.

— Pourquoi est-ce que tu attends ? demanda Jude d'une voix étranglée, frémissant de frustration alors qu'il tournait la tête et regardait son amant par-dessus son épaule. J'ai besoin de toi... J'ai besoin... Eoin, s'il te plaît.

La supplication ne pouvait pas être ignorée. La forte et profonde poussée qui suivit fit crier Jude le nom de son amant, il avait frôlé sa prostate et recommençait à chaque nouveau coup de rein.

— Parle-moi, *cairn*, ordonna Eoin à l'oreille de Jude, dis-moi ce que je veux entendre.

— Je t'aime, gémit Jude en lambeaux.

Il perdit toute conscience, submergé par les sensations : celle de son cul plein, celle de la main qui le caressait d'une poigne forte et glissante, celle des lèvres sur son épaule avant la morsure.

— S'il te plaît... plus fort... Eoin !

Cette demande était comme le chant d'une sirène, irrésistible. Eoin resserra son emprise sur les hanches étroites et s'enfouit dans son compagnon, empalant Jude sur sa longue verge, dure et chaude, avant de se retirer et répéter le mouvement de façon toujours plus rapide, chaque martèlement plus profond et plus brutal que le précédent.

Jude se cambra, il rejeta la tête en arrière et se perdit dans l'explosion de son orgasme, scandant le nom de son amant comme une litanie. Ses muscles se refermèrent sur la queue d'Eoin et c'était incroyable de ressentir l'orgasme de Jude à ce point, de le voir et de l'entendre. Quelques secondes plus tard, alors qu'il atteignait sa propre délivrance, Eoin remplit le canal étroit. Il voulut bouger, songea qu'il devrait se retirer du corps frémissant de son compagnon, mais lorsque Jude s'effondra sur le lit, le sexe d'Eoin était toujours retenu par le cul de son amant. Eoin frémit sous les répliques tremblantes de leur orgasme qui pulsèrent à travers le corps de Jude mais Eoin n'était plus en mesure de les gérer. Il finit par écraser Jude sous lui.

— Air, fit Jude en riant d'une voix rauque, à bout de souffle, étouffé par le torse solide appuyé sur son dos.

Doucement, Eoin se retira de son compagnon et se laissa tomber sur le dos à ses côtés.

— Je t'ai écrasé à nouveau, mon amour... Je suis désolé.

Il ne l'était absolument pas. Jude le savait et adorait ça.

— Tout va bien, souffla Jude, ses yeux se refermant, un sourire ornant ses lèvres. Tu peux m'écraser chaque fois que tu le veux.

Eoin tendit la main vers Jude, l'attira dans ses bras et le serra bien fort. C'était si bon de tenir son compagnon contre son cœur, de sentir son souffle chaud sur sa gorge et sa douce peau nue contre la sienne. Parfois, au matin, il devait se décoller de Jude parce que la sueur et le sperme les avaient joints au cours de la nuit. Et même si Jude grommelait de devoir être décroché de son amant, Eoin savait qu'il ne voulait pas du tout que cela change. C'était bon de savoir, d'être certain que ses sentiments étaient retournés, de ne pas en avoir le moindre doute quant au fait qu'il soit aimé.

Rien que la façon dont Jude le regardait, le touchait en passant ou l'embrassait sans raison déclenchait chez lui des élans de joie. Les colères de Jude lui provoquaient des réactions similaires, notamment lorsqu'il lui avait expliqué qu'il n'était pas sa bonne et que charger une machine à laver n'était pas trop compliqué à comprendre pour un ancien gardien. Chaque fois que Jude le contredisait, criait après lui ou se fâchait contre lui, Eoin ressentait une vive joie l'envahir car Jude se souciait assez de lui pour le disputer, ce qui était bien la preuve qu'il l'aimait. Et Jude ne pouvait pas rester en colère contre un homme qui le regardait avec ces doux yeux aimants, alors son agacement s'estompait rapidement, et cela se concluait souvent par une relation sexuelle lente et sensuelle. Eoin était un fervent partisan de la résolution des conflits au lit. Il le disait souvent à Jude.

— Je ne suis pas désolé de t'avoir réveillé, grogna béatement Eoin, enfouissant son visage dans les boucles soyeuses de Jude. Et tu ne sembles pas t'en plaindre.

— Non, tu peux me réveiller quand tu veux.

Jude sourit, fermant les yeux de plaisir sous les caresses de la main d'Eoin qui allait et venait dans son dos de façon paresseuse et possessive, comme s'il savourait la sensation de sa peau. Il sentit un frisson secouer sa colonne vertébrale.

Eoin crut qu'il avait froid et remonta la couette sur eux deux, les blottissant ensemble dans un cocon de chaleur.

— Je n'ai pas froid, précisa Jude à moitié endormi, inspirant l'odeur musquée d'Eoin. Je suis simplement heureux. J'ai tout ce dont j'ai besoin désormais, et cela grâce à toi. Je peux mourir heureux…

— Tu ne vas pas mourir.

Eoin étreignit son homme. Quelques fois, lorsque Jude le quittait au matin pour aller prendre son train, quelques fois… pendant juste une fraction de seconde… Eoin n'arrivait plus à respirer. Il était envahi par un sentiment d'anxiété, frappé par la terreur momentanée qu'un malheur allait s'abattre sur Jude et que la vie d'Eoin s'arrêterait brutalement. Cela arrivait de moins en moins souvent mais quand même… de temps en temps… Eoin aurait voulu courir après son compagnon pour le ramener de force, à l'abri dans leur petite maison de deux pièces à Oak Park.

Eoin adorait cette maison, aimait toutes les fenêtres, la cheminée, la manière dont la cuisine donnait sur la cour arrière et savoir que lorsqu'il ouvrirait la porte à la fin de sa journée, Jude serait là. La pensée que Jude puisse ne pas être là terrifiait le grand homme.

— À quoi penses-tu ? demanda Jude, ramenant l'attention d'Eoin sur lui. Parce que tu es à des millions d'années lumière de moi.

— Tu seras toujours avec moi, dit fermement Eoin, serrant Jude encore plus fort, le pressant contre sa poitrine.

— Oui, bien sûr, lui assura Jude, sachant que le désir d'Eoin de le protéger et de le mettre à l'abri ne changerait jamais.

Le grand homme avait le cœur d'un guerrier, d'un gardien, et il ne pouvait pas changer sa nature profonde, pas plus que Jude ne pouvait changer la sienne. Pas que Jude souhaite y changer quoi que ce soit d'ailleurs. Cela lui plaisait, la façon dont Eoin Thral l'aimait, comptait sur lui, exigeait sa présence et avait besoin de lui. Il lui appartenait de tout son cœur farouche.

— Dors maintenant, *cairn*, fit Eoin en baillant, à nouveau en paix. Parce que nous devons nous lever de bonne heure pour accompagner ta mère à une vente.

Jude émit un petit rire.

— Pardon ?

— Je ne suis pas sûr de ce qu'elle…, souffla Eoin, donnant à Jude une dernière accolade avant de se retourner sur le dos et de refermer les yeux. Qu'est ce que c'est qu'une vente d'après Thanksgiving ?

Jude tourna la tête pour qu'Eoin ne puisse pas voir son sourire.

— Elle a parlé d'un « Vendredi Noir [1]», continua Eoin en le disant comme si c'était quelque chose de dangereux.

Jude dut se mordre les lèvres pour garder le silence.

— Elle a dit que nous devions être debout avant l'aube pour aller au centre commercial. Était-elle sérieuse ?

Jude ne put se contrôler et un rire franc jaillit de sa poitrine. Les autres allaient encore être jaloux qu'Eoin soit le favori de sa mère mais, de toute évidence, il y avait également des inconvénients. Comme aller faire du shopping avec elle à quatre heures et demie du matin – seul son chouchou était invité à l'accompagner.

---

1 NdT : premier jour des soldes d'hiver.

— Tu viens avec moi, bien sûr, dit Eoin d'un ton neutre, sans qu'aucun doute n'effleure son esprit.

Jude lâcha un autre petit rire alors qu'il roulait sur le côté et fermait les yeux.

— Même pas si tu me payais.

— Jude Shea ! fit Eoin consterné. Tu resterais bien au chaud dans ton lit alors que je devrais sortir dans le froid sans même un adieu ou un petit déjeuner ?

— Elle s'arrêtera pour prendre une tasse de café sur le chemin et si tu es chanceux, elle te prendra même un beignet.

Jude rit tandis qu'Eoin se positionnait en cuillère derrière lui, son torse dur contre son dos, ses cuisses musclées contre son fessier.

— Je veux que tu viennes avec moi, dit Eoin en embrassant Jude dans le cou.

Jude gloussa doucement.

— Non, ce sera sans moi, mon pote.

Un grondement sourd suivit d'une délicieuse morsure firent sourire Jude.

— J'ai d'autres moyens pour te convaincre, *cairn*.

Jude savait que sa tentative de persuasion était sur le point de prendre un tour très excitant et très charnel. Il savait également qu'il serait plus que probable qu'ils finissent tous les deux affalés sur la banquette arrière de la Toyota Corolla de sa mère, les yeux rougis par le manque de sommeil.

— Tu vas me dire oui, lui dit Eoin, traçant une ligne humide dans le dos de son compagnon.

— Oui, soupira Jude.

C'était vrai, il ferait n'importe quoi pour Eoin Thral, même braver la foule du centre commercial un lendemain de Thanksgiving. Et ce serait vraiment terrifiant, même pour un gardien.

MARY CALMES vit à Lexington, dans l'État du Kentucky, avec son époux et ses deux enfants. Elle aime toutes les saisons, sauf l'été. Elle a fait ses études à l'Université du Pacifique, à Stockton, en Californie, où elle a obtenu une licence de littérature anglaise. Vu qu'il s'agit de littérature, et non de grammaire, ne lui demandez pas de vous décortiquer un texte, elle ne le fera pas. Elle aime écrire, et s'absorbe complètement dans son travail lorsqu'elle commence un livre. Elle est même capable de décrire l'odeur corporelle de ses personnages. Elle achète de nombreux ouvrages, et apprécie les colloques où elle peut rencontrer ses fans.

MARY CALMES

QUESTION
DE TEMPS

TOME 1

Jory Keyes mène une vie normale comme assistant d'un architecte jusqu'à ce qu'il soit témoin d'un assassinat brutal. Bien qu'initialement sauvé par l'inspecteur de police Sam Kage, Jory refuse la détention préventive – il a une vie qu'il aime et à laquelle il ne renoncera pas, peu importe qui est après lui. Mais la vie de Jory est réellement en danger, surtout après qu'il accepte de témoigner à propos de ce qu'il a vu.

Alors qu'il jongle avec les tentatives de meurtre dont il est l'objet, des amis bien intentionnés qui veulent le voir heureux, un patron trop protecteur et un mystère qui se dévoile lentement et qui est beaucoup plus sinistre que ce qu'il aurait pu imaginer, le jeune homosexuel se retrouve impliqué avec Sam, l'inspecteur en conflit avec lui-même et dans le placard. Et si Jory a une chance de survivre au danger, il ne peut pas survivre à un cœur brisé.

# www.dreamspinner-fr.com

# MARY CALMES

Les rêves de célébrité de Weber Yates sont sur le point d'être réduits à un emploi d'ouvrier agricole dans un ranch au Texas et sa seule relation est avec un homme, tellement hors de sa portée qu'il pourrait aussi bien se trouver sur la lune. Ou du moins, à San Francisco, où Weber s'arrête pour le voir une dernière fois avant de s'installer pour la vie humble et solitaire qu'une grenouille comme lui mérite.

Cyrus Benning est un neurochirurgien de renom et les détails n'ont aucune prise sur lui. Un jour, il a repéré un prince dans les habits d'un cavalier de taureaux déchu. Mais voir Weber le quitter devient de plus en plus difficile et il ne sait pas combien de temps encore son cœur pourra le supporter. À présent, Cyrus a une dernière chance de prouver à Weber que ce n'est pas son travail qui fait de lui l'homme parfait pour lui, mais Weber lui-même. Avec l'aide de la famille nouvellement brisée de sa sœur, il est prêt à montrer à Weber que le foyer que cet homme cherche depuis toujours est juste là, avec lui. Cyrus avait posé un ultimatum une fois, mais maintenant, c'était devenu un serment : il ne laisserait jamais Weber sortir de sa vie à nouveau.

# www.dreamspinner-fr.com

MARY CALMES

*De nouveau*

Il y a six ans, Noah Wheeler est allé à la rencontre de son petit ami, Dante Cerreto, à l'aéroport et son monde s'est écroulé. Dante embrassait quelqu'un dont il prétendait être amoureux. Noah avait repris son chagrin d'amour et les échographies de leur enfant et fermé la porte sur l'image de ce qu'il pensait être sa vie future, se concentrant plutôt sur le morceau de rêve qu'il avait réussi à sauvegarder : devenir père.

En vacances à Las Vegas, Noah rencontre accidentellement la famille Cerreto, puis l'homme en question, et apprend que non seulement il avait été trompé, mais que Dante l'avait été également. Maintenant Dante veut rattraper le temps perdu, l'équivalent de six années, et pour ce faire, il a besoin que Noah, le seul homme qu'il ait jamais aimé, et que Grace, la fille dont il ne connaissait pas l'existence, lui laissent une chance pour trouver le bonheur. Mais Dante va devoir prendre un cours accéléré de communication et de séduction. Parce que Noah ne va pas tomber amoureux juste pour être à nouveau anéanti.

# www.dreamspinner-fr.com

SON FOYER

MARY CALMES

Les Gardiens des Abysses, numéro hors série

Julian Nash devrait être heureux : il venait tout juste d'être promu et était sur le point de le célébrer. Mais son bonheur disparait lorsqu'il surprend son rendez-vous en train de le tromper avec un autre, une heure avant le début des festivités. Julian se préparait à passer une longue soirée jusqu'à ce qu'une connaissance de longue date, Ryan Dean, lui sauve la mise. Durant le dîner, ils découvrent qu'il y a plus qu'une simple amitié entre eux : il y a une admiration mutuelle et un désir passionné. Mais apprendre à mieux connaître Ryan – et trouver une place dans sa vie – amènera des surprises effrayantes et un danger surnaturel dans la vie de Julian, auxquels il ne s'attendait pas et dont il n'aurait jamais imaginé l'existence.

# www.dreamspinner-fr.com

CŒUR SAUVAGE

Mary Calmes

Le Clan des Panthères, tome 1

Jin Rayne est un jeune homme – mi-homme mi-panthère de surcroit – qui n'aspire qu'à une vie des plus ordinaires. Il a fui son passé pour prendre un nouveau départ, mais on ne se débarrasse pas si facilement d'aussi lourds secrets. Son arrivée dans une nouvelle ville l'amène à rencontrer le leader d'une tribu d'homme-panthères. Cette rencontre avec Logan Chruch, bel homme envoûtant, s'avère être un choc pour Jin qui panique à l'idée qu'il puisse s'agir de celui à qui il est destiné, c'est à dire l'amour de sa vie. Jin refuse de vivre selon les rites des hommes-panthères et se donner à son destiné le contraindrait à s'y soumettre.

Jin est pourtant bel et bien le compagnon dont Logan a besoin pour diriger sa tribu et il ne renoncera pas si facilement. Il aura besoin de temps et de se sentir en confiance pour découvrir le bonheur d'appartenir à Logan et apprendre à l'aimer sans borne.

# www.dreamspinner-fr.com

Par Mary Calmes

L'ange gardien
De nouveau
La grenouille du prince
Mauvais timing • Bon timing pour un rodeo

## LE CLAN DES PANTHÈRES
Cœur sauvage
Cœur confiant
Cœur et honneur

## LES GARDIENS DES ABYSSES
Son foyer
Bec et ongles
Le cœur sur la main

## QUESTION DE TEMPS
Question de temps, tome 1
Question de temps, tome 2

Publié par Dreamspinner Press
www.dreamspinner-fr.com